wolf k. moor

TED

Die Morde des Herrn John Goff

novum ⬗ pro

Dieses Buch ist auch als
e-book
erhältlich.

w w w . n o v u m v e r l a g . c o m

© 2016 novum Verlag

Urheber des Werkes:
Wolfgang Karl Goffriller

Bibliografische Information
der Deutschen Nationalbibliothek:

ISBN 978-3-99048-564-4
Lektorat: Lucy Hase
Umschlagfotos:
Chinnasorn Pangcharoen,
Eyewave | Dreamstime.com;
nach einer Idee von wolf k. moor
Umschlaggestaltung, Layout & Satz:
novum Verlag
Innenabbildung: wolf k. moor (1)

Die Deutsche Nationalbibliothek
verzeichnet diese Publikation in
der Deutschen Nationalbibliografie.
Detaillierte bibliografische Daten
sind im Internet über
http://www.d-nb.de abrufbar.

Gedruckt in der Europäischen Union
auf umweltfreundlichem, chlor- und
säurefrei gebleichtem Papier.

www.novumverlag.com

Die Idee zu diesem spannenden Kriminalroman
entstand im Jahre 2008.

Kränkung, Morde, Datendiebstähle,
Gier und eine Geige
sowie die Liebe zu einem Tier schaffen
den Rahmen für diesen spannenden Kriminalroman.

Die im Roman vorkommenden Personen,
Handlungen und Orte sind frei erfunden.
Ähnlichkeiten mit Lebenden oder Toten sind rein zufällig.

Legende

Der begnadete Geigenbauer Leonardo baut die wunderbarsten Instrumente seiner Zeit. Leonardo ist berühmt für seine kunstvoll gearbeiteten Instrumente und den unerreichten Klang der Geigen, Celli und der diversen Streichinstrumente, die er in seiner Werkstatt in Venedig herstellt. Seine kunstvoll hergestellten Schnecken vertragen eine enorme Spannkraft. Die berühmtesten Geiger und Orchester dieser Zeit spielen auf seinen Instrumenten.

Leonardo entdeckt durch Zufall das Geheimnis, mit dem er den vollkommenen und wunderbaren Klang seiner Instrumente verfeinern und herzustellen in der Lage ist. Die aus einem Pilz gewonnene Substanz kann allerdings auch zu einem tödlichen Gift zubereitet werden. Auch dies weiß Leonardo. Das Geheimnis erhält sich bis in die Gegenwart, da es die Familie und die Söhne und Töchter durch die Jahrhunderte wahren und den jeweils ältesten Nachkommen übergeben. Im Siegelring auf der Rückseite des Wappens der Familie befindet sich das Rezept zur Herstellung des Giftes.

Am Sterbebett im Jahre 1971 erzählt Charles Goff seinem Sohn John sein Leben. Er übergibt ihm die Mappe mit der Familiengeschichte und den Siegelring mit dem Rezept für die tödliche Essenz.

John Goff, den ein schreckliches Erlebnis in seiner Kindheit und auch seine kriminelle Ader schon vor dem Tod seines Vaters vor Morden nicht zurückschrecken lassen, erhält dadurch neue Möglichkeiten seine Verbrechen zu verfeinern.

Kommissar Hugo Perc versucht bereits im Jahr 1968 einige ungeklärte Mordfälle zu lösen. Der Mörder verschleiert geschickt seine Taten. Hugo Perc ist plötzlich in der Welt der Datendiebstähle und steht vor einer undurchdringlichen Mauer. Er wird auf ein Abstellgleis verfrachtet. In seinem Ruhestand begibt er sich jedoch mit großer Energie an die schwierige Aufgabe den Täter zu fassen. Es gelingt ihm, dem Mörder auf die Spur zu kommen, und er ist wild darauf versessen, ihn bei sich bietender Gelegenheit zu stellen. Hugo Perc hat alle Unterlagen und Kopien der damaligen Ermittlungen behalten. Er hat John Goff nun nach mehr als dreißig Jahren, mithilfe seines Ziehsohnes Paul Sax, der ihn als Profiler unterstützt, endlich genau im Visier.

John Goff erkennt im letzten Moment den Jäger, und als dieser ihn endgültig zur Strecke bringen will, kommt es zur Entscheidung, die Hugo Perc sein Leben kostet. John Goff kommt allerdings bei der Auseinandersetzung mit dem Gift in Berührung und erleidet schwere Verletzungen der Netzhaut. Er flüchtet mit seinem Hund Ted an einen unbekannten Ort.

Paul Sax, Hugo Percs Ziehsohn, heftet sich nach dem Mord an seinem Ziehvater mit aller Kraft an die Fersen von John Goff. Durch seine akribischen Nachforschungen erkundet er den Aufenthaltsort des Mörders. Er setzt alle Hebel in Bewegung, um ihn endlich zu fassen. Es kommt schlussendlich zum Showdown zwischen den beiden Männern.

Personen zum Roman

Leonardo	Geigenbauer
Clara	Ehefrau
Emilio	Bruder
Emanuel	ältester Sohn
Vincence Oratio	Konkurrent
Umberto Casa	Chef der Oper
Giorgio Senello	Polizeichef
Ambrosao	Foltergehilfe von Senello
Alfonso Tosso	Apotheker
Mönch	von San Michele
John Goff (Johann)	Sohn von Charles Goff
Jane	Ehefrau von John
Lara Lindt	Tochter von John Goff
Charles (Karl)	Vater von John
Jana	Haushälterin von John
Francis	guter Onkel von John
Ted	alle Hunde John Goffs
Ernst Tannberg	Chef eines Unternehmens in Wien
Ing. Walter Schwarz	Abteilungsleiter der EDV
Ed Hauser	guter Freund in Gumpoldskirchen
Toni	Eds Freundin
Karin	Geliebte Goffs
Marianne	Geliebte Goffs
Irene	Geliebte Goffs
Hugo Perc	Kriminalhauptkommissar
Vera Sax	Assistentin und Geliebte von Perc
Dr. Paul Sax	Profiler/Ziehsohn von Perc
Dr. Christa Grabner	Vorgesetzte von Paul Sax

Georgios Dimitrios	griechischer General
Papadopulos Christos	Kapitän in Rhodos
Kapitän Kronos Angelos	Polizeikommandant
Kapitän Niarchos	Korvettenkapitän
Kapitän Jefferson	Fregattenkapitän
Leutnant Manolis	Hubschrauberkommandant
Oberst Stefanos	Kommandant Marine Corp

1. Kapitel

Venedig, 17. Jahrhundert

Leonardo stand vor seinem Laden in der Via San Trovaso und betrachtete sein neues Ladenschild. Über dem Ladenschild hatte ihm sein Freund Danielo, der Kunstmaler, das nicht gerade klein geratene Familienwappen aufgemalt. Das Wappen zeigte auf einem blauen Bühel einen schönen jungen Mann mit einer Geige und einem Schwert in den Händen. Leonardo war stolz auf dieses Wappen und dass es nun das eigene Haus zierte. Das Wappen war das Sinnbild der Familie, nach dem die Familie zu leben, nach Wohlstand zu streben und mit Armen zu teilen hatte, wie ihn auch sein verstorbener Vater einst eindringlich ermahnte.

Es war 19 Uhr und es war ein lauer Abend in der Lagune von Venedig. Leonardo war zusammen mit seinen vier Mitarbeitern den ganzen Tag in der Werkstatt beschäftigt gewesen und nun waren alle nach Hause gegangen. Leonardo war Geigen- und Instrumentenbauer. Er war es mit einer Leidenschaft und Ausdauer, die seine Familie oft in den Hintergrund treten ließ. Seiner Frau Clara, mit der er sechs Kinder hatte, war er zwar ein guter Ehemann, aber seine Zornesausbrüche, wenn in der Werkstatt manchmal etwas schiefging oder einer seiner Gesellen nicht nach seinen Plänen genauestens arbeitete, waren nicht gerade angenehm. Nach diesen Zornesausbrüchen beruhigte er sich aber wieder sehr schnell und Clara und die Kinder wurden dann meistens zur Wiedergutmachung in die Umgebung Venedigs zu herrlichen Ausflügen eingeladen und es war wieder alles vergessen. Auch seine Gesellen kannten ihn schon jahrelang, wussten über seine Pedanterie und Genauigkeit Bescheid und versuchten ihr Bestes, da es ja ihr Arbeitsplatz war und Leonardo kein knausriger

Meister sein konnte. Wenn ein Instrument fertiggestellt war, die Qualität und der Klang den hohen Ansprüchen Leonardos genügten, war er großzügig und es gab Prämien. Leonardo wusste selbstverständlich um die Fähigkeiten jedes Einzelnen seiner Gesellen, die ausgezeichnete Qualität seiner Instrumente und dass er dadurch einen erstklassigen Ruf erworben hatte. Nur er konnte die kunstvollen Schnecken aus Ahornholz und die vorzüglich geschwungenen F-Löcher, die sehr klein und recht steil ausgeschnitten waren, herstellen. Damit erreichte er für die damalige und zukünftige Zeit seinen edlen und unvergleichbaren Ton. Das Geheimnis der Endbearbeitung verriet er selbstverständlich nicht, und er ließ auch seine Gesellen diese Arbeiten nicht durchführen. Die Instrumente waren einmalig, da Leonardo die Herstellungstechnik immer wieder verbesserte und jedes Instrument seinen eigenen Charakter und Klang entwickelte. Er feilte und tüftelte ständig an der Arbeitsweise und den Materialien herum und zerschlug oft wütend Teile, da sie nicht seinen Anforderungen entsprachen. Jedes Instrument wurde erst nach gründlichem Einspielen ausgeliefert und es gab keine Reklamationen.

Während seine Gesellen an einer Violine, einem Violoncello und an der Fertigstellung einer Bratsche arbeiteten, hatte er ihnen den rotbraunen und gelben Firnis für die Instrumente zusammengemischt. Diese Farben waren ein Kennzeichen für seine Instrumente. Und die Zusammensetzung des Firnisses kannte ebenfalls nur er. Trotzdem musste er bei seinen sonst tüchtigen Gesellen ständig auf die Qualität der Arbeit achten. Nachdem der Firnis gemischt und angerührt war, musste er mehrmals aufgetragen und dazwischen wieder getrocknet werden. Diese Arbeit konnte er seinen Burschen überlassen und sich währenddessen seinem derzeitigen Lieblingsstück, einer Viola da gamba, widmen. Diese Viola da gamba hatte er selbst mit einem schönen, etwas helleren rotbraunen Firnis mehrmals bestrichen und mit geschnitzten Hermesköpfchen versehen. Den Boden hatte er aus Mahagoni-Ahornstreifen zusammengesetzt. Das Instrument war einen Meter und achtundzwanzig Zentimeter hoch und war für den Conte Picoll aus Padua bestimmt. Picoll war ein Feinschmecker, was Musik und Musikinstrumente betraf. Am nächsten Tag wollte Leonardo an der Viola weiterarbeiten.

Die Gegend, in der sich seine Werkstatt und sein Haus befanden, war nicht besonders nobel, dafür hatte er sich aber zusammen mit seiner Frau Clara vor einigen Jahren dieses günstige alte Haus gegenüber der Schiffswerft kaufen können. Sein Bruder Emilio, der in Vicenza ebenfalls eine Werkstatt für Geigenbau besaß, hatte ihm viel beim Restaurieren des alten Gebäudes geholfen und dabei hatte sich Leonardo finanziell komplett übernommen. Er musste seinen Bruder unbedingt am Wochenende besuchen und ihn um Rat fragen.

Leonardo blickte von seinem Haus aus auf den Squero di San Trovaso, die Schiffswerft, die direkt am Kanal lag, der an Leonardos Haus vorbeifloss. Er beobachtete die stolzen Schiffsbauer bei ihrer Tätigkeit, dem Bau von Fischerbooten und Gondeln für Venedig. Für den Bau der Gondeln wurden acht verschiedene Holzarten verwendet. Die Schiffsbauer kamen meist nicht aus der Lagunenstadt, sondern aus den Bergen. Ihnen war der Umgang mit Holz bestens vertraut. Das Geschäft für den Besitzer war ausgezeichnet, da dieser in ganz Italien und den an die Adria angrenzenden Ländern bekannt war und seine Boote einen ausgezeichneten Ruf besaßen. Sein bestes Geschäft machte er mit einer Gondel der absoluten Luxusklasse. Ein Jahr wurde das Schiff mit Platin, Gold, Edelsteinen und kostbaren Stoffen sowie hochwertigsten Lacken in Handarbeit hergestellt und in den arabischen Raum geliefert. Jede Adelsfamilie ließ sich aufwendig geschmückte, mit Gold und Silber verzierte Repräsentationsboote bauen. In den vorangegangenen Jahren war allerdings die Prunksucht derart ausgeufert, dass der Senat von Venedig per Gesetz die Farbe der Boote in einheitlichem Schwarz lackiert vorschrieb. Nach zwei bis drei Monaten konnte ein Boot die Werft verlassen und Leonardo bewunderte die Kunst der Schiffsbauer ein Schiff zu bauen ebenso, wie die Arbeiter die Kunst und den Klang seiner Geigen schätzten. Die in Arbeit befindlichen Boote hatten einen leicht geschwungenen Rumpf und dunkles Ebenmaß wie ein edles rassiges Pferd.

Die Arbeiter waren gerade dabei, eine ganze Reihe von Gondeln auf die Squeros, die umgedrehten Gestelle, zu legen. Sie sangen unentwegt ihre Lieder bei der Arbeit, manchmal sogar schöner als die Tenöre und Bässe des Teatro San Casiano. Als sie Leonardo sahen, schrien sie ihm heitere Zoten über die bevorstehende Geburt seines Kindes zu. Leonardo antwortete ihnen, dass nur durch die Kunst der Gondolieri ihre Kähne überhaupt schwimmen konnten. Die Gondolieri, die durch die Verdrängung des Wassers durch Trimmen und später durch Wricken dazu imstande waren, das Boot leicht auf die Seite zu legen, um damit mehr Gewalt darüber zu erreichen, wären eigentlich die Spezialisten und wahren Künstler. Das hörten die Arbeiter nicht so gerne, als es ihnen Leonardo zurief. Sie waren der Ansicht, nur durch ihr Können würden die Gondolieri, diese alten Schurken, überhaupt etwas verdienen, da die Boote allein durch ihre Baukunst und Fertigkeiten und durch ihre Wendigkeit die Wege in den Kanälen alleine finden würden. Es ging hin und her und das war wieder das Schöne an Venedig. Sie waren alle wie eine große Familie. Niemand war dem anderen böse oder hegte Neid. Alle lachten und luden ihn auf einen Umtrunk ein, aber Leonardo lehnte dankend ab, da er nicht in Stimmung war. Er erspähte Giorgio Treta, den Besitzer der Werft, der im Begriff war, mit einem Segelboot über den Kanal zu ihm herüber zu fahren. Als er bei ihm angelangt war, half ihm Leonardo ans Ufer. „Leonardo, sieh mal, mit welchem Boot ich übergesetzt habe." Leonardo gingen die Augen über. „Es ist das Boot für dich, das du schon immer bewundert hast, das nun schon jahrelang in meiner Werft im hintersten Winkel stand und das wir dir nun restauriert haben. Die Arbeiter und meine Familie haben es alle nach Feierabend in Schuss gebracht. Mit diesem Boot kannst du deine komplette Familie nach Burano, Murano oder in die Lagunen von Venedig ausführen. Es ist zwar nicht mehr das neueste, aber es ist von erstklassiger Qualität, liegt vorzüglich im Wasser und wir haben es mit einem feinen und dauerhaften Lack versehen. Die Segel sind fast neu und auch das Tauwerk haben wir weitgehend in Ordnung gebracht. Das ist unser Geburtstagsgeschenk für dich und deine Familie. Allerdings, wenn deine Familie noch wachsen wird, müsstest du dich nach einem noch größeren Schiff umschauen. Wir schätzen euch sehr und es soll auch der Dank dafür sein, das du unsere nicht besonders begabten Buben mit großer Mühe und Plage und völlig umsonst zu passablen Geigern ausgebildet hast. Die beiden Geigen, die du ihnen geschenkt hast, werden gepflegt und gehegt. Nun haben auch die Knaben endlich Spaß an der Musik gefunden, vor allem auch deswegen, weil ihnen verschiedene junge Damen begeistert zuhören."

Einen Moment hatte Leonardo alle seine Probleme vergessen und es schossen ihm Tränen der Rührung aus den Augen. Er umarmte Giorgio überschwänglich und seine einhundertzehn Kilo erdrückten den Mann beinahe. „Leonardo, wir werden am Sonntag mit deiner gesamten Familie nach Murano segeln." Leonardo war perplex. „Giorgio, ihr müsst heute Abend alle zu uns kommen und dieses Geschenk, über das ich mich so freue, müssen wir mit Wein und allem, was dazugehört, feiern. Ich werde sofort Clara informieren. Kommt alle nach Arbeitsschluss zu mir und wir feiern, solange wir können. Ich freue mich wahnsinnig."

Es wurde ein Fest, zu dem auch alle Nachbarn, ob eingeladen oder nicht, auftauchten. Es wurde musiziert, getanzt und gefeiert und natürlich gesungen.

Als Leonardo am nächsten Morgen erwachte und über den Kanal blickte, verfolgten ihn so wie in den vorangegangenen Nächten, in denen er sich schlaflos neben Clara herumgewälzt hatte, düstere Gedanken. Er stand kurz vor dem Konkurs seines kleinen Unternehmens. Zum Monatsende hatte er eine weitere Kreditrate zu leisten. Die Gläubiger hatten ihm eine letzte Frist gesetzt, die zu bezahlenden Rechnungen für Holz, Farben und das nur von ihm verwendete Material zu begleichen. Er verdrängte jedoch seine Probleme am heutigen Tag, denn Giorgio wollte ja am Sonntag seine Familie nach Murano ausführen, und er weckte Clara vorsichtig.

Nach der Rückkehr vom Ausflug nach Murano, spät in der Nacht, legte Leonardo mit seiner Familie vor seiner Werkstatt mit seinem wunderbaren Boot an. Es war ein perfekter Tag gewesen und die Familien, verteilt auf vier Segelboote, hatten Leonardo einen wunderbaren Geburtstagsausflug nach Murano bereitet.

Die Kinder waren bereits im Boot eingeschlafen, und nachdem er sie alle ins Haus getragen hatte, waren sie im wahrsten Sinn des Wortes ins Land der Träume gefallen.

Leonardo und seine Frau Clara konnten aber beide nicht schlafen. Clara hatte Leonardo bereits den ganzen Tag beobachtet und trotz der Freude, die ihm dieses Geschenk und der Ausflug bereiteten, seine manchmal durchscheinende düstere Miene gesehen. Als sie ihn daraufhin ansprach, erzählte Leonardo Clara nun von seinen Problemen. Sie hörte ihm lange zu und antwortete ihm: „Leonardo, du weißt, dass wir im Mai unser siebtes Kind bekommen, und dieser herrliche Moment wird uns alle den materiellen Verlust vergessen lassen, den wir ertragen müssen. Du bist einer der größten Geigenbauer aller Zeiten und niemand wird dich je vernichten können. Ich habe auch in den letzten Jahren gespart und wir werden eine Zeit lang damit leben können. Dann werden sich wieder neue Möglichkeiten finden. Unsere Liebe wird niemand vernichten können und das Schicksal einen neuen Weg aufzeigen." Leonardo küsste seine Frau leidenschaftlich und endlich konnte er in dieser Nacht etwas besser schlafen.

Die düsteren Gedanken ließen ihn aber nicht mehr los und er musste etwas unternehmen.

Leonardos größtes Problem war sein unmittelbarer Mitbewerber, Konkurrent und Auftraggeber Vincence Oratio. Für Oratio fertigte Leonardo den Großteil der Instrumente im Lohnauftrag an. Er baute zwar auch für andere große und bekannte Geigenbauer, aber die umfangreichen, großen Aufträge, mit denen er die Gehälter seiner Gesellen bezahlen konnte, erhielt er von Vincence Oratio. Seinen Namen, Leonardo, durfte er keinesfalls in diese Instrumente einfügen, beziehungsweise durfte sein Name auf den Geigenzetteln im Inneren der Instrumente nirgends erscheinen. Nach außen hin waren es Vincence Oratios Produkte. Vincence

Oratios Name war in ganz Europa bekannt und geschätzt. Orchester in den großen Städten und in den Zentren der Musik wussten um den perfekten Klang und die Orchesterleiter und ersten Geiger schworen auf Instrumente von Vincence Oratio. Oratio verfügte über Beziehungen in die katholische Kirche und durch den Bruder seiner Frau, der Kardinal im Vatikan war, erhielt er Aufträge für Kirchenorchester in ganz Europa. Oratio beschäftigte außer in seiner Fabrik in Padua eine größere Anzahl von Geigenbauern in Italien, Deutschland und Österreich. Er verkehrte in den höchsten Kreisen des Adels und den meisten Kulturministerien Europas. Er war nicht nur selbst ein guter Geigenbauer, sondern auch zusätzlich ein gefinkelter Geschäftsmann. Durch die Heirat mit der Comtesse Creola von Padua, die durch Weingärten und Besitztümer, die sie von ihren Eltern geerbt hatte, über ein herrliches Vermögen verfügte, war er finanziell völlig unabhängig. Trotzdem verfolgte er in seiner Gier mit Argwohn immer wieder die kleine Werkstatt von Leonardo, ob nicht doch das eine oder andere Instrument mit dem Namensschild „Leonardo" versehen wurde. Er beutete Leonardo gnadenlos aus und verkaufte dessen Wissen und Können als das seine. Leonardo war von ihm abhängig, da Oratio ihm das Geld für die Rohstoffe und Gehälter vorschoss.

Schön langsam, im Laufe der Jahre, hatte es Leonardo jedoch geschafft, einen feinen und exklusiven Kundenstamm aufzubauen, aber Oratio verfolgte ihn mit Argusaugen, da er von Kunden immer wieder auf die perfekten Instrumente von Leonardo angesprochen wurde. Außerdem konnte Leonardo auch mit einem günstigeren Preis Kunden akquirieren, da Oratio gewaltige Spannen aufschlug.

In der vergangenen Woche hatte Oratio Leonardo gedroht, er würde die Aufträge an ihn für zwei Monate einstellen, wenn er nicht noch bessere Instrumente mit größerem Klangvolumen und zu einem günstigeren Preis imstande sei zu produzieren. Nun hatte er ihm auch keinen Vorschuss überwiesen und Leonardo war verzweifelt.

Er machte sich noch am Abend des nächsten Tages auf den Weg zu Vincence Oratios Palazzo in der Nähe der Frarikirche am Canale Grande.

Der Palazzo war in erstklassigem Zustand, vollkommen restauriert, in einem zarten Hellrosa frisch angestrichen und die Fenstersimse waren weiß abgesetzt. Der obere Teil bis unter die letzten Fenster war in kräftigem Rot aufgehellt und mit Ornamenten verziert. Der Bootsanlegeplatz war mit Marmor verkleidet und eine Reihe von Gondeln und schönen Familienschiffen war vertäut. Aus dem ersten Stock erklang dezente Geigenmusik. Oratio gab eine Soiree. Leonardo läutete am Tor und ein Auge erschien hinter dem kleinen Guckloch. Der livrierte Lakai Paolo öffnete die Türe zur Hälfte und fragte Leonardo, obwohl er ihn kannte, wer er sei und was er um diese Zeit wolle. Leonardo sagte ihm, dass er Vincence gerne sprechen würde, er solle sich nicht so blöd anstellen, er wisse genau, dass er Leonardo sei. „Wahrscheinlich hast du dich wieder aus dem Weinkeller von Vincence bedient und deine Blödheit dadurch nur noch vergrößert." Pikiert und doch überraschenderweise machte sich der Diener leicht schwankend auf den Weg. Nach ein paar Minuten kam er zurück und bedeutete Leonardo, er solle eintreten. Maestro Vincence würde Seine Exzellenz Leonardo baldmöglichst empfangen. Leonardo sagte: „Eigentlich sollte ich dich in den Canale werfen für deine Frechheit, aber irgendwann werde ich dich erwischen." Er gab dem Diener einen Fußtritt und setzte sich in einen der mit Seide überzogenen Stühle. Leonardo betrachtete interessiert den typisch ästhetischen Stil Venedigs in diesem Empfangsraum. Die herrlichen karmesinroten Farben der Seidendamaststoffe der Vorhänge und die dazu passenden Gold-Tapeten an den Wänden sowie die mit Gobelins überzogene Sitzgarnitur. Er kannte den Hersteller dieser prachtvollen Stoffe sehr gut und würde Clara mit einem zarten hellblauen Seidendamast für das Schlafzimmer, den er aus einer fehlerhaften Lieferung günstig erhalten hatte, zu ihrem Geburtstag überraschen. Hoffentlich war dann wieder Geld in der Kasse, ansonsten musste er den Abholtermin verschieben. Aber das hatte ihm der Seidenweber ausgeredet. Er würde ihm nicht nur einen Kredit geben, sondern auch in Anbetracht der bevorstehenden Geburt einige Meter kostenlos dazulegen. Dies war wahrlich ein tolles Geschenk. Sein Blick glitt auf die venezianischen Holzfußböden, die sich seine Frau immer so sehr für ihr Haus gewünscht hatte. Sie waren durchgehend in die angrenzenden Räume, ohne Spalten, Fugen und Türschwellen verlegt. Die geschmackvollen Stilmöbel und die Ausstattung mit Bildern, Tischwäsche, Vasen und Gläsern zeugten von dem guten Geschmack der Hausherrin. Bis der Maestro endlich kam, dauerte es fast eine Dreiviertelstunde. Als Leonardo eines der Gemälde betrachtete, erschien Vincence endlich und begrüßte ihn überschwänglich. Vincence fragte ihn, was er denn um diese Zeit noch von ihm wolle. Selbstverständlich könne ein Meister seines Faches, wie es Leonardo sei, zu jeder Tages- und Nachtzeit bei ihm erscheinen. „Ich habe für dich, Leonardo, immer ein offenes Ohr.“ Leonardo begann umständlich und erzählte Oratio nun endlich sein Problem. Oratio hörte einige Zeit zu und lachte plötzlich höhnisch. Dann fing er an zu schreien.

„Leonardo, du kommst um diese Zeit in mein Haus, belästigst mich mit deinem Kram, den du dir alleine zuzuschreiben hast, und erwartest, dass ich dir auch noch Geld für deine Unfähigkeit und deine Lieferverzüge übersenden soll. Ich fordere dich auf, noch bessere Instrumente zu fertigen. Hast du nicht kapiert, dass die Zeiten schlecht sind für Geigen? Ich könnte Trommeln und Fanfaren für die Armeen brauchen. Arbeite endlich an einem noch besseren Klang. Außerdem gibt es Beschwerden, dass bei der letzten Lieferung der Firnis abbrösle. Was bildest du dir eigentlich ein, Leonardo? Du sollst viele billige Geigen herstellen und nicht ständig deine Frau schwängern. Sie ist ja schon wieder in anderen Umständen. Arbeite in der Nacht in deiner Werkstatt und nicht im Bett.“ Leonardo war blass geworden. Er wusste, dass Vincences Frau keine Kinder kriegen konnte und er im Grunde genommen Leonardo um seine Familie beneidete. „Leonardo, wach endlich auf, du bist in Venedig ein Niemand und ich kann dich vernichten. Ich gebe dir noch eine Chance, baue ein preiswertes Instrument mit einem einfachen, schlichten Klang, so wie er deinem Gemüt entspricht. Ich brauche ein Massenprodukt für die Musikbanausen und Bänkelmusikanten. Wenn du das schaffst, werde ich dir weitere Geldmittel zur Verfügung stellen, ansonsten verschwinde aus Venedig mit deiner Sippe. Ich gebe dir einen Monat Zeit, solltest du es bis dahin nicht schaffen, werde ich dich in den Ruin treiben und deine Werkstatt zum Monatsletzten übernehmen, da du ja bis über den Kopf in Schulden steckst. Hau ab, du hast mir den Abend verdorben." Damit schob er ihn zur Tür und schlug sie hinter Leonardo mit lautem Krach zu. Leonardo hörte, wie sich die Türe nochmals öffnete und ihm der Diener Paolo einen Kübel mit Wasser nachgoss. Der Diener versuchte so schnell wie möglich die Türe wieder zu schließen und im Haus zu verschwinden, aber Leonardo hatte ihn bereits eingeholt, er versetzte ihm einen Schlag ins Gesicht, zog ihn aus der Tür und warf ihn mit einem kräftigen Schwung in den Kanal. Als Paolo wieder auftauchte, rief ihm Leonardo zu: „Siehst du, ich habe es dir ja versprochen, Paolo, dass ich dich erwische. Nun habe ich es prompt eingehalten. Komm mir ja nicht noch einmal in die Quere, sonst hänge ich dir einen Stein an deine langen, dünnen Beine, du besoffenes Stück Scheiße."

Leonardo kehrte auf Umwegen und über den Markusplatz zu seinem Haus zurück. Als er davorstand, war ihm trotzdem leichter und seine düsteren Gedanken waren wieder verschwunden. Vincence war zu weit gegangen. Er wusste nichts über Leonardos Stolz, seine Entschlossenheit und seinen starken Willen. Er würde sich rächen. Die Schmähungen über sein einfaches Gemüt und seine, wie Vincence sagte, simplen Arbeitstechniken ließen ihn vollkommen kalt. Er wusste über sein Können Bescheid. Er war kein Geigenbauer für Jahrmarktsinstrumente. Er war Leonardo und für viele seiner privaten Kunden, wie Geigenvirtuosen, erste Geiger und Dirigenten berühmter Orchester, war er, Leonardo, einer der Gründer der venezianischen Geigenbauschule, einer der besten Geigenbauer der Jahrhunderte.

Er, Leonardo, würde das im Winter kalte und unfreundliche Venedig verlassen. Die Tristesse der alten Stadt, besonders ab Herbst bis in das Frühjahr hinein, verfolgte ihn schon längere Zeit. Der Gestank der Kanäle widerte ihn schon langsam an. Trotz der Strafen des Dogen warfen die Venezianer allen Unrat hinein.

Zu seinem vierzigsten Geburtstag schenkte Leonardo dem Dogen von Venedig, Giovanni Batista, eine Geige. Seither besuchte ihn dieser regelmäßig, um auch bei Leonardo seine Geigenkünste zu vervollständigen und von ihm zu lernen. Diese Gelegenheiten, zu denen der Doge unbemerkt in Leonardos Haus gelangen musste, waren für den mächtigen Mann die Zeit der Muße und der Entspannung. Zu diesen Übungsstunden nahm er sich eine Auszeit von seinen vielen Verpflichtungen und Empfängen, die ihn manchmal gewaltig überstrapazierten. Mit Leonardo, der über eine enorme Bildung verfügte, die er durch den Unterricht mehrerer Privatlehrer, die ihm sein Vater ermöglicht hatte, erhalten hatte, verband ihn eine immer größer werdende Seelenverwandtschaft. Bis zum Morgengrauen diskutierten sie und hier konnte der Doge seine Ideen und Vorstellungen über die Entwicklung Venedigs, die Probleme mit dem Handel der Venezianer, der immer weniger wurde, den teuren Bau der Kriegsflotte und die schwindenden Steuereinnahmen testen und vervollständigen. Leonardo und seine Frau hatten immer blendende Ideen und Ratschläge. Der Doge schätzte die beinharte Kritik Leonardos und seiner Frau Clara, deren Anmut und Schönheit er immer wieder bewunderte, wie er es ihr auch sagte. Leonardo war sichtlich darauf stolz. Für manche Bauwerke, die Erhaltung der Stadt und vor allen Dingen die Förderung der Kunst und der Musik konnte Leonardo ein gutes Wort einlegen. Für sich selbst und seine Familie aber erreichte er nichts, weil er dem Dogen nichts sagte. Leonardo war viel zu bescheiden, obwohl ihn Clara immer wieder ermunterte, doch auch etwas über seine Probleme zu sagen. Aber es nutzte nichts. Er konnte nicht aus seiner Haut. Er war der Ansicht, er brauche niemanden und er könne alles selbst erledigen. Er wollte den Dogen nicht belästigen und er war auch viel zu stolz, um ihn um Hilfe zu bitten. Sechs Kinder und bald das siebente waren zu ernähren, seine Gesellen wollten Arbeit und Brot und er hatte sich einen Todfeind geschaffen. Vincence Oratio hatte ja ebenfalls vor, dem Dogen ein Präsent in Form eines Musikinstrumentes zu überreichen, aber Leonardo war ihm zuvorgekommen. Dafür hasste er Leonardo umso mehr.

Vor dem Eingang zu Leonardos Haus hatten es sich die sechs Katzen der Kinder, alle schwarz wie die finstere Nacht, gemütlich gemacht. Die schlanken Tiere betrachteten ihn mit ihren ironischen, gelben weiten Augen, sie strichen ihm miauend zur Begrüßung um die Beine und Leonardo nahm eine nach der anderen auf den Arm. Die Kinder waren bereits im Bett, zumindest hörte er ihr ständiges Getrappel und Gerenne nicht. Wie sollte er seiner Frau Clara beibringen, die in dieser Stadt geboren worden war, dass er aus Venedig weggehen würde? Es würde ein hartes Stück Überzeugungsarbeit notwendig sein.

Als Leonardo in das im ersten Stock des Hauses gelegene Wohnzimmer trat, saß Clara bei einer Klöppelarbeit. Immer wieder musste er ihre Anmut bewundern, mit der unter ihren Händen unvergleichlich schöne Klöppelarbeiten entstanden. Am Sonntag hatte er vor, mit ihr und den Kindern nach Burano, die Stadt der Klöppelkunst, zu segeln. Er hatte nun sein eigenes Boot und so würden sie ohne Komplikationen dorthin gelangen. Clara freute sich wahnsinnig über diese Nachricht und Überraschung. „Leonardo, du hast die besten Ideen." Leonardo wusste das, aber nur das Quäntchen Glück und das kaufmännische Geschick fehlten ihm in seinem Beruf. Clara blickte ihm ins Gesicht und erkannte sofort, dass wieder etwas geschehen war. Sie wollte ihn fragen, was los sei, aber Leonardo küsste sie sanft auf den Mund und erzählte ihr nur, dass er noch bei seinen Freunden im benachbarten Café gewesen war und noch die zu liefernden Geigen prüfen müsste. „Es wird etwas später, bitte warte nicht auf mich." Damit verließ er den Raum. Clara atmete tief durch und dachte sich: „Männer, nur Männer." Aber sie liebte ihn über alles und am nächsten Tag würde er sowieso mit seinem Problem herausrücken und dann hatte sie noch genug Zeit, mit ihm zu diskutieren und wie immer Lösungen zu finden.

Leonardo ging in seine Werkstatt, verschloss hinter sich die Tür. Er schob den Arbeitstisch zur Seite und betätigte einen verborgenen Riegel an der Zimmerdecke. Eine Falltür unter dem Werkstattboden öffnete sich. Über eine eingearbeitete Treppe betrat er den darunter liegenden Raum. Mit einem weiteren

Handgriff schloss sich die Falltür wieder. Niemand konnte erkennen und niemand außer seinem Bruder Emilio, mit dem er das Haus umgebaut hatte, und Clara wussten über die zweite Werkstatt Bescheid und darüber, wie man in diese Werkstatt gelangen konnte. Über eine Tür hinter dem großen Werkzeugkasten konnte man außerdem unmittelbar an den Kanal gelangen. Leonardo öffnete einen Wandschrank, in dem sich unter anderem neben einer Bratsche und einem Cello ein Geigenkasten mit seinem bisher wertvollsten und wunderbar gefertigten Inhalt befand. Er begann die Geige herauszunehmen und auf seinen mit einem Samttuch bespannten Arbeitstisch zu legen. Leonardo strich die Geige zart an und spielte einen Satz aus einem Konzert von Vivaldi. Völlig in Gedanken versunken, überlegte er nochmals aus Venedig wegzugehen und mit seinem Bruder in Vicenza neu zu beginnen. Als er die Geige wieder in den Geigenkasten legen wollte, stieß er eine Tasse um, die sich auf seiner Werkbank befand und die er hier nicht selbst hergestellt hatte. Wahrscheinlich hat sie Clara vergessen.

Der Inhalt der Tasse ergoss sich in und über die Geige. Leonardo wischte sofort die Flüssigkeit mit einem sauberen Tuch ab und war erstaunt, wie das Holz der Geige sich wunderbar verfärbte. Ein zarter, hellrostbrauner Schimmer überzog das Instrument. Leonardo nahm nochmals den Geigenbogen und strich die Geige zart an, um zu prüfen, ob sie Schaden erlitten hatte. Er war vollkommen verblüfft. Der Klang der Geige war einfach überwältigend. Diese Weichheit und Kraft der Töne hatte er noch nie bei einem seiner Instrumente erlebt. Auch kein Instrument eines seiner Meisterkollegen konnte sich damit messen. Er experimentierte, bis der Morgen graute. Erst dann legte er sich erschöpft, aber doch wieder zuversichtlicher zu Clara. Er wollte ihr erst später von seiner Entdeckung berichten.

Am nächsten Vormittag verteilte er die Arbeiten in der Werkstatt und erklärte seinen Gesellen, dass er erst zu Mittag wieder da sein würde. Er ging über eine der vielen Brücken zum Markusplatz. Vorbei an den singenden Kaufleuten, die ihre Waren anpriesen, vorbei an den vielen kleinen Werkstätten, in denen die

Arbeiter ebenfalls bei ihren Verrichtungen sangen. In dieser Zeit wurde viel gesungen in Venedig. Einfache Menschen auf den Straßen sangen plötzlich Arien und zwar mit einer Treffsicherheit und Genauigkeit, die man kaum bei der gebildeten Gesellschaft fand. Es waren die Jahre der Musik in Venedig und in Italien.

Das im Jahr 1637 eröffnete Teatro San Casiano, das Theater San Benedetto und das Teatro San Lucca, eines der größten der Stadt, wurden überrannt. Es wurden Opern, Kantaten, Arien und Instrumentalstücke aufgeführt. Antonio Vivaldi, der mehr als dreihundert Solokonzerte schreiben sollte und teilweise auch selber spielte, feierte einen Triumph nach dem anderen. Vivaldi, der eigentlich Priester war, spielte auch in der Kirche zu San Marco.

Leonardo steuerte auf das Café San Giorgio am Markusplatz zu. Hier traf er sich fast jeden Vormittag mit einer Anzahl von Gleichgesinnten und Musikern, Malern und Künstlern dieser Zeit. Er wurde mit großem Hallo empfangen und alle wollten wissen, wann er nun endlich Vater werde und ob er schon wieder an einem neuen Nachfolger bastle. Zuzutrauen wäre es ihm ja ohne Weiteres, bei so einer hübschen Frau sei das allerdings nicht verwerflich. Allgemeines wohlwollendes Gelächter erfüllte den Raum. Leonardo wusste, hier wurde er nicht ausgelacht, er wurde hochgeschätzt und er gab eine Runde aus. Die Freunde applaudierten und sangen alle gemeinsam ein Spottlied der Gondoliere. Anschließend diskutierten sie über das neben dem Café entstehende neue Café „Alla Venezia Trionfante" und ob der neue Hausherr, Florian Francesco, der ebenfalls anwesend war, es nicht doch lieber, da es über sehr kleine Räumlichkeiten verfügte, „Piccolo Florian" nennen sollte. Das Café sollte Ende Dezember eröffnet werden. Er sollte es dann tatsächlich „Florian" nennen. Eine Runde Wein nach der anderen wurde ausgeschenkt. Die Lebensfreude der Venezianer, die derart musikbegeistert waren, dass sie kaum Konzerte oder Opern ausließen, war unschlagbar. Die Akademien und die sechzehn Theater Venedigs und die Kirchen waren voll, wenn Konzerte aufgeführt wurden. Auch über die unbändige Vergnügungssucht der Venezianer, die gekennzeichnet war durch eine pausenlose Aneinanderreihung von privaten Festen und Belustigungen, wurde diskutiert. Da sie alle damit gute Geschäfte machten, hatte auch niemand etwas dagegen einzuwenden. Auch die Freudenhäuser und Etablissements wurden äußerst gerne in Anspruch genommen, was den Senat von Venedig sehr freute und er auch förderte, denn die Steuern waren dadurch enorm am Steigen. Auch für die Studenten und für die Jugend müssten die Damen günstige Preise anbieten, damit die Jugend ebenfalls an diese Möglichkeiten gewöhnt wurde.

Antonio Vivaldi war ebenfalls im Café, und auf eine Frage, warum er bei der letzten Messe in San Marco, er war ja Priester, plötzlich von der Messfeier aufgesprungen sei und aus der Kirche gerannt war, erzählte er mit vollem Ernst, dass ihm wieder die Fortsetzung eines seiner Violinkonzerte eingefallen war. Nun waren es bald an die dreihundert Violinkonzerte, die er auch, wie man erzählte, in den Pausen zwischen den Akten seiner Opernaufführungen schrieb. Das Aufkommen von Violinsonaten mit Klavierbegleitung und ohne Generalbass war für ihn ein neues Betätigungsfeld. Die Nachmittage verbrachte Antonio Vivaldi meist im Waisenhaus Ospedale della Pietà. Hier erteilte er den Kindern kostenlos Geigenunterricht. Auch Allesandro, dem achtjährigen Sohn von Leonardo, erteilte er Geigenunterricht. Er erkannte das Talent des Buben selbstverständlich, aber der Knabe war sehr faul und manchmal musste er ihn am Ohr zupfen. Einmal machte er eine kleine Pause, erzählte dem Buben eine lustige Geschichte, erklärte ihm aber dann mit ernstestem Gesicht, wenn er nicht übte, müsste er ihn zu den Kindern im Waisenhaus mitnehmen. „Und dort kannst du dann den ganzen Tag faulenzen und sinnloses Zeug schwätzen, dafür darfst du dann das schmutzige Geschirr in der Küche abwaschen und die Unterhosen der Buben reinigen. Am Abend darfst du dann im Keller bei den kleinen Ratten schlafen. Dies ist sehr angenehm, da diese Ratten gerne Nasen und Ohren fressen." Von diesem Augenblick an war Allesandro wie verwandelt und jedes Stück war tadellos geübt.

Es wurde endlos darüber diskutiert, wie denn der Markusplatz gepflastert werden könne. In drei Jahren sollte der Architekt Andrea Tirali Pläne auf den Tisch legen, aber bereits jetzt machte er sich Gedanken und es wurde diskutiert und palavert. Andrea arbeitete bereits jetzt an der Optik und Geometrie der Pflasterung. Der Platz sollte mit weißen geometrischen Streifen eingerahmt sein. Es würde noch ein paar Jahre dauern. Auch den Mathematiker Allesandro Marcello hatte er in seine Vorstellungen einbezogen. Allesandro war ein Universalgenie, das malte, dichtete, komponierte und Instrumentalist war. Sein Raumgefühl war in ganz Italien berühmt.

Einmal gesellte sich die Malerin Carriera Rosalba zu den Männern und nahm an der Seite von Leonardo Platz. Sie fühlte sich zu ihm hingezogen, obwohl sie wusste, dass er sechs Kinder hatte und ein absolut treuer Ehemann war. Aber sie versuchte es halt immer wieder, Leonardo zu umgarnen.

Auch Bernardo Canale, der Neffe des Malers Antonio Canale, genannt Canaletto, und sein Schüler Francesco setzten sich zu Leonardo. Sie malten alles, was sie sahen, Plätze, Brücken, Kanäle, Umzüge, Menschen, auch die stillen Winkel, die abseits gelegenen Kanäle und Gassen. Sie schwelgten in Farben, sie schilderten, was sie sahen, und brauchten nichts hinzuzufügen. Ihre Schattierungen waren einmalig und erst die Ölfarben, Tempera, Aquarelle, Pastell, Tuschzeichnungen und Radierungen waren eine Pracht. Sie hatten Aufträge in ganz Italien und konnten sehr gut davon leben. Es ging allen wesentlich besser als Leonardo. Plötzlich überkam ihn wieder eine tiefe Angst und Verzweiflung und Leonardo verließ mit einer kurzen Entschuldigung, er habe noch Firnis vorzubereiten, seine Freunde.

Der Abt von San Michele

Leonardo beschloss auf die Insel San Michele zu fahren. Hier wollte er klare Gedanken fassen, so wie er es vor Jahren nach dem Tod seiner Mutter getan hatte. Er war völlig verzweifelt, als er das Kloster mit seiner berühmten Bibliothek betrat und in der letzten Reihe Platz nahm, um seine Gedanken zu sammeln.

Tief in sich versunken wurde er plötzlich durch eine Stimme aus seinen Grübeleien gerissen. Er wendete seinen Kopf einer hageren männlichen Gestalt im Gewande des Mönches von San Michele zu und erblich. „Leonardo, warum bist du in der letzten Bank meiner Kirche und nicht im Beichtstuhl, den du schon lange nicht mehr benutzt hast? Was ist los mit dir?"

Die letzten Jahre hatte er diese Abtei nicht mehr betreten und er hatte mit seinem Herrgott abgeschlossen. Er fühlte sich ertappt wie ein kleiner Knabe. Aber irgendwie sah er in den Augen des Mönches ein wohlwollendes Leuchten und er kam seiner Einladung nach, ihm in die Sakristei zu folgen. Er begann ihm seine Sorgen zu erzählen. Der Mönch hörte ihm lange schweigend zu, bis er endlich seine schmeichelnde Stimme erhob.

„Leonardo, ich weiß, dass du mit der Kirche auf Kriegsfuß stehst, aber ich weiß auch, dass du einer der größten und begnadetsten Geigenbauer Italiens bist. Es ist ein Wahnsinn, wenn du dich von der Meute völlig entfesselter Gläubiger und deinem Auftraggeber zerstören lässt. Deine Hände sind von Gott geleitet, wenn sie dich beim Bau der Instrumente führen."

Leonardo gewann vertrauen in den Mönch und erzählte ihm, dass er noch eine Geige in seiner Werkstatt an einem sicheren Ort verwahrte, die er in vielen Nächten unbemerkt von seinen

Mitarbeitern fertigte. Es sei dies die schönste und wertvollste, die er jemals bauen konnte.

Die wunderbar geformte Schnecke, die kein Geigenbauer der Welt so kunstvoll und begnadet formen könnte, gäbe dieser Geige einen noch niemals erreichten Klang. Die Weichheit und Klarheit des Instrumentes seien einzigartig und niemals würde ein Geigenbauer ein derartiges Instrument fertigen können. Das Geheimnis des perfekten Klanges verriet er jedoch nicht. Die Augen des Mönches leuchteten unbemerkt auf, als er der Erzählung Leonardos lauschte. Nachdem Leonardo geendet hatte, gab sich der Priester nachdenklich. „Leonardo, ich werde nächste Woche nach Rom reisen. Ich habe im Vatikan gute Freunde und ich will versuchen dein Problem zu lösen. Versuche deine Gläubiger so lange hinzuhalten, bis ich wieder in Venedig bin. Nun geh nach Hause und sprich mit niemandem darüber."

Etwas erleichtert verließ Leonardo die Sakristei und ging nach Hause.

Der Abt begab sich in sein Studierzimmer und setzte sich an seinen Schreibtisch. Er nahm sich Papier und seine Feder aus dem Schreibtisch und setzte einen Brief an Vincence Oratio auf.

Er begann ihn mit den Worten: *Vincence, ich habe eine Nachricht erhalten, die dich dazu in die Lage versetzen wird, unsere Abtei endlich zu revitalisieren und dringende Reparaturarbeiten durchzuführen. Dies hast du mir immer wieder versprochen. Außerdem ergeben sich für dich weitere fantastische Möglichkeiten, das Gedeihen deiner Firma und deiner wirtschaftlichen Verhältnisse auf eine neue Basis zu stellen. Vincence, ich erwarte dich morgen Abends in der Abtei.* Dann verschloss er den Brief mit seinem Sigel und übergab ihn seinem Sekretär, der am Nachmittag nach Venedig übersetzen und Vincence den Brief übergeben würde.

Als Leonardo von seinem Besuch in der Abtei zurückkehrte, erwartete ihn Clara bereits mit großer Sorge. „Wo warst du denn so lange, Leonardo? Ich habe mir bereits Sorgen gemacht." Sie sah seine sorgenvolle Miene und nahm ihn zärtlich in ihre Arme.

Nach einigen Sekunden richtete sich Leonardo wieder auf, schaute seiner Frau in die Augen und begann ihr die Probleme zu schildern. Als er ihr erzählte, dass er dem Mönch von San Michele seine Sorgen mitgeteilt hatte, war sie momentan fassungslos. Doch änderte sie ihren vorwurfsvollen Blick sofort, als sie die traurigen Augen ihres Mannes sah.

„Leonardo, ich glaube nicht, dass es sehr gescheit war, diesen Mönch in deine Sorgen einzuweihen, aber nun ist es bereits geschehen und wir können es nicht mehr ändern. Vielleicht war es doch das Beste, was du machen konntest."

Spätabends, nachdem die Kinder in den Betten lagen und er bei jedem seiner Kinder eine kurze Nachtgeschichte abliefern musste und alle einen Kuss erhalten hatten, der mit Gekichere und Gekitzle bei den Mädchen und Gejohle bei den Buben begrüßt wurde, legte er sich endlich zu seiner Frau.

Sie schlief bereits, aber er weckte Clara mit einem zärtlichen Kuss. Sie war sofort hellwach und merkte, dass Leonardo wieder fröhlicher war als in den letzten Wochen, und als er sie fragte, ob sie die Schüssel mit der Tinktur auf seiner Werkbank stehen gelassen hatte, gestand sie ihm, dass sie dieses Schale irrtümlich dort vergessen hatte. „Du weißt, dass ich heute den Braten mit Pilzen zubereitet habe. Der wunderbare Geschmack des Pilzes durch das Anbraten mit Knoblauch passte vorzüglich zum Fleisch. Der rohe Saftextrakt des Pilzes mit Kräutern versetzt ist jedoch absolut tödlich. Dass du mir ja nicht einmal davontrinkst", lachte sie. „Der verwendete Pilz ist nur gegart genießbar. Im handgeschriebenen Pilzbuch meiner Mutter habe ich nachgelesen, dass man durch die Beigabe verschiedener Kräuter der Rattenplage damit Herr werden kann. Ich habe es ausprobiert und es wirkt bei diesen Tieren absolut tödlich." Nun musste auch Leonardo lachen und flüsterte Clara ins Ohr, dass er ein wenig vom Saft gekostet habe und er bereits die Wirkung in seinen Lenden spüre.

„Clara, du musst mir sagen, wo du diesen Pilz gefunden hast. Ich glaube, er ist einzigartig und ich kann mit der Zusammensetzung den Klang wunderbar verfeinern und das Aussehen der Instrumente enorm veredeln. Ich muss im Pilzbuch deiner Mutter nachlesen." Clara sprang aus dem Bett und holte die Mappe mit den Aufzeichnungen ihrer Mutter.

Fasziniert lasen sie beide, dass die nach den Beigaben der verschiedensten Kräuter entstandene Tinktur auch tief in die Struktur von Holz, Leder oder Textilien eindrang und diese veränderte und haltbar machte. Auch die Farbstruktur wurde verstärkt und die Farben wurden auch bei Textilien, Papier und Holz leuchtend schön.

Leonardo war fasziniert. Dieses Geheimnis und seine Entdeckung waren der Schlüssel des Erfolges zur vollendeten Herstellung seiner Instrumente und damit ihres finanziellen Überlebens.

Am folgenden Wochenende fuhren Leonardo und Clara in die Gegend von Trient an jenen Ort, an dem ihre Mutter die Pilze immer gefunden hatte. Sie brauchten nicht lange zu suchen, denn tatsächlich fanden beide diese sonderbaren, mehr einem kleinen Stein ähnlichen Pilz. Clara erkannte ihn sofort. Das graubraune Hütchen, der wulstartig beschnittene Stiel und der Geruch nach Rüben und Rettich gaben Clara die endgültige Gewissheit, den richtigen Pilz gefunden zu haben.

Als sie wieder nach Hause kamen, ersuchte Leonardo Clara, ihm genau aufzuschreiben, wie sie den rohen Extrakt herstellte. Er erzählte ihr nochmals, wie der Extrakt die Farbe seiner Geige positiv verändert hatte, und er wollte hier weitere Versuche machen. Die wunderbare Entwicklung des Klanges musste er noch testen.

„Clara, du bist im wahrsten Sinne des Wortes meine kleine Zauberkünstlerin." Clara gab ihm den Zettel mit den Zugaben zum Extrakt. Leonardo eilte in seine Werkstatt. Er testete den Extrakt bis in die frühen Morgenstunden an verschiedensten Instrumenten und war von dessen Wirkung begeistert. Er versteckte das Rezept in seinem Geheimfach, einer zu öffnenden Bodendiele.

Am Morgen betrat er die Werkstatt, in der alle vier Geigenbauer an den Instrumenten arbeiteten, und zupfte seinen Sohn Emanuel leicht am Hemd an. Emanuel hatte das Talent seines Vaters geerbt und saugte begierig die Arbeitsmethoden und Kenntnisse seines Vaters in sich auf. Er war bereits mit seinen zwanzig Jahren ein Könner seines Faches. Leonardo war stolz auf ihn. Mit dem Vorwand: „Emanuel, ich hätte einiges mit dir bezüglich des Holzeinkaufes zu besprechen", verließen die beiden die Werkstatt. Etwas entfernt vom Haus setzte sich Leonardo auf eine Gartenbank und Emanuel nahm neben ihm Platz. „Emanuel", begann Leonardo, „ich muss dir als meinem ältesten Sohn etwas anvertrauen, das nur Clara, du und ich wissen dürfen." Er erzählte seinem Sohn alles über den finanziellen Zustand der Firma und dann weihte er ihn in die Entdeckung des wunderbaren Klanges der Geige ein. Emanuel war zuerst völlig entsetzt, aber nach wenigen Momenten hatte er sich vollkommen gefasst und erkannte sofort die Situation und die Möglichkeiten für ihre kleine Werkstatt. Er sah seinen Vater liebevoll an und begann mit den Worten: „Vater, wir haben zwar ein großes finanzielles Problem, aber ich liebe dich und unsere gesamte Familie. Ich verspreche dir, alles zu unternehmen, um deinen Weg zusammen mit dir fortzusetzen. Wir müssen das Rezept und die Instrumente sichern und an einen geheimen Platz bringen."

Leonardo musste über die jugendliche Tatkraft seines Sohnes lächeln. „Komm, Emanuel, wir gehen zurück und ich werde dir etwas zeigen." Sie gingen beide zurück in die Werkstatt und Leonardo gab seinen Mitarbeitern für den heutigen Tag frei. Er wartete, bis der letzte gegangen war. Dann verschloss er die Werkstatt und weihte ihn in alles ein. Sie würden in Zukunft alle Schritte gemeinsam tun.

Leonardo besuchte an diesem Tag noch seinen Apotheker Alfonso Tosso und fragte ihn, ob er ihm nicht ein Buch über seltene Pilze leihen könnte. „Willst du jemanden umbringen?", lachte Tosso. „Da hätte ich nämlich eines mit interessanten Pilzen. Bring es mir bei Gelegenheit wieder zurück."

Leonardo studierte am Abend das Buch und fand für seine Entdeckung eine Erklärung. Es gab Pilze, die ihre Fäden tief ins Holz einbrachten und dadurch die Zellwände anknabberten. Durch die geringere Holzdichte entstand eine fantastische Resonanz. Das war also das Geheimnis, das seine Frau für ihn entdeckt hatte.

Am Tag darauf beschloss Leonardo dem Konzertmeister der Oper, Venice Umberto Casa, seine Geige vorzuführen und ersuchte diesen darauf zu spielen.

Umberto Casa war überwältigt. „Leonardo, sage mir, wie du dies erreichen konntest. Es ist ja göttlich, was dir hier gelungen ist, bist du dir überhaupt bewusst, dass du mit diesem Instrument den Geigenbau revolutionieren wirst?" Leonardo gab sein Geheimnis aber nicht preis. „Leonardo, am Samstag findet in der Oper ein Konzert mit dem größten italienischen Geigen-Virtuosen statt. Du musst ihm diese Geige zur Verfügung stellen, ich werde ihm sofort eine Depesche senden, er ist im Hotel Da Ponte abgestiegen. Er soll das Instrument begutachten und vorher darauf spielen. Ich gebe dir Bescheid, wann du ihm die Geige bringen kannst. Leonardo, du bist wahrlich ein Genie und ich werde meinen Kollegen in der ganzen Welt davon berichten und diese Nachricht verbreiten." Leonardo war überglücklich und eilte in seine Werkstatt. Er erzählte Emanuel und seiner Frau von seinem Erfolg.

Beide waren allerdings sehr skeptisch, ob es klug war, diesem Pfau Umberto auch die Neuigkeit zu unterbreiten.

Nachdem Leonardo die Oper verlassen hatte, begab sich Umberto Casa unverzüglich zu seinem Freund Vincence Oratio, dem größten Mitbewerber und Arbeitgeber Leonardos, und erzählte ihm vom wundervollen Klang der Geige Leonardos. „Du weißt ja hoffentlich, Vincence, was es bedeutet, wenn Leonardo dieses Instrument auf den Markt bringt. Er wird dir das Geschäft im Handumdrehen abspenstig machen und seine wirtschaftlichen Probleme sofort gelöst haben."

Vincence Oratio lauschte begierig der Erzählung Casas und beschloss Leonardo sein Geheimnis zu entreißen. „Umberto, du bist ein wahrer Freund und ich werde bei Gelegenheit meine Dankbarkeit zum Ausdruck bringen, du hast eine Gefälligkeit bei mir offen!" Casa war beglückt, wurde vom Diener zur Anlegestelle gebracht und bestieg seine Gondel.

Nachdem Casa den Palazzo verlassen hatte, läutete es an der Pforte. Der Diener meldete den Sekretär des Abtes von San Michele.

Der Diener führte ihn in das Arbeitszimmer, in dem sich Oratio noch immer, über seine Geschäftsbücher gebeugt, befand. Der Sekretär überbrachte die Wünsche des Abtes und überreichte Oratio den versiegelten Brief. Oratio öffnete das Siegel und begann die Nachricht zu lesen. Er würde am nächsten Abend den Abt aufsuchen.

Dann setzte sich Oratio an seinen Schreibtisch und verfasste einen Brief an Giorgio Senello, seinen alten Grundschulfreund in Neapel. Senello verfügte über unwahrscheinliche Verbindungen in die Unterwelt Neapels und Venedigs und war ihm zu großem Dank verpflichtet. Giorgio Senello war gelernter Metzger, der später in den Polizeidienst eingetreten war. Er war berüchtigt ob seiner Verhörmethoden und schon als Junge für das grausame Quälen von Katzen und Hunden bekannt gewesen. Als die Aufnahmeprüfung für die Polizeiakademie ausgeschrieben worden war, hatte Oratio ihm die Unterlagen dafür geschrieben. In weiterer Folge hatte sich Senello im wahrsten Sinne des Wortes durch die Unterwelt Neapels gekämpft, und als die Stelle des Polizeipräfekten vakant wurde, hatte er Oratio um Hilfe gebeten. Dieser hatte alle seine Verbindungen spielen lassen und Senello zu dieser Position verholfen. Er war Oratio also zutiefst verpflichtet. In dem Brief ersuchte Oratio Senello, ihn so schnell als möglich aufzusuchen, er habe eine wichtige persönliche Entscheidung zu treffen und er benötige diesmal den Gefallen seines Freundes. Er rief seinen Sekretär, der den Brief umgehend zur Post brachte.

Am Wochenende besorgte sich Leonardo von seinem Freund Alfonso Tosso zusätzlich ein zweites Buch über Pilze. Er erzählte ihm, dass Clara für die nächste Feier ein Pilzgericht kreieren wollte und sie wollten ja nur genießbare Pilze dazu verwenden. Tosso lachte und meinte, dass er es sich gut überlegen würde, ob er zu diesem gefährlichen Essen mit seiner gesamten Familie erscheinen sollte, da ja unter Umständen sein ganzer Clan ausgerottet werden könnte. Im Buch entdeckte Leonardo tatsächlich wieder diesen geheimnisvollen Pilz. Noch einmal las er voller Begeisterung die Bestätigung des alten Buches.

Und dann kam der wichtigste Absatz. *Da der Extrakt nur aus rohen Pilzen gemacht werden kann, ist äußerste Vorsicht walten zu lassen. In rohem Zustand genossen ist der Extrakt absolut und unmittelbar tödlich.*

In einem kleinen Nachsatz wurde auch die Behandlung mit einer Flüssigkeit beschrieben, die aus mehreren Kräutern bestand, und damit war auch die Herstellung einer Paste möglich, die auf die Haut gebracht tödlich wirkte.

Leonardo besorgte am nächsten Tag die Beigaben, vermischte diese mit dem rohen Saft des Pilzes und legte einen Köder, den er mit der Paste bestrich, im Keller seiner Werkstatt aus. Stunden später fand er eine völlig aufgedunsene tote Ratte. Leonardo beschloss nun, sich an seinem großen Rivalen Vincence Oratio zu rächen.

Leonardo war sich völlig im Klaren, dass er dieses Geheimnis seiner Frau Clara und ihren Kochkünsten zu verdanken hatte. In ihrem ganzen Leben hatte er ihr noch nie einen so großen Strauß Rosen gebracht. Als er ihr den Strauß übergab, war sie fassungslos. „Was ist denn in dich gefahren, Leonardo, dass du so viel Geld ausgibst?" „Sei einfach ganz ruhig", sagte er zu ihr. „Ich liebe dich doch über alles. Die Rezeptur deiner Mutter wird uns reich machen." In ihrem Innersten war Clara allerdings nicht sehr davon überzeugt. Doch sie wollte Leonardos Freude nicht schmälern.

Nach einer Woche erhielt Leonardo durch einen Boten die Nachricht, sofort in die Abtei des Mönches von San Michele auf die Insel zu kommen. Der Mönch empfing ihn mit undurchdringlichem Blick und teilte Leonardo mit, dass er durch Kardinal Giuseppe Terrone erfahren hätte, dass Leonardos großer Rivale Vincence Oratio einen der größten Aufträge seiner Zeit vom Vatikan erhalten sollte. Leonardo könnte seine Schulden abarbeiten. Allerdings dürfe sein Name in keinem seiner Instrumente, wie bisher, erscheinen. Bedingungen seien, dass er auch die Technik der Herstellung seiner kunstvollen Schnecken preisgeben müsse. Es sei allen klar, dass Leonardo zu den größten italienischen Geigenbauern zähle. Dies sei auch im Vatikan unbestritten, aber Leonardo stehe mit der Kirche auf Kriegsfuß und habe sich zu fügen.

Außerdem sei dem Kardinal ja zu Ohren gekommen, dass Leonardo noch eine neue Geige mit einem sagenhaften Klang entwickelt hätte. Sollte er das Geheimnis der Herstellung dieser Geige nicht preisgeben, würde er keine Aufträge mehr erhalten und er und seine Familie würden aus Venedig verschwinden müssen. Leonardo war niedergeschmettert über die Nachricht und erbat sich Bedenkzeit.

Daraufhin begab sich Leonardo in seine zweite Werkstatt und versteckte die Unterlagen über die Extraktherstellung und das Rezept für die todbringende Mixtur unter einer Diele des Fußbodens seiner geheimen Werkstatt. Seinem Sohn Emanuel zeigte er am Morgen das Versteck mit den Rezepturen. Auch über die Mixtur und über sein Gespräch mit dem Abt von San Michele informierte er ihn. Emanuel war entsetzt. „Vater, wir müssen sehr vorsichtig sein.“

Der Mönch von San Michele eilte nach dem Gespräch mit Leonardo unverzüglich zu Oratio und berichtete diesem alles. Oratio antwortete ihm: „Ich habe, falls Leonardo sein Geheimnis nicht freiwillig preisgibt, vor, ihn so lange zu foltern, bis er redet. Anschließend werden wir ihn töten und verschwinden lassen. Es ist bereits alles in die Wege geleitet. Du sollst einen entsprechenden Anteil für dein Schweigen erhalten und wir werden die Reparaturarbeiten an der Abtei unverzüglich in Angriff nehmen.“ Der Mönch war einverstanden und lächelte teuflisch.

Polizeipräfekt Senello, genannt der Schlächter von Neapel, machte sich unmittelbar nach Erhalt der Nachricht von Oratio zusammen mit seinem Gehilfen Giorgio Ambrosao auf den Weg nach Venedig. Sie bestiegen das Schiff nach Genua und erreichten am dritten Tag Venedig. Senello und Ambrosao stiegen in einem unscheinbaren Hotel in der Nähe des Palazzo von Oratio ab. Drei Koffer wurden ins Hotel getragen. Einer davon enthielt die Folterwerkzeuge, mit denen Senello noch jeden Verbrecher zum Reden gebracht hatte. Dann bestieg Senello eine Gondel und ließ sich zum Palazzo von Oratio fahren. Er läutete und nach längerem Warten öffnete endlich der Lakai Paolo. Als er Senello sah, wurde er leichenblass.

„Wer bist du?", fragte er vorsichtig durch den geöffneten Tür-spalt. Ein solch brutales Gesicht hatte er noch niemals gesehen. Senello hatte nur ein Auge, das andere war ihm bei einer Ver-haftung ausgestochen worden. Seither war nur mehr ein Loch aus Fleischresten zu sehen. Die Augenbrauen waren verbrannt und der zahnlose Mund grinste Paolo teuflisch an. „Mach endlich auf, du Missgeburt, sonst schneide ich dir auf der Stelle deinen Schwanz ab. Ich werde von meinem Freund Vincence bereits dringend erwartet."

Paolo begann zu zittern und öffnete endlich die Türe. Mit einer absolut devoten Verbeugung, beinahe bis zum Erdboden, machte er den Eingang frei. Senello versetzte ihm einen Schlag auf den Hinterkopf und trampelte mit seinen dreckigen Stiefeln zuerst auf den Eichenboden und dann auf den Seidenteppich. Paolo heulte japsend: „Ich werde meinem Herrn und Meister sofort die Kunde Eurer Ankunft melden." „Das brauchst du nicht, du Hurensohn. Ich weiß selbst, wo ich den alten Gauner finde. Sicher ist er gerade in seiner Alten." „Wie recht Sie haben, Euer Gnaden. Das Schlafzimmer ist eine Stiege höher." Dann trampelte Senello die Stiege hoch und stieß die Schlafzimmertüre auf. Was er sah, machte ihn augenblicklich geil. Madame Oratio ritt gerade ihren Hengst. Senello zögerte nicht lange und warf sich von hinten auf die beiden. Er bog Madame nach vorne, sodass er zwischen ihre Schenkel greifen konnte. Dann riss er sich seine Hose herunter und drang von hinten in sie ein. Er stieß wie ein Wahnsinniger immer wieder in sie ein. Madame schrie zuerst vor Schmerz, doch nach einigen Minuten machte es ihr Spaß und als es ihr kam, besudelte sie das Bett mit ihrem Saft.

Als Senello fertig war, fiel er vom Bett und lachte laut dröhnend. Er sah mit Grinsen das rote Gesicht seines Kumpanen Vincence. Vincence sprang aus dem Bett und holte mit der Peitsche, die im Bett lag, aus und schlug Senello mitten ins Gesicht. „Ach, ist das schön", jaulte Senello. „Schlag fester, du Rammelschwein." Dann riss er Vincence die Peitsche aus der Hand und sprang auf. Er hatte den Lakaien entdeckt, der an der Tür stand und das Ge-schehen verfolgte. Trotz seines imposanten Körperumfangs erreichte er den Lakaien blitzartig und schnalzte ihm die Peitsche zwischen die Beine. Paolo schrie auf und sprang die Stufen ins Erdgeschoss hinunter.

Mittlerweile war Vincence auf den Beinen und ging auf Senello zu. Dann zog er ihn an sich und schlang seine Arme um den Riesen. Senello umfasste den Freund und zog ihn ebenfalls an sich. Sie hatten sich ja einige Jahre nicht mehr gesehen und hatten viel gemeinsam erlebt.

„Du alte Sau bist ja noch immer toll in Form." „Ja, wenn ich einen solchen Weiberarsch sehe, bin ich nicht mehr zu halten." Mittlerweile war Madame aus dem Schlafzimmer ins Bad verschwunden und zeigte sich den ganzen Abend nicht mehr.

Vincence rief Paolo. „Bring uns sofort ein Abendmahl, du Schurke, wir haben einen Bärenhunger. Komm, Senello, wir haben einiges zu besprechen."

Oratio gab Senello einen kurzen Überblick über die Probleme mit Leonardo. Er gab ihm einige Anhaltspunkte, wo er Leonardo am leichtesten überraschen könnte. „Bevor er sein Geheimnis nicht preisgibt, bringst du ihn nicht um. Wenn du alles weißt, kannst du ihn in der Lagune verschwinden lassen." Senello bewegte seinen Stierkopf auf und ab. „Mach dir keine Sorgen, ich verstehe mein Handwerk, außerdem habe ich Ambrosao mitgenommen, der übertrifft mich noch bei Weitem. Das wird ein Spaß. Es wird Zeit, dass ich Menschenfleisch in die Hände bekomme."

Nach einigen Flaschen Rotwein und dem Erzählen alter Geschichten wurde Senello wieder geil. „Lass mir noch einmal deine Alte." Oratio zögerte. „Ich mach sie dir schon nicht kaputt, du hast ja gehört, wie es ihr gefallen hat." Dann rief er: „Madame, leisten Sie uns Gesellschaft?"

Es war zwei Uhr früh und eine wunderbare, aber sehr dunkle Nacht, als Senello und Ambrosao mit einem Boot beim Haus von Leonardo anlegten. In der Werkstatt war noch Licht. Leonardo arbeitete wieder einmal an einem seiner Kunstwerke.

Als es an seinem Fenster klopfte, wusste er nicht, wen er vor sich hatte. Er öffnete völlig ahnungslos. Es ging alles blitzschnell.

Ambrosao versetzte ihm einen Schlag und Leonardo sank bewusstlos in die Arme von Senello. Die beiden Schinder trugen ihn zu ihrem Boot und fuhren in die Lagune hinaus. Als Leonardo erwachte, sah er in die kalten Augen Senellos. Die schmeichelnde Stimme versetzte den starken Mann in eine nie gekannte Angst. „Du weißt, warum wir hier sind? Es ist alles ganz einfach für dich. Wir wollen nur das Geheimnis des perfekten Klanges der neuen Instrumente. Wenn wir dies erhalten, wird dir nichts geschehen und du kannst wieder zu deiner Sippe unbeschädigt zurückkehren."

Leonardo begann am ganzen Körper zu zittern und brachte kein Wort heraus. Er wusste, dass er so oder so keine Chance hatte. Diese beiden Männer waren keine Menschen, sondern Bestien. „Schreib auf, was wir wissen wollen." Ein Funken Hoffnung keimte in Leonardo auf und er gab Senello zu verstehen, dass er einverstanden war. Senello holte Papier und eine Feder aus der Tasche und machte Platz, damit Leonardo schreiben konnte. Mit zittriger Hand schrieb Leonardo die Zusammensetzung der Tinktur auf. Er ließ jedoch einen wichtigen Bestandteil aus.

Senello war begeistert und Ambrosao sah sich um seinen Spaß betrogen. Als Leonardo versuchte aufzustehen, rammte ihm Ambrosao einen Dolch in die Brust. „Du blöder Hund, du hast ihn jetzt tödlich verletzt. Der ganze Spaß ist beim Teufel." Senello holte ein Kurzschwert aus dem Koffer und ehe Ambrosao begriff, was Senello vorhatte, schlug ihm dieser mit einem gewaltigen Hieb den Kopf ab. Mit dem Fuß schleuderte er den Schädel in das Meer. Dann stemmte er den Körper über die Reling und warf ihn ebenfalls in die Lagune. Er fuhr noch einige Meter mit dem Boot und warf dann Leonardo ebenfalls in die Lagune.

Doch Leonardo überlebte schwer verletzt das Attentat und versuchte das Ufer zu erreichen.

Mittlerweile war Clara in die Werkstatt gekommen, um ihn endlich zum Schlafen zu bewegen. Sie sah die offene Türe und einen Blutfleck am Türpfosten. Sie ahnte Schreckliches, rief ihren Sohn und beide versuchten gemeinsam Leonardo zu finden. Als sie an den Kanal traten, hörten sie einen entsetzlichen Schrei

Leonardos. Sie sprangen in ihr eigenes Boot und fanden endlich Leonardo, der im Wasser trieb. Emanuel und Clara zogen ihn heraus und brachten ihn ins Haus. Clara suchte Verbandszeug. Währenddessen flüsterte Leonardo seinem Sohn zu, wer ihn angegriffen hatte und wer wahrscheinlich dahintersteckte. „Geh in die zweite Werkstatt. Hinter der Verkleidung neben dem Fenster ist ein kleines Fach. Hier befindet sich noch der Siegelring mit dem Rezept für das Gift. Du weißt, was du zu tun hast. Schaue ja, dass die Kinder nicht in den Besitz des Ringes gelangen. Übergib ihn deinem ältesten Sohn und dieser soll ihn ebenfalls wieder weitergeben."

Dann ging alles sehr schnell. Als Clara zurückkam, legte er noch seinen Kopf an ihre Brust, und mit einem langen, entsetzlichen Atemzug starb Leonardo. Clara und Emanuel fielen sich in die Arme, sie konnten beide nicht fassen, was passiert war. Emanuel schwor Rache!

Leonardo wurde unter gewaltiger Anteilnahme der Bevölkerung von Venedig auf der Friedhofsinsel begraben. Seinen Tod gab die Familie als Unfall aus. Clara zog mit ihren Kindern vorübergehend nach Mantua zu ihren Eltern. Sie musste Abstand gewinnen und das Erlebte erst verarbeiten. Emanuel und Leonardos Bruder übernahmen nun die Arbeiten in der Werkstatt. Es ging alles seinen gewohnten Gang und niemand ahnte, was Emanuel plante.

Am dritten Tag nach der Beerdigung ersuchte Emanuel um einen Termin bei Oratio, den ihm dieser sofort gewährte.

Emanuel, mittlerweile fünfundzwanzig Jahre alt und noch größer gewachsen als sein Vater Leonardo, betrat um neun Uhr morgens den Palast von Oratio. Paolo, der Lakai, blieb wie angewurzelt stehen und er erblich, als er Emanuel erblickte. Emanuel war seinem Vater wie aus dem Gesicht geschnitten. Paolo führte ihn umgehend in das Kontor von Oratio.

Oratio saß an seinem Schreibtisch und studierte Baupläne für ein neues Palais. Er ließ Emanuel fünf Minuten stehen und schenkte ihm keine Beachtung. Dann begann er mit eigenartiger

Stimme: „Der Tod deines Vaters, des ‚großen Sohnes' Venedigs, ist einfach tragisch. Wie konnte so etwas nur geschehen? Aber es war ja vorauszusehen, da er in vielen Dingen unvorsichtig und überheblich lebte. Du weißt, dass ich mit deinem Vater in fachlichen Angelegenheiten nicht immer einer Meinung war. Vor allen Dingen seine kaufmännischen Fähigkeiten waren ja sehr beschränkt.

Er war eigensinnig, unbelehrbar und trotz seines Rufes von bescheidenem Gemüt. Er hat mich oft beleidigt und schlechte Ware geliefert. Ich stehe nun vor dem Problem, seinem Sohn und Nachfolger dasselbe zu sagen wie dem Vater. Ich habe gehört, dass du die Werkstatt übernehmen willst. Dein feiner Vater hat dir aber sicher nicht gesagt, dass er mit seinem Kreditlimit bei mir am Ende angelangt ist. Wie stellst du dir eigentlich vor, diesen Kredit zu bedienen? Wahrscheinlich bist du der gleiche Tölpel wie dein Vater, sonst hättest du die Werkstatt nie übernommen. Ich sage dir also, dass ich deine Arbeiter ab Monatsersten übernehmen werde. Sollten sie damit nicht einverstanden sein, stehen sie auf der Straße und können sich einen Beruf im entfernten Ausland suchen. Eure alte, verlauste Werkstatt gehört ja schon fast mir. Es fehlt nur mehr der Gerichtsbescheid, den ich nächste Woche beantragen werde. Was sagst du dazu, du Einfaltspinsel?" Emanuel stand nach wie vor selbstbewusst vor Oratio. Dann sank er plötzlich vor ihm auf die Knie. Er beugte seinen Kopf zur Erde und mit seiner hellen Stimme begann er zu reden.

„Cavalieri Oratio, ich nehme mit großer Ehrerbietung zur Kenntnis, dass Sie mit unvorstellbarem Ehrgeiz, Wissen und Können Ihr Imperium in ungeahnte Höhen geführt haben. In den Augen meines Vaters waren seine Werkstatt und seine Arbeiten der Ihren weit überlegen. Ich weiß, dass dies nicht möglich ist. Die Werkstatt meines Vaters ist klein, kalt, feucht und für den Bau von Instrumenten nicht geeignet. Wir konnten uns niemals mit Ihren Produktionsbedingungen messen.

Aber geben Sie mir doch bitte eine Chance. Vielleicht kann ich bei Ihnen unsere Kreditschulden in der Form abarbeiten, dass ich wie von Ihnen seinerzeit vorgeschlagen nur mehr billige

Instrumente fertige und unseren alten Firmennamen nie mehr verwende, sodass Sie die Instrumente als billige Erzeugnisse zu einem günstigen Preis verkaufen können." Oratio hob urplötzlich seinen Kopf. „Na ja, das sind doch noch neue Töne, mit denen ich nicht gerechnet habe. Dieser Vorschlag ist überlegenswert. Ich wäre damit einverstanden, wenn du mir auch jenes Instrument übergibst, an dem dein Vater zum Schluss gearbeitet hat und dass anscheinend doch etwas Verwertbares darstellt."

Emanuel hob seinen Kopf, eine Träne rann über sein Gesicht. „Cavaliere Oratio, ich bin bereit, auf Ihren Vorschlag einzugehen."

„Nun gut", meinte Oratio. „Unsere Vereinbarung werden wir natürlich schriftlich festlegen. Solltest du tatsächlich in der Lage sein, dein Konto wieder in der von dir vorgeschlagenen Form auszugleichen, würde ich trotzdem deine Werkstatt übernehmen. Du kannst dann mit deinen Mitarbeitern bei mir die billigen Instrumente herstellen. Meine Löhne sind allerdings mehr als bescheiden. Aber dafür sicher."

„Cavaliere Oratio, Sie können sich nicht vorstellen, wie begeistert ich von Ihrem Vorschlag bin", sagte Emanuel, „auch im Namen meiner geliebten Mutter. Ich hatte das ja auch schon meinem Vater nahegelegt, aber er wollte nichts davon wissen.

Um Ihnen meinen festen Willen und meine Loyalität zu beweisen, würde ich Sie und Senello, im Rahmen einer kleinen Feier in unser bescheidenes Haus einladen und Ihnen die nun fertige Geige meines Vaters übergeben."

Oratio traute seinen Ohren nicht. „Emanuel, du bist doch anders als dein verblichener Vater. Ich bin überrascht und erfreut. Gib uns einen Terminvorschlag, dann werden wir euch besuchen."

Der Tag der Übergabe war gekommen. Emanuel, Clara und Emilio hatten alles vorbereitet. Der Tisch war wunderbar gedeckt. Clara hatte die Sitzordnung festgelegt. Neben ihr links und rechts sollten Oratio und Emanuel sitzen. Der Mörder Senello saß ihr gegenüber. Emilio saß am Tischende, um jederzeit aufstehen zu können und die Weine zu kredenzen. Am anderen Ende hatte sie die jungen Huren Lusanna und Raimonda aus dem Bordello

Maxime vorgesehen. Sie sollten sozusagen der Nachtisch für Oratio und Senello sein, falls sie dazu noch in der Lage waren.

Das Menü bestand aus einer heißen Minestrone mit allerlei herrlichem Gemüse und Parmesaneinlage. Als Hauptspeise gab es Fasan mit Polenta, warmes Gemüse und dazu eine wunderbare Pilzsoßenkreation aus den Bergen rund um Trient. Als Nachtisch hatte sie eine Torte, eine Geige darstellend, mit Trüffelrosen auf der Schnecke und mit süßen Pilzen gefüllt ebenfalls aus den Bergen rund um Trient gezaubert.

Diese Geige sollte der Höhepunkt und das im wahrsten Sinne des Wortes Ende des Festessens sein. Das Abendmahl war für zwanzig Uhr vorgesehen. Clara hatte alles im Griff und fein säuberlich hergerichtet. Dann musste sie sich schminken, denn sie war blass wie eine Leiche.

Um Punkt zwanzig Uhr legte das Schiff von Oratio an der Hafenmauer an. Emanuel empfing die Herrschaften und geleitete sie ins Haus. Dann führte er die Gäste durch die sauber aufgeräumte Werkstatt und anschließend ins Wohnzimmer des Hauses.

Clara hatte zwei Kandelaber mit je sechs Kerzen auf den Tisch gestellt und empfing die Herrschaften an der Wohnzimmertür. Es sah alles toll aus. Als die Herren Platz genommen hatten, ging nochmals die Türe auf und die beiden Huren erschienen. Emanuel stellte sie als seine Cousinen vor, die überraschend aus Triest angereist wären. Die Augen der Männer leuchteten auf.

Oratio stand von seinem Platz auf und begann eine Rede mit den Worten: „Liebe Frau Clara, lieber Emanuel, lieber Emilio. Ich bin gerührt von dieser Mühe, die Sie sich alle mit der heutigen Feier gemacht haben. Besonders freut es mich auch, dass Ihre beiden Cousinen aus Triest daran teilnehmen. Durch Ihren Sohn Emanuel hat sich der traurige Verlust Ihres Mannes doch noch zu einem für alle Beteiligten relativ guten Ende entwickelt. Ich glaube, dass wir damit die unseligen Querelen unserer Familien zu einem gütlichen Abschluss bringen konnten. Es werden zwar sehr harte Zeiten auf Emanuel und seine Mitarbeiter zukommen, aber er wird es schon schaffen, er ist ja noch jung und kräftig.

Darauf erhebe ich mein Glas." Dann stand Emanuel auf, senkte seinen Kopf, und mit leiser Stimme sagte er: „Cavaliere Oratio, wir sind Ihnen unendlich dankbar und für Ihre Güte verbunden. Wir werden uns sehr bemühen, Ihren Erwartungen zu entsprechen. Mehr kann ich nicht mehr sagen. Darauf stoßen wir nun alle an." Nachdem sich die Männer durch die herrlichen Speisen mehr oder weniger durchgefressen hatten und Emanuel nicht mit dem Nachschenken in die Weingläser nachkam, wurden die Blicke auf die beiden „Cousinen" immer begehrlicher und Senello setzte sich ungeniert zwischen die beiden. Abwechselnd glitt eine seiner Hände zwischen die Beine der Mädchen, die ihre Höschen vergessen hatten anzuziehen. Die Mädchen kicherten und als Clara das Esszimmer verließ, schlüpfte Lusanna unter den Tisch und knöpfte Senellos Beinkleider auf. Er begann schneller zu atmen und als Clara die Geigentorte auf den Tisch stellte, erreichten er und das Essen endlich den Höhepunkt.

Blitzschnell erschien die kleine Hure wieder am Tisch und wischte sich den Mund ab. Dann trank sie das Glas Wein, das vor ihr stand, leer.

„Dies ist das Abbild jener Geige, die ich Ihnen, lieber Oratio, anschließend aus Dankbarkeit übergeben werde." Oratio war gerührt und betrachtete das Kunstwerk bewundernd. Dann teilte Clara die Geige in Tortenstücke.

Zum Schluss leerte sie über die Stücke von Oratio und Senello die süße Pilzsoße. Die beiden Cousinen mussten kurz in die Küche, und da Senello protestierte, erklärte ihm Clara, dass sie sofort wieder bei ihnen sein würden, damit war er zufrieden und schlang als Erster ein Riesenstück mit der wunderbaren Soße hinunter. Oratio hatte bereits ein zweites Stück auf dem Teller und leerte sich den Rest der Pilzsoße darüber.

„Wann kommen denn endlich die kleinen Cousinen wieder zu uns?", lallte Senello bereits. Clara antwortete, dass sie sich nur etwas frisch machen wollten. „Das ist nicht notwendig", meinte er. „Sie sind frisch genug."

Oratio verlangte nun unbedingt die Geige zu sehen. Emilio ging zu den beiden Mädchen, die sich im Waschraum schön machten, und bezahlte ihnen ihren vereinbarten Lohn, und als sie überrascht erklärten, doch nichts geleistet zu haben, meinte er, die alten Männer seien geschlechtskrank. Er habe dies erst jetzt erfahren. Damit waren die beiden zufrieden und verschwanden schleunigst.

Emanuel nahm die Geige aus dem Geigenkasten und legte sie auf den mittlerweile abgeräumten Esstisch auf ein Samttuch. Oratio stand auf und seine Augen wurden immer größer. „Was ist das nur für ein wunderbares Instrument. Allein die Farbe, dieser helle rotbraune Farbton, die wunderbar gearbeitete Schnecke." Oratio nahm gar nicht wahr, was sich hinter seinem Rücken abspielte. So fasziniert war er vom Anblick des Instruments.

Senello war ebenfalls aufgestanden und starrte mit blödem Grinsen auf die Geige. Er hatte keine Ahnung, welcher Schatz hier vor ihm lag. Ein kurzer Krampf zog durch seinen Magen, als er Emanuel die Türe hereinkommen sah. „Ich glaube, ich sollte an die frische Luft. Oder kannst du die Fenster öffnen?" Emanuel hakte sich bei ihm ein und sagte: „Willst du nicht endlich zu den Cousinen, sie warten schon auf dich." Senellos Gesicht verzog sich. Ein weiterer Magenkrampf kündigte sich an. Doch er war hart. „Wo sind die beiden Weiber? Ich spüre meine Lenden." „Komm", bedeutete ihm Emanuel, „ich bringe dich ins Schlafzimmer. Die Schritte Senellos wurden langsamer, dann starrte er Emanuel an. „Was war im Wein?", lallte er. „Nichts, was dir nicht guttäte", sagte Emanuel. Dann standen sie über der Falltür. Senello brachte noch die Worte heraus: „Du falsches Schwein, du hast mich vergiftet." Dann sank er halb in sich zusammen. Emanuel brachte mit Mühe die Falltür auf und sagte zu Senello: „Schau hinunter, was siehst du, du Bestie?" „Ich sehe nichts mehr", lallte Senello. „Du kannst nichts sehen, denn es ist dein finsteres Grab." Dann stieß er Senello die Treppe hinunter.

Oratio stand noch immer wie angewurzelt vor dem Instrument, als ein Krampf durch seinen Körper jagte. Emanuel war an ihn herangetreten. „Cavaliere Oratio", sagte er mit deutlicher Stimme. „Wissen Sie, wer hinter Ihnen steht?" „Nein, was meinst du, Emanuel?" „Es ist der Tod, Cavaliere." „Spinnst du, Knabe?

Was fällt dir ein, solche Späße mit mir zu treiben?" Ein weiterer Krampf jagte durch seinen Körper. Oratio drehte sich um. „Wo ist Senello?" „Er ist bei den Huren in der Hölle, Cavaliere." „Was soll das, bist du übergeschnappt? Ich will ihn sofort sehen." „Willst du ihn wirklich sehen, dann komm doch. Ich zeige ihn dir." Oratio bekam glasige Augen, dann stützte er sich auf den Tisch und versuchte die Geige zu fassen, aber Emanuel war schneller. „So ein Instrument wirst du niemals in den Händen halten oder bauen können. Dazu bist du zu gierig und zu schwach. Du wolltest das Genie meines Vaters nie erkennen und dafür hast du ihn ein Leben lang gehasst, verfolgt und ermordet. Wenn du ihn akzeptiert hättest, so wie er war, wärt ihr die erfolgreichsten Instrumentenbauer aller Zeiten geworden. So wirst du nicht mehr erleben, dass eine neue Leonardo-Generation heranwachsen wird. Denn du bist in einigen Minuten eine Leiche." Oratio wankte und versuchte sich am Tisch festzuhalten. Emilio und Emanuel schleppten den willenlosen Körper zur Falltür. Dort stürzte er zu Boden. Dann warfen ihn die beiden ebenfalls die Stiege hinunter.

Noch in der gleichen Nacht fuhren sie die Leichen zur Friedhofsinsel und versenkten sie in einer leeren Gruft.

2. Kapitel

John Goffs Kindheit

Kurz vor seinem zwölften Geburtstag erkundete Johann mit seinen beiden Freunden Konrad und Paul wieder einmal die nahegelegenen, leerstehenden großen Gebäude einer Spedition und das angrenzende Sägewerk. Dies war ein fantastischer, allerdings auch nicht ganz ungefährlicher Ort, der die Buben faszinierte.

Sie wussten, dass sich hier vor einiger Zeit eine Schäferhündin mit einem kleinen schwarzen, langhaarigen jungen Hund versteckt gehalten hatte. Die Buben brachten von ihrem Mittagessen so oft wie möglich Fleisch und Knochen.

Dies war eines ihrer größten Geheimnisse. Über eine desolate Leiter gelangten sie in den Dachboden der Spedition. Hier fanden sie alles, was man gut brauchen konnte. Alte Bücher, Papier, Bleistifte, Farben, Pinsel und Lacke und vor allem Werkzeuge. Nachdem sie es sich gemütlich gemacht hatten, packte Konrad eine Zigarette aus, die er seinem Vater mittags aus der Zigarettendose entfernt hatte. Er zündete sie an und die drei versuchten zu rauchen, allerdings erlitt Johann einen Hustenanfall und sie beendeten schnell den Blödsinn. Anschließend beschlossen sie sich mit dem Messer gegenseitig die Unterarme aufzuritzen und das Blut des anderen zu trinken. Sie wollten Blutsbrüder werden. Jeder machte einen kleinen Schnitt beim Unterarm des anderen Freundes, nachdem er an der Reihe gewesen war. Johann machte die Augen zu und saugte mit Todesverachtung den Tropfen Blut von Konrad aus. Dann legten die Buben für jeden von ihnen einen Blutsbrudernamen fest. Konrad wurde Conny, Paul wurde Jeff und Johann wurde John. Nun waren sie also Blutsbrüder fürs Leben.

John blickte durch ein Astloch auf das Sägewerk, in dem sich die Hunde meistens aufhielten. Plötzlich sah er einen alten Lieferwagen in den Hof fahren und drei Männer torkelten mit Bierflaschen in den Händen aus dem Auto. Einer der Männer zog eine Pistole und feuerte auf eine leere Blechdose. Während die Männer grölten und abwechselnd auf weitere Dosen schossen, trat die Schäferhündin aus dem Gebäude. Einer der Männer erblickte sie und schoss auf den Hund. Er verfehlte die Hündin, die in das Gebäude zurücklief. Die Männer johlten und verfolgten die Hündin in das leerstehende Haus. Die Buben hörten einige Schüsse und einer der Männer zog den angeschossenen Hund aus dem Haus. Er legte ihn auf einen Holzstoß und nun begannen die Männer abwechselnd auf das Tier zu schießen, nicht um es zu töten, sondern nur um es immer wieder zu verletzen. Einer der Peiniger öffnete die Autotür des Kastenwagens und zog einen Hund, einen Pitbull-Terrier, am Halsband heraus. Dann ließ er ihn los und der Hund stürzte sich auf die Schäferhündin.

Die Buben waren wie gelähmt und John konnte das Geschehen nicht fassen. Er stieß einen Schrei aus, überlegte nicht lange und sprang die zweieinhalb Meter vom ersten Stock in den Hof der Spedition. Er rannte schreiend und weinend zu der Hündin, die nur mehr leise röchelte, und warf sich auf sie. Der Pitbull-Terrier hielt einen Moment inne und John sah ihm in die Augen. Plötzlich ließ der Hund von seinem Opfer ab und kroch winselnd zu einem der Peiniger zurück. Die Männer johlten vor Begeisterung und einer der drei hob den Revolver, um auch auf John zu schießen. In diesem Augenblick rannten seine Freunde in den Hof und begruben den Hund und John unter sich. Einer der Schlächter riss dem Schützen den Revolver aus der Hand und stieß ihn in das Fahrzeug. Dann ging er auf die Buben zu und schrie sie an, falls sie etwas verraten sollten, würde er sie alle drei erschießen. Dann torkelte er grölend und lachend in den Wagen und fuhr mit den beiden anderen Schindern davon. John sah noch das Autokennzeichen. Mittlerweile war die Hündin tot. Die Buben waren leichenblass und weinten alle drei bitterlich.

John war der Erste, der die Situation meisterte. Er lief in den Schuppen und suchte den kleinen schwarzen Hund. Er fand ihn zitternd unter einem alten Radlader. Er zog das schwarze Bündel Hund heraus und hielt es im Arm.

Die drei beschlossen, nachdem sie sich etwas gefasst hatten, die Schäferhündin am nächsten Tag zu beerdigen. Sie schworen sich niemandem etwas zu sagen. John jedoch schwor Rache, er hatte sich die Gesichter der Männer und das Autokennzeichen gemerkt. Seinen Freunden aber sagte er nichts.

Als John nach Hause kam, waren seine Eltern nicht da. John versorgte den kleinen Hund, badete ihn und ribbelte ihn mit seinem schönsten Handtuch ab. Dann legte er den Hund in den Korb der Hauskatze. John konnte die ganze Nacht nicht schlafen. Das Autokennzeichen schrieb er sich jedoch in sein Tagebuch.

Als seine Eltern nach Hause kamen, staunten sie nicht schlecht, dass ein neuer Hausgenosse eingezogen war.

Der Hund wurde Johns Geburtstagsgeschenk und er nannte ihn Ted.

Das Erlebnis hatte John derartig gekränkt und verstört, dass er sich immer mehr damit beschäftigte. Er beschloss das Problem auf seine Weise zu lösen und entwickelte den Plan. Johns Schulfreund Alex war der Sohn des Polizeipräsidenten der Stadt, und da ihm John immer bei Matheaufgaben helfen musste, hatte er ein Guthaben bei Alex. In der Pause nahm John Alex beiseite. „Du musst mir helfen. Ich brauche den Namen des Halters dieses Autos." „Kein Problem", sagte Alex, „dafür lässt du mich die nächste Mathearbeit wieder abschreiben." „Okay", antwortete John, „ist geritzt." Alex erzählte seinem Vater, dass ein Autofahrer sie beinahe am Schutzweg zur Schule überfahren hätte und dabei nur blöde gegrinst und sie beschimpft hätte. Am nächsten Tag hatte John den Namen des Autobesitzers und dessen Adresse.

An seinem schulfreien Tag fuhr John mit seinem neuen Fahrrad an den Stadtrand. Dann musste er einen steilen Aufstieg bewältigen. Das Haus der Peiniger lag hinter der Einfahrt zu einem alten Marmorsteinbruch. John verstaute sein Rad unter einem Busch und sperrte es ab. Dann ging er zu Fuß weiter und erreichte die Einfahrt. Plötzlich hörte er Motorengeräusche und er versteckte sich hinter einem Baum. Der alte Kastenwagen fuhr aus der Einfahrt und John erkannte den Besitzer. Als der Wagen an ihm vorbeigefahren war, schlich John in die Einfahrt und sah das alte verfallene Haus. Es war niemand zu sehen. Der kleine Parkplatz für den Wagen war unmittelbar an der Kante zum steil abfallenden Teil in den aufgelassenen Marmorsteinbruch. Sein Plan nahm Gestalt an und er fuhr nach Hause.

In den folgenden Wochen waren Sommerferien und John erkundete mehrmals das alte Haus und die Umgebung. Der Plan war einfach. Er stellte fest, dass die drei Männer meistens am Freitagabend ausgiebig feierten und dann völlig betrunken mit ihren Pistolen in den Steinbruch schossen. Der nächste Freitagabend musste die Entscheidung bringen. Johns Eltern waren bei Freunden und John ging, als es dämmrig wurde, in den Keller zum Werkzeugkasten und holte sich die Übersetzungsschneidezange heraus. Dann schwang er sich auf sein Fahrrad und fuhr zum Berg.

Er verstaute sein Rad wieder hinter einem Strauch am Beginn der steilen Straße. Dann ging er die Straße hinauf und in die Einfahrt. Er sah den Wagen auf dem Parkplatz stehen und aus dem Haus vernahm er laute Musik, Gelächter und auch diesmal kreischende Frauenstimmen. Die Stimmung im Haus war scheinbar ausgezeichnet. John schlich zum Wagen und kroch darunter.

Dann zerschnitt er die Bremsleitungen des Wagens und löste das Gestänge der Lenkung aus der Spurstange. Als es im Haus etwas ruhiger wurde, zerschlug er mit der Zange unter lautem Krach die Rücklichter des Wagens und eine Seitenscheibe. Plötzlich wurde es ganz still im Haus und John stellte sich in sicherem Abstand vor die Haustüre. Die Tür flog urplötzlich auf und die drei Männer standen im Eingang. John schrie: „Dies ist für euch drei Scheißkerle!" Dann rannte er die Straße hinunter.

Die drei Männer fluchten: „Du kleiner, stinkender Dreckskerl, wir stechen dich ab!", und sprangen in den Wagen. Der Fahrer startete, er löste die Handbremse, verwechselte in seinem Dusel Rückwärts- mit Vorwärtsgang. Er wollte die Lenkung einschlagen. Aber das Lenkrad reagierte nicht und der Wagen rutschte nach vorne. Er betätigte nochmals die Bremse, aber es geschah nichts. Der Wagen rollte auf den Abgrund zu und die verzweifelten Versuche des Fahrers, den Wagen zu bremsen und die Lenkung herumzureißen, scheiterten. Er versuchte mit aller Kraft das Auto zum Stehen zu bringen. Es war zu spät. Der Wagen erreichte die Kante und stürzte in die Tiefe. John hatte das unmenschliche Gebrüll der Männer im Ohr, und als er die Straße hinunterlief, hörte er einen ohrenbetäubenden Knall. Der Wagen mit den drei Outlaws war explodiert. John schwang sich zitternd auf sein Fahrrad. Er raste den kleinen Fluss entlang und kam schwitzend zu seinem Elternhaus. Es war niemand zu Hause außer Ted, der ihn überschwänglich begrüßte.

Am nächsten Tag kam die Meldung im Radio. Drei Leichen seien in einem Kastenwagen in einem Marmorsteinbruch bis zur Unkenntlichkeit verbrannt. Die Polizei prüfe das Geschehen. Da in den Leichen Alkohol festgestellt worden war, handele es sich wahrscheinlich um einen tragischen Unfall und eine unglückliche Verkettung von Umständen. Von den Frauen war nirgends die Rede. Die Manipulationen am Fahrzeug waren nicht mehr zu eruieren.

3. Kapitel

Wien 1969

Im Jahr 1969 erhielt John als junger Mann die Chance auf einen Job in einem Unternehmen der Computerindustrie in Wien. Durch seinen Fleiß und seine unwahrscheinliche Begabung wurde er bereits nach einigen Monaten Chefprogrammierer und entwickelte sich in seinem Charakter und seinen analytischen Fähigkeiten ständig weiter. Er belegte durch Förderung in der Firma Computerkurse und war im Unternehmen der jüngste Abteilungsleiter. Er wurde von der Konzernleitung gefördert, wo es nur ging. Als die Zeit des Militärdienstes näher rückte, wurde er zum Geschäftsführer gerufen.

Ernst Tannberg war im Zweiten Weltkrieg Bataillonskommandant einer Panzereinheit gewesen und machte ihm den Vorschlag, seinen Militärdienst beim Geheimdienst der Armee zu absolvieren und dann wieder in die Firma einzutreten. Ernst Tannberg wusste, dass John auf seinem Gebiet ein Genie war. John stimmte zu, hatte aber nicht vor, in diesem Unternehmen oder beim Militär alt zu werden. Er würde nach dem Militärdienst nicht mehr zurückkehren, obwohl das Angebot verlockend war. Er hatte andere Pläne. Mittlerweile war er ja zwanzig Jahre alt und zu einem sportlichen jungen Mann herangewachsen.

Seine Erfahrungen mit verschiedensten Frauen machten ihn endlich ebenfalls offener. Er wurde innerlich freier und seine Verklemmtheit verschwand wie von selbst. Seine charmante und zuvorkommende Art öffnete ihm den Weg zu Marianne, einer ausgefuchsten, scheinbar unnahbaren sehr schönen, aber sexuell ausgehungerten vierundzwanzig-jährigen Akademikerin, die in der Hierarchie der Firma weit oben in der Geschäftsführung angelangt war. Als ständige Gefährtin wollte er sie jedoch nicht, da sie schlampig war, ihre Unterwäsche überall liegen ließ und bei Treffen unpünktlich war, außerdem hatte sie winzige Brüste. Aber zum Spaß war sie gut zu gebrauchen.

Als er sie mit Freunden zu einer Balleröffnung mitnahm, vergaß sie ihre Tanzschuhe und sie meinte, er solle sie die fünfzig Kilometer zu ihrem Appartement zurückfahren. Dies tat er zwar, allerdings fuhr er dann ohne sie zu dem Spektakel und amüsierte sich köstlich mit einer blonden Puppe. Am nächsten Tag machte er kurz und bündig mit ihr Schluss. Der Egoismus seines Vaters kam durch. Sie war stinksauer und prophezeite ihm, dass er in dieser Firma, solange sie in der Geschäftsleitung saß, ausgespielt hätte. Er sei ein Schwein und unfähig zu einer Beziehung, in der er auch etwas geben müsste. Dies war ihm allerdings mittlerweile völlig egal und unverständlich. Er war der Ansicht, dass er ihr genug gegeben hatte. Manchmal war er richtig müde nachher und hatte beim Tennisspiel schwere Beine.

Auch musste er sich ja mittlerweile um seinen Hund Ted kümmern, den er momentan die Stufen in den dritten Stock seines Appartements hinauftrug, da er von einem Dobermannrüden schrecklich zugerichtet worden war. Tagsüber war Ted in der Obhut von Johns Nachbarin Karin, einer dunkelhaarigen, hübschen Fünfunddreißigjährigen, deren Mann während der Woche im Außendienst unterwegs war und die ihm die wichtigsten Dinge seiner und ihrer Befriedigung beibrachte. Sie verbrachten die Nächte meistens bis zwei Uhr früh zusammen, dann huschte sie wieder in ihr Appartement. Es war eine schöne, aber anstrengende Zeit für beide. Am Wochenende kam ihr ausgehungerter Mann, dann sah er sie natürlich nie. Aber bereits am Montagmorgen übernahm sie Ted und abends oder auch während des Tages, wenn er seine Computerprogramme schrieb, klopfte sie wieder an seiner Tür. Er sparte sich den Fitnesstrainer und viel Geld.

John hatte noch vierzehn Tage Zeit, um sein Computerprogramm fertig zu schreiben. Am folgenden Sonntag, er hatte den Computer für die Tests reserviert, betrat er um 20 Uhr den Computerraum und schloss die Tür hinter sich ab. Er war jetzt ungestört, bis am

Morgen um 7 Uhr die Operateure an der Anlage ihre Arbeit antreten würden.

John begann den Hauptlauf und veränderte die gewünschten Parameter. Zu seinem Zweck musste er die komplette Kunden-datei des Unternehmens abspeichern und sichern. John reservierte acht Bandeinheiten und speicherte zusätzlich die Datei der 900.000 Kunden auf neue Bänder. Hier war alles verzeichnet, was für ein Konkurrenz-Unternehmen von entscheidender Wichtig-keit und Bedeutung war.

Sein Chef, Walter Schwarz, wollte die Datei nächste Woche nach Zürich bringen, um sie auf ein neues System umzuspeichern. Doch für John war die Datei ein Schatz, den er beiseiteschaffen und zu Geld machen würde. Um 2 Uhr morgens waren die Tests beendet und die Datei war abgespeichert. John legte die Bänder der duplizierten Datei in den mitgebrachten Schrankkoffer mit den eingebauten Rädern.

Er wusste, dass jede Stunde der Sicherheitsbeamte Frank die Runde drehte und auch einen Blick in den Computerraum machte. Er schloss die gegenüberliegende Tür seines Büros auf und stellte den Koffer dort ab. Er wusste, dass um circa 2 Uhr der Beamte die Etage erreichte und ihn dann im Computerraum aufsuchen würde, um mit ihm ein Schwätzchen zu halten. Sie kannten sich gut, da sie beide in der Betriebsmannschaft Tennis spielten.

John betrat den Computerraum wieder und machte sich an der Anlage zu schaffen, als es an der Tür klopfte. John fragte, wer draußen sei, und der Beamte gab sich zu erkennen. John öffnete die Türe und ließ den Beamten ein. Frank Forster fragte ihn, ob alles in Ordnung sei und ob er am kommenden Samstag mit ihm ein Doppel spielen könnte, da sein Partner ausgefallen sei. John war sehr erfreut und sagte zu. Nach einigen belanglosen Worten verabschiedete sich der Beamte, um im nächsten Gebäude seine Runden zu drehen. John wartete solange, bis er Frank im Erd-geschoss des Nebengebäudes sehen konnte, als dieser gerade ein Büro nach dem anderen überprüfte.

Er begann alle Systeme des Computers zu schließen, sicherte die Anlage und versperrte den Raum. Er holte den Koffer aus seinem Büro, löschte das Licht und zog den Koffer zum Aufzug. Er drückte den Knopf des Lifts und rauschte in die Tiefe.

Als er aus dem Aufzug stieg, hörte er ein Geräusch wie das Schließen einer Autotür, aus der durch eine Feuertüre gesicherten Tiefgarage. John öffnete die Feuertüre und die zusätzliche automatische Lichtanlage erhellte die Garage schwach. John ließ seinen Blick in die Runde gleiten, konnte aber nichts Auffälliges erkennen. Sicherheitshalber stellte er den großen Koffer mit den eingebauten Rädern hinter eine Mülltonne. Nur wenige Schritte waren es zu seinem alten, hellblauen Ford Anglia. Eine furchtbare alte Kiste, die ihn manchmal zur Raserei brachte. Aber er hing an dieser Schüssel, da es sein erstes Auto war und ihn der Verkäufer übers Ohr gehauen hatte. Die Reifenprofile waren total abgefahren und er musste sie mit einer Fräse nachschneiden. In diesem Wagen hatte er seine ersten Liebeserfahrungen auf dem kalten Plastikrücksitz mit Ingrid, einem mannstollen jungen Mädchen, erlitten.

Er schloss den Wagen auf und bückte sich, um den Zündschlüssel einzustecken, als er plötzlich einen Schlag auf den Hinterkopf erhielt. Dann wurde es Nacht in seinem Gehirn. Er war ein paar Minuten völlig weggetreten, und als er langsam wieder zu sich kam, lag er halb im Wagen. Er öffnete vorsichtig seine Augen. Die Garage war noch immer schwach beleuchtet. Langsam krabbelte er aus dem Fahrzeug und schleppte sich zur Feuertür, neben der er den Lichtschalter wusste. Seine Gedanken rotierten bereits wieder. Er fand den Lichtschalter und es wurde wieder hell. Er blickte hinter den Müllcontainer und sah mit Entsetzen, das sein Koffer weg war. Plötzlich sah er das Licht des Aufzugs blinken und die Anzeige abwärts aufleuchten. Die Aufzugstür öffnete sich und Frank, der Sicherheitsbeamte, kam auf ihn zu. Er begrüßte John überrascht und sagte ihm, dass er ihn nochmals im Computerraum hatte besuchen wollen, ihn aber nicht mehr angetroffen hatte, als ihn über Funk die Meldung über das Öffnen des Garageneinfahrtstors erreichte und er nach dem Rechten sehen wollte. Frank fragte ihn noch, ob ihm etwas aufgefallen wäre, was John verneinte. Er erklärte ihm, dass sein Wagen nicht angesprungen wäre, darum sei er noch hier. John ließ sich nichts anmerken, da er noch etwas benommen war.

Frank half ihm beim Anschieben der Rostschüssel und der Motor sprang an. Eine Rauchwolke stieg aus dem Auspuff, der Wagen war wieder einmal abgesoffen.

Frank Forster verabschiedete sich. John wartete noch einige Augenblicke, bis der Aufzug wieder nach oben fuhr. Dann fuhr er langsam die Garage entlang, um die riesige Halle zu checken.

Als er kurz vor der Ausfahrt angelangt war, sah er rechts einen roten Alfa Romeo und eine gebückte Gestalt hinter dem Lenkrad. John griff unter den Sitz und zog die alte, aber peinlich gesäuberte P38 heraus, die er vor einiger Zeit im Schuppen des Elternhauses gefunden hatte. Er hatte sie wiederholt in einer nahegelegenen Kiesgrube eingeschossen, mit der Waffe geübt und sich mit ihr vertraut gemacht. Er war begeistert von der schnellen Schussfolge und ihrem Gewicht von 0,96 Kilogramm. Sie war stets vollkommen mit acht Patronen geladen und er schob den Sicherungshebel nach vorne. Er blieb abrupt stehen, sprang aus dem Wagen und riss die Tür des Alfa auf. Der schmale, bleiche und ausgemergelte Mann auf dem Fahrersitz war perplex und völlig überrascht über die Wucht des Angriffes und er reagierte falsch. John sah, wie der Mann in sein Innenholster griff und eine Pistole ziehen wollte. John war aber schneller und schoss ihm zwei Kugeln, die mit einer Mündungsgeschwindigkeit von 356 Metern in der Sekunde den Lauf verließen, in die Brust und in den Kopf. Mit einem leichten Seufzer verließ der Mann seine schnöde Welt, war auf der Stelle tot und hatte sicher nicht gelitten.

Der Mann sank auf die Seite. John öffnete den Mantel des Toten und durchsuchte die Kleider. Er fand schließlich im Sakko des Mannes eine Telefonnummer. Dann zog er ihm den Mantel über den Kopf, um sich den Anblick zu ersparen. Im Wagen selbst fand er weder Unterlagen über den Toten noch Autopapiere. Er öffnete den Kofferraum und sah seinen Koffer. Er wuchtete ihn heraus und in den Kofferraum seines Ford Anglia. Er tat dies mit einer Präzision, wie er alle Abläufe immer präzise, ohne Emotion und ordentlich ausführte. Er ging zum Alfa, zog den Mann aus dem Wagen und hob ihn in den Kofferraum. Das Blut an den Scheiben des Alfa wischte er notdürftig ab. Aber es war ja relativ dunkel in der Garage und es würde niemand etwas bemerken. Den Schlüssel des Alfa zog er ab und er schloss den Wagen ab. Er würde ihn am nächsten Tag aus der Garage fahren und in einem der vielen Ziegelteiche der Vorstadt versenken.

John steckte seine Karte in die Schließanlage und fuhr aus der Garage, die sich mittlerweile wieder geschlossen hatte. Es begegnete ihm kein Mensch und er fuhr die Meidlinger Hauptstraße entlang bis zum Bahnhof und dann weiter Richtung Gumpoldskirchen.

In diesem kleinen Weinort verbrachte er viele Wochenenden und vor allem Abende bei diversen Heurigen und einigen guten Freunden. Der Weinort war nicht weit von Perchtoldsdorf entfernt, in dem er sein Appartement besaß. Mit Ed Hauser, dem Sohn eines Weinhauers, verbrachte er viele Abende in dessen Weinkeller. Sie waren beide gleich alt und John musste Ed immer wieder psychisch und moralisch aufrichten, da dieser mit seinem Vater ebenfalls im Clinch lebte, weil dem Vater die Freundin von Ed in keiner Weise zusagte. Die zukünftige Frau von Ed musste ebenfalls Weinhauerin sein oder zumindest aus einem Weinhauerbetrieb stammen. Eine andere Schwiegertochter würde er nie akzeptieren. Eds Freundin Toni war eine bildhübsche Krankenschwester und sie waren beide sehr verliebt ineinander. Toni schätzte John sehr und verwöhnte ihn bei seinen Ausflügen nach Gumpoldskirchen soft sie nur konnte. Die herrlichen Fleischplatten, das Geselchte, der Schweinebraten, die wunderbaren Aufstriche, Leber- und Blutwürste waren für John der Inbegriff irdischer Esslust. Sehr zurückhaltend musste er jedoch mit dem süßen Südlagenwein sein, da er nur geringe Mengen Alkohol vertrug und dann unangenehm werden konnte. Er wurde aggressiv und musste sich sehr zwingen, bei Diskussionen auch mit anderen Weinhauersöhnen nicht auszuflippen, wenn diese etwas sagten, was ihm nicht in den Kram passte. Er wusste, dass er bei körperlichen Auseinandersetzungen seine Gegner kurz und brutal außer Gefecht setzen und schwer verletzen konnte, da er dann nicht mehr bei Sinnen war.

Ed Hauser besaß außerhalb des Ortes einen kleinen, verfallenen Weinkeller, den er nicht mehr benutzte und den er John zum Einlagern verschiedener Utensilien, wie seiner alten Vespa und seiner Surfbretter, zur Verfügung stellte.

John fuhr über die Weinstraße und zweigte kurz vor Baden in die Weingärten ab. Nach circa zweihundert Metern war die Straße zu Ende und er stellte seinen Ford Anglia dort ab. Er sicherte kurz die Umgebung, und nachdem er niemanden erkennen konnte, zog er den Koffer auf den verfallenen Feldweg und kam nach wenigen Metern an die Stelle mit dem verborgenen Eingang. Er schloss die schwere Holztür auf, schob den Koffer hinter die Vespa und deckte ihn mit dem Surfbrett und einer Plane zu. „Diese Datei wird mein Startkapital für weitere Aktionen", hatte er bereits beschlossen. Auf dem Nachhauseweg musste er jedoch anhalten, da sein Körper zu zittern begann und ihm der Schweiß aus den Poren stieg. Er schloss die Augen und war Sekunden später eingeschlafen.

Um 5 Uhr früh wurde er durch Motorenlärm geweckt. Ein Weinhauer tuckerte mit seinem Traktor an ihm vorbei und blieb stehen. Der Mann grinste breit und fragte ihn, ob er wohl schon nüchtern sei. John war sofort hellwach und erklärte ihm, dass er schon wieder einsatzbereit sei und weiterfahren könne.

Der Weinhauer sagte ihm, dass er nicht Richtung Mödling fahren sollte, da die Gendarmen die Straße kontrollieren würden, um die besoffenen Autofahrer aus dem Verkehr zu ziehen. John bedankte sich freundlich und fuhr über Baden und die Triesterstraße in sein Appartement in Perchtoldsdorf.

Er stellte den Wagen in die Tiefgarage und ging die wenigen Schritte bis zur Schnellbahnstation. Zehn Minuten später fuhr der Zug ein und John wanderte durch den noch halb leeren Zug in ein Abteil am Anfang. Einige Früharbeiter dösten noch vor sich hin und die Luft war stark verbraucht in dem Abteil. Nach dreißig Minuten erreichte die Bahn Meidling und er joggte zum nahen Taxistandplatz. In zehn Minuten war er an seinem Ziel und stieg eine Straße vor der Firma aus.

Er erreichte die Garageneinfahrt und sperrte das Tor mit seinem Universalschlüssel auf, den er zur Abwicklung seiner Nachttests auf dem Computer erhalten hatte. John jagte die Rampe hinunter zum Alfa. In wenigen Augenblicken hatte er den Wagen gestartet und fuhr durch das bereits offene Tor ins Freie. Er verschwand wie ein Dämon in der schon endenden Nacht.

John fuhr in mäßigem Tempo die Straße wieder stadtauswärts und erreichte nach zwanzig Minuten Vösendorf. Er stellte den Alfa auf dem riesigen Parkplatz des Einkaufszentrums ab, wischte noch einige Blutspritzer an der Scheibe ab und versperrte ihn. Nun waren es nur wenige Schritte bis zur Badener Bahn. Er fuhr bis zur nächsten Haltestelle bei Perchtoldsdorf und joggte zu seinem Appartement.

John öffnete leise die Appartementtüre, da er seine Nachbarin Karin nicht stören wollte, aber er hatte nicht mit Ted gerechnet, den er an der Innenseite ihrer Türe winseln hörte. Da er einen Schlüssel zu ihrem Appartement besaß, holte er Ted heraus und dieser jagte sofort über die Stufen in den Garten. John wartete, bis Ted sein Geschäft erledigt hatte, ließ ihm die Türe offen und einige Minuten später hatte er Ted und nicht Karin im Bett. Der Hund grunzte zufrieden, als John seinen Anrufbeantworter einstellte und sofort einschlief. Es war 8 Uhr, als der Wecker summte. John war sofort wieder hellwach.

Ihm fiel der Zettel mit der beim Toten gefundenen Telefonnummer ein. Es war die Nummer des Organisationschefs des Unternehmens, es war die Nummer von Ingenieur Walter Schwarz. Blitzschnell analysierte John die Situation und nun wurde ihm klar, warum ihn Walter Schwarz in den letzten Wochen sehr oft zu sich geholt hatte und sich immer wieder nach seinen Fortschritten bei seinem Test erkundigt hatte. Auch Stunden vor seinen Tests am gestrigen Tage hatte ihn Schwarz aufgesucht und genau wissen wollen, wann er mit den Versuchen begann und diese beenden wollte, da er ja mit der fertigen Datei nach Zürich müsste.

Wollte Schwarz ihn des Datendiebstahls überführen oder plante er selbst etwas? „Das wird dir nicht gelingen." John überlegte nicht lange.

Er hatte vorsorglich das Programm zum Abspeichern mit einem Code versehen. Nur er konnte die Datei duplizieren und er musste handeln, bevor Schwarz den unbekannten Toten suchte. Vielleicht ahnte er bereits etwas, da er nichts von dem Mann gehört hatte. John kannte genau die Gewohnheiten von Walter Schwarz. Er fuhr jeden Montag wie ein Uhrwerk um 9 Uhr 30 von seiner Wohnung in Mödling über das Helenental nach Heiligenkreuz, um noch seine alte Mutter im Heim zu besuchen. Ingenieur Schwarz hatte wahrscheinlich ebenfalls alles genau geplant. Denn um 18 Uhr hatte er in der Firma ausgecheckt. Den Abend hatte er mit seiner Frau vor dem Fernseher verbracht, wie die Polizei später ermittelte. John sprang aus dem Bett. Er musste handeln. Er verließ mit Ted sein Appartement und ging zum Parkplatz der Schnellbahnstation. Er suchte die Reihe der Wagen ab und entdeckte einen hellen Mercedes 230 E. Er wartete, bis die letzten Fahrgäste in die Schnellbahn ein- und aus der Bahn ausgestiegen waren. Er sah in die Runde, kein Mensch war am Parkplatz mehr zu sehen. Er zog seine Handschuhe an und in wenigen Sekunden hatte er den Wagen offen und den Starter kurzgeschlossen. Der Wagen war halbvoll getankt und schnurrte ruhig. Ted sprang automatisch auf die hintere Bank und sah interessiert auf John, was er denn in diesem fremden Wagen sollte.

John fuhr die zwanzig Kilometer ziemlich schnell über die Weinstraße nach Baden. Es war Punkt 9 Uhr 15, als er circa fünf Kilometer nach Baden im Helenental in einem Seitenweg der Hauptstraße Stellung bezog. Hier wollte er auf Schwarz warten. Einige Wagen waren bereits unterwegs und seine Position vor der langen Geraden war ideal. John stieg aus und sah die Straße entlang. Um 9 Uhr 30 erspähte er den alten Fiat von Schwarz, den Zweitwagen von Schwarzs Frau. Schwarz saß am Steuer. John ließ ihn an sich vorbeifahren und jagte sein Auto mit quietschenden Reifen aus dem Seitenweg auf die Hauptstraße. Er beschleunigte das Tempo und zog seine Sturmmütze über den Kopf. John wartete den Gegenverkehr ab, sah kurz in den Rückspiegel, ob die Straße auch hinter ihm frei war, dann überholte er Schwarz, und als er auf gleicher Höhe mit dem Fiat war, riss er den Mercedes nach rechts und fuhr Schwarz brutal in die linke hintere Seite. Ted wurde auf die andere Seite des Rück-

sitzes geschleudert und der kleine Fiat machte eine Drehung, als
ober auf eine Eisplatte gefahren wäre. Schwarz verlor die Herr-
schaft über den Wagen. Der Fiat kam auf die linke Straßenseite,
überschlug sich, rutschte die Böschung zum Bach hinunter und
verschwand aus Johns Blickfeld. John bremste ab, wendete das
Fahrzeug und fuhr auf den rechten Straßenrand. Er stieg aus und
sah den auf dem Dach liegenden Wagen unter der Böschung.
Schwarz lag außerhalb des Autos, da er sich aus Protest niemals
anschnallte, mit dem Kopf auf einem Felsen. Sein Kopf war zer-
trümmert und Schwarz war tot. Die mitgebrachte P38 brauchte
John nicht mehr einzusetzen. Er hatte ja vor gehabt, sollte der
Unfall nicht klappen, Schwarz eine Kugel in den Kopf zu jagen
und ihn verschwinden zu lassen. John durchsuchte die Taschen
des Toten. Er fand ein Notizbuch mit einer Anzahl von Telefonnummern. Er nahm alles an sich, wartete, bis ein vorbei-
fahrendes Auto nicht mehr zu hören war, und fuhr die Straße
wieder zurück nach Perchtoldsdorf. Dort stellte er den Wagen
wieder auf den Parkplatz. Dann passierte ihm ein Fehler. Ted
hatte durch die rasante Fahrweise von John auf die hintere Sitz-
bank gespien. John hatte dies nicht bemerkt. Der Schaden auf
der rechten Seite des Wagens war zwar nicht gerade klein, der
Kotflügel hatte eine Delle und es fiel ihm nicht auf, dass eine
Zierleiste zum Teil abgebrochen war. Ein Parkschaden konnte
die Ursache der Beschädigungen sein. John joggte, nachdem er
sich sicher war, dass niemand sein Einparken gesehen hatte, mit
Ted noch einige Kilometer auf dem Weg an der Bahn entlang
und dann wieder zurück zu seinem Appartement.

Er war vorerst zufrieden. Die Sache war auf immer und ewig
erledigt. An Schlaf war allerdings nicht zu denken. John läutete
bei Karin und sie fragte ihn, wo er denn so lange gewesen sei.
Sie hatte schon ohne ihn frühstücken wollen. „Karin, Schatz,
ich habe momentan sehr viel in der Firma zu tun. Ich lasse Ted
bei dir. Ich muss sofort wieder hin." Karin war enttäuscht; aber
trotzdem küsste sie ihn leidenschaftlich. „Du weißt hoffentlich,
dass wir nur noch heute Abend Zeit füreinander haben. Denn
morgen kommt mein Mann wieder zurück." „Karin, ich bin die

ganze Nacht für dich da." „Na, hoffentlich", meinte sie mit sehnsüchtigem Blick. Anschließend fuhr er in die Firma.

Um 12 Uhr saß er bereits wieder an seinem Schreibtisch. Walter Schwarz erschien an diesem und an den nächsten Tagen nicht mehr in der Firma. Am Abend wurde der Unfall bereits im Radio gemeldet und am nächsten Tag war ein Foto des zertrümmerten Wagens in der Tageszeitung. Als Unfallursache wurde Übermüdung oder Unachtsamkeit des Fahrers vermutet, da die Straßenverhältnisse ja einwandfrei gewesen waren.

Nun musste nur noch der Alfa mit der Leiche verschwinden. Für die Entsorgung des Toten hatte John bereits einen Platz in einem nahegelegenen Waldgebiet im Auge. In der Nacht, nachdem Karin eingeschlafen war, schwang sich John auf sein Klapprad und holte den Alfa vom Parkplatz in Vösendorf. Er fuhr an die ausgesuchte Stelle im Wienerwald, wuchtete den mittlerweile starren Leichnam aus dem Wagen und schleppte ihn in den Wald. Dann hob er ein Grab aus und legte die Leiche hinein. Sorgfältig verwischte er die Spuren der Grabungsarbeiten. Das Erdloch war tief genug, kein Tier konnte zu dem Toten, der nun seinen Frieden an einem ruhigen Ort gefunden hatte. John war mit sich zufrieden. Für ihn war es eine rein sportliche Betätigung. Er empfand dabei überhaupt nichts.

Den Wagen entsorgte er in einem Schotterteich in der Nähe von Brunn am Gebirge. Der Alfa verschwand im Wasser, nur ein paar Luftblasen waren noch einige Zeit zu sehen. Er ruhte hier ebenso sicher wie sein ehemaliger Besitzer im Wald.

Nachdem John wieder zu seinem Appartement gefahren war, schlief er neben Karin, die von alledem nichts bemerkt hatte, sofort ein. Ted winselte jedoch leise, und vor lauter Freude, dass John wieder da war, erledigte er sein Geschäft im Bett. Erst als Ted fertig war, wurde John durch den Geruch wach. Er rollte Karin auf die Seite und warf sein T-Shirt und seine Hose sowie das Bettzeug in die Waschmaschine. Dann ging er mit Ted unter die Brause. Was dem Hund überhaupt nicht gefiel. Aber er hatte keine Chance. Er wurde mit einem Handtuch abgetrocknet und in die Küche gesperrt.

Als John um 8 Uhr endlich wach wurde, hörte er im Radio, dass sowjetische Truppen in der ČSSR einmarschiert waren. Allgemeine Unruhe mache sich überall bemerkbar, wie im Rundfunk berichtet wurde. Österreich hatte nach Ende des Zweiten Weltkriegs keine guten Erfahrungen mit den Russen gemacht und die Grenze war nicht weit. John hatte noch bis zum Jahresende Zeit, um seinen Militärdienst anzutreten, verlor jedoch keine weiteren Gedanken an Politik und Militär, da er nicht vorhatte, solange in Wien zu bleiben.

Karin wanderte nachdem Frühstück wieder in ihr Appartement. Ted lag wieder sauber und zufrieden unter Johns Schreibtisch. Er hatte seinem Besitzer die brutale Badezeremonie verziehen. John machte sich nun an die Sichtung der Unterlagen, die er von Walter Schwarz mitgenommen hatte. In dem Notizbuch mit diversen Telefonnummern fand er auch die Adresse und Nummer einer Firma in Zürich.

Marianne rief ihn am Nachmittag in der Firma an und sagte ihm, dass sie ihn gerne sehen würde. „Um 16 Uhr findet eine Besprechung statt und du musst unbedingt dabei sein. Du wirst heute noch darüber informiert, dass du probeweise mit der Organisation und Leitung der EDV beauftragt wirst. Bist du dir im Klaren, wer ein Wort für dich eingelegt hat? Du Scheusal! Ich habe also etwas gut bei dir und erwarte dich heute am Abend in meinem Appartement nahe dem Technischen Museum zum Abendessen." John heuchelte große Dankbarkeit und sagte selbstverständlich, dass er sich sehr freue. Dieses Appartement hatte er noch gut in Erinnerung, denn als er sie das erste Mal besucht hatte, war ihre gesamte Unterwäsche im Badezimmer platziert. Auch diverse Höschen und BHs hatte sie in der Küche hängen gehabt. Damals bereits war er entsetzt gewesen über ihre Unordnung.

Die Besprechung war kurz und bündig. John wurde probeweise mit der Leitung und der Organisation der EDV beauftragt. Außerdem ersuchten ihn die Vorstände, die Firmendatei persönlich in die Schweiz zu bringen und sie auf das neue System umzustellen. Dann wurde eine Minute des Herrn Ingenieur Schwarz gedacht. Der Chef sprach Worte der Anerkennung für den verblichenen aus und es wurde vereinbart, der Frau von Ingenieur Schwarz eine bedeutende Summe zu übergeben. Dies würde der Chef am Ende des Begräbnisses selbst in die Hand nehmen. John beugte sich zu Marianne und sagte: „Kommt er in Uniform?"

Um 19 Uhr läutete John an Mariannes Appartement. Sie öffnete ihm in einem unmöglichen Kleid. Sie trug dazu eine chiffonartige Bluse und darunter keinen BH. Dadurch waren ihre Minibrüste und ihre großen Brustwarzen ausnehmend gut zu sehen. John gab ihr einen Kuss auf die Wange. Karin führte ihn in ihr kleines Reich. John blickte als Erstes in das Badezimmer, aber diesmal war keine Unterwäsche aufgehängt. Zum Abendessen gab es wie bei seinem ersten Besuch wieder völlig patzige Pasta. Sie konnte einfach nicht kochen. Sie war stolz auf ihr selbst gekauftes Sugo. Sogar den Parmesan hatte sie noch in einem Plastiksäckchen auf dem Tisch liegen. Nach dem „wunderbaren" Essen führte sie ihm ihre neue Sitzgarnitur vor. Dann stand sie plötzlich hinter ihm und er spürte ihre Hand zwischen seinen Beinen. Sie kam sofort zur Sache. „Zieh dich aus und vögle mich endlich", stöhnte sie. Diese Nacht war mehr als anstrengend, da Marianne völlig ausgehungert war und nicht genug bekommen konnte. John erledigte alles wie ein Roboter. Es war nicht ein Funken Liebe oder Spaß dabei! Am nächsten Morgen schlich er sich aus dem Bett und ihrem Schlafzimmer. Er schrieb ihr einen Brief und darin teilte er ihr mit, dass er doch eine andere Frau liebe. Dann legte er ihn auf den Küchentisch. Es war brutal, aber es musste sein.

In der darauffolgenden Nacht um 2 Uhr schrillte sein Telefon. John schob Ted auf die Seite, da dieser wieder einmal direkt auf ihm schlief, und hob den Hörer ab. „Mister John", ertönte eine dunkle, angenehme Frauenstimme. „Ich möchte Ihnen ein geschäftliches Angebot machen. Kommen Sie heute um 18 Uhr in das Hotel Bristol am Ring. Es ist nicht uninteressant, was ich Ihnen zu sagen habe. Ich bin in der Hotelbar und erwarte sie dort. Ich bin dunkelhaarig und sehr groß. Sie werden mich sicher finden. Sie kenne ich ja bereits", und sie lachte. „Anschließend lade ich Sie in den Musikvereinssaal ein. Bitte keine Jeans und keine

Lederweste." John war von ihrer Stimme angetan und sagte sofort zu. „Es gibt ein Geigenkonzert mit Marie Mutiee als Solistin."

Um Punkt 18 Uhr betrat er das Hotel Bristol und startete in die Bar zur linken des Eingangs. Hinter der Bar werkte ein lustloser Barkeeper und man merkte ihm an, dass er nicht begeistert war, schon so früh am Abend einen Gast zu sehen. John setzte sich an die Bar und bestellte einen Cappuccino.

Der Angestellte setzte sich aufregend langsam in Bewegung. Es waren nur ein paar Schritte bis zur Kaffeemaschine. John bewunderte die Langsamkeit der Bewegungen des Mannes und fragte ihn, um ins Gespräch zu kommen, wie es um den Fußballclub Austria Wien bestellt sei. Er habe gehört, dass wieder einmal ein vorzeitiger Trainerwechsel bevorstehen würde. Die Augen des Mannes begannen zu leuchten und er änderte plötzlich seine Mundwinkel auf freundlich. „Interessieren Sie sich für den österreichischen Fußball?", fragte er argwöhnisch? John hatte selbst als Junge Fußball gespielt und stellte sich unwissend. „Ich habe keine Ahnung davon." Er erklärte aber trotzdem: „Ich war in der Schule ein begnadeter Münzenspieler. Mit zwei Schillingmünzen und einem silberglänzenden Ball aus einer Zehngroschenmünze musste man entweder auf dem Klassenzimmerboden oder auf den Schulbänken hockend in das gegnerische Tor treffen. Zu diesem Zweck musste mit einem Lineal der eigene Schilling als Spieler auf das Zehngroschenstück geschossen werden, sodass dieses ins gegnerische Tor befördert werden sollte. Nach fünf Toren gehörte einem der Schilling des Gegners. So verdiente er sich manches Eis oder eine Bensdorp-Schokolade. „So ähnlich kommt mir das Spiel von FC Austria Wien oder der österreichischen Nationalmannschaft vor." Er bewundere die Langsamkeit der österreichischen Fußballspieler und deren sogenannten Schmäh, den Gegner heimtückisch zu foulen. Aber er habe nicht gewusst, dass auch mancher Barkeeper in seinen Bewegungen diesen Pseudokickern ähnlich sei. Dem Mann wurde fast schwarz vor den Augen, als er dies hörte. Er wollte etwas erwidern, aber John hatte bereits die dunkle Lady entdeckt und warf ihm einen Zehn-Schilling-Schein über den Tresen.

Sie saß auf dem Ledersofa und hatte die Beine übereinander geschlagen. In Johns Magen rumorte es hörbar. Als sie ihn anlächelte, trat er auf sie zu. Sie gab ihm ihre gepflegte, schlanke Hand und sagte: „Übrigens, ich heiße Irene." John konnte das Rumoren in seinem Magen nicht verbergen.

„Mr. John, ich möchte gerne ein paar Schritte mit Ihnen gehen, folgen Sie mir doch auf die Dachterrasse des Hotels. Es ist ein wunderbarer warmer Abend."

Sie erreichten die Terrasse und nahmen in den bereitgestellten Fauteuils Platz. Nach einigen Belanglosigkeiten über die verträumte Wienerstadt wurde Irene plötzlich geschäftlich und kam zur Sache. „Wir haben erfahren, dass Sie nächste Woche nach Zürich reisen werden, um dort die Datei Ihrer Firma auf eine andere Bandeinheit umzuspeichern. Nachdem sich Ingenieur Schwarz nicht mehr gemeldet hat und auch nirgends zu erreichen ist, würden wir die Angelegenheit gerne mit Ihnen abwickeln."

Mittlerweile war es 18 Uhr 30 geworden und John machte sie auf den Beginn des Konzertes aufmerksam. Sie lächelte und gab ihm recht.

„Mr. John, wir haben ja auch noch nachher Zeit, die Einzelheiten durchzuarbeiten", meinte sie vielsagend.

Es waren lauter Musikenthusiasten und Kenner der Materie bei diesem Konzert und aus den Gesprächen erfuhr er, dass die weltbekannte Geigerin Marie Mutiee, die bei den Festspielen in Salzburg debütierte und vom Majestro protegiert wurde, auf einer der besten Geigen, die je von Geigenbauern hergestellt wurden, spielte. John erkundigte sich nach dem Namen des Geigenbauers und erfuhr, das Mutiee auf einer original Leonardo-Geige spielte. Da er den Namen des Geigenbauers natürlich kannte, wurde er hellhörig und beschloss, der Familiengeschichte bei Gelegenheit noch näher auf den Grund zu gehen. Dass der berühmte Geigenbauer einer seiner Vorfahren war, erzählte er Irene nicht.

Bis zur Pause war John etwas unkonzentriert und dachte an seine Sammlung von Platten berühmter Geigenkonzerte. Seine Freunde, Harry und Betty Ball aus England, fielen ihm ein, denn von ihnen hatte er als Siebzehnjähriger eine große Anzahl von

Bändern mit Originalaufnahmen erhalten, und so musste er nicht unbedingt in ein teures Konzert gehen, um wunderbare Musik zu hören. Aber die Atmosphäre wie in einem Konzertsaal war natürlich unerreichbar, wenn ihn auch das ständige Husten und Schnäuzen vieler Besucher sehr störte.

Harry und Betty Ball hatten ihm auch eine für damalige Verhältnisse herrliche und sehr teure Stereoanlage aus England mitgebracht. John legte sich beim Schreiben seiner Programme entweder ein Band oder eine Schallplatte mit Konzerten auf. Harry Ball liebte wie John klassische Musik und Jazz. Beim Abhören ging John das Schreiben schwierigster Programme leichter von der Hand. Harry Ball besaß in Liverpool eine Fabrik für verschiedene Metall- und Kunststofflegierungen und war Multimillionär. Harry und Betty hatten keine Kinder und außer der behinderten Schwester von Harry keine Verwandten mehr. Sie kamen zweimal im Jahr nach Salzburg, um Johns Eltern zu besuchen, und hatten den Knaben John ins Herz geschlossen. Beide erkannten sofort die damalige Verklemmtheit des Knaben und John durfte als Fünfzehn-jähriger bereits mit Harrys Aston Martin oder, wenn er mit seinem Jaguar kam, auch mit diesem tollen Wagen mitfahren. Auch in Wien waren die beiden bereits zu Besuch bei John gewesen, der ihnen die Schönheiten dieser wunderbaren Stadt gezeigt hatte. Harry hatte von dem bevorstehenden Kursverlust des englischen Pfundes durch befreundete Insider erfahren und John bei einem seiner Besuche ein Sparbuch geschenkt, mit dessen Inhalt sich John dieses wunderbare Appartement in Perchtoldsdorf hatte kaufen können. Harry und Betty hatten vor, nach ihrem Ableben das Vermögen John zu vererben. Auch war John bereits einige Male in England gewesen und hatte seine Sprachkenntnisse perfektionieren können. Regelmäßig schrieben sie sich, da Harry und Betty alles über sein neues Leben erfahren wollten und auf seine Briefe und Nachrichten warteten. John liebte die beiden älteren Freunde. Sie waren wie Eltern.

Nach der Pause und einem Glas Sekt lauschten John und Irene der wunderbaren Musik und der Virtuosität, mit der Marie Mutiee das Instrument zu einem für John noch nie gehörten

Klang brachte. Johns Blick glitt auf die Seite und er sah das fein geschnittene Profil von Irene für einen kurzen Augenblick. Sie war eine wirklich schöne Frau und unwillkürlich bekam er eine Erektion. Wie wenn sie es spürte, wendete sie ihm ihren Kopf zu und lächelte ihn an. Dann legte sie ihm wie selbstverständlich ihre Hand auf den Oberschenkel.

„Was ist das nur für ein herrliches Musikinstrument, auf dem Marie Mutiee spielt? Ich habe noch nie so wunderbare Klänge auf einer Geige gehört." Diese Geige ist unbezahlbar und soll ein Unikat sein. In Kennerkreisen schätze man dieses Instrument mit einem Wert von mehreren Millionen ein.

Nach dem Konzert im Wiener Konzertvereinshaus schlug Irene John vor, die Besprechung im Hotel auf ihrem Zimmer vorzunehmen. Als sie beide den Lift im sechsten Stock des Hotels verließen und Irene die Zimmertüre aufschloss, trat John von hinten an sie heran und küsste sie in den Nacken, dann schob er sie in das Zimmer und drehte sie zu sich herum. Er hob sie leicht an und drängte sie an die Wand. Dann glitt seine Hand zwischen ihre Beine und mit einem Stöhnen öffnete sie ihm diese ein wenig. Seine Hand war Sekunden später in ihr und er trug sie zu dem französischen Bett. Dann drang er ohne Vorspiel heftig in sie ein.

Nach etwa einer Stunde stand John endlich auf und brachte Irene ein Glas Sekt. Sie lächelte ihn entspannt an und meinte, dass sie nun die geschäftlichen Dinge erledigen müssten, da ja dieser Zwischenfall nicht vorherzusehen gewesen war. Sie stand ebenfalls auf und zog sich ihren Schlafrock über. Dann setzte sie sich auf die Ledergarnitur zu John.

„John", sagte sie und ihr Blick wurde geschäftlich. „Wir sind an der Datei interessiert, die Mr. Schwarz nach Zürich zum Umspeichern auf das neue System mitbringen sollte. Nun, Mr. Schwarz ist tot, wie wir erfahren haben. Aber für uns ist die Angelegenheit noch nicht erledigt. Wir haben erfahren, dass du der Einzige bist, der diese Arbeit durchführen kann und der von der Firma nach Zürich gesendet werden wird. Deine Aufgabe besteht lediglich darin, die Datei in Zürich unserem EDV-Manager zu übergeben. Er wird die Datei auf das neue System umkopieren und gleichzeitig ein Duplikat der Datei auf unsere eigenen Bänder speichern. Du brauchst nicht einmal dabei zu sein. Wie wir wissen, sind 900.000 Datensätze gespeichert. Wir zahlen dir für jeden Satz zwei Franken, das sind 1.800.000 Franken. Auf ein Schweizer Nummernkonto in bar oder in Goldbarren. Wie es dir lieber ist. Es ist leicht verdientes Geld und du hast für die nächste Zeit damit ausgesorgt. Was sagst du dazu?" John hatte interessiert zugehört und Irene wurde etwas unsicher.

„Irene", begann er, „die Sache hat mehrere Haken. Wer garantiert mir, dass das Geld tatsächlich auf dem Nummernkonto eintrifft und ihr mich nicht übers Ohr haut? Wer und wo wird mir das Geld oder eventuell die Goldbarren übergeben?" Irene lächelte ihn an. „John, ich bin das Pfand. Mein Vater ist an der Datei interessiert. Er will die Firma seines ehemaligen Partners ruinieren, da ihn dieser betrogen hat und mit meiner Mutter schlief. Mit mir, seiner einzigen Tochter als Pfand würde er nie ein Risiko eingehen. Für 1.800.000 Franken musst du also dieses Risiko eingehen und auch für meine Sicherheit sorgen. Du kannst mich solange in Verwahrung nehmen, bis das Geld in deinen Händen ist. Ohne Risiko geht nichts im Geschäftsleben." „Okay", sagte John. Er überlegte nicht lange und blitzartig lief der Plan in seinem Kopf ab.

„Nun, Irene, ich bin einverstanden und sage dir, wie es gemacht wird! Ich fliege nächste Woche Montag 8 Uhr nach Zürich. Dein Vater muss das Geld vorher besorgen. Ich will es bar und in gebrauchten Scheinen verschiedener Werte. Keine fortlaufenden Nummern und keine Imprägnierungen. Das Kopieren und Speichern wird nicht von eurem EDV-Manager, sondern von mir alleine durchgeführt. Um 20 Uhr beginne ich damit, es ist niemand von euch dabei. Die nötigen Bänder besorge ich. Um 4 Uhr früh übergebe ich den Koffer mit den Bändern deinem Vater und er übergibt mir das Geld. Den Ort erfährt er kurz vor Übergabe. Er kommt alleine. Am späten Nachmittag bin ich wieder in Wien, vorher werde ich das Geld überprüfen, und wenn alles in Ordnung ist, werde ich das Codewort, mit dem die Datei geöffnet werden kann, telefonisch durchgeben. Sollte mir etwas passieren oder dein Vater sein Wort nicht halten, wirst du für immer verschwunden sein." Nun wurde Irene doch etwas blass. „Nachdem alles reibungslos abgelaufen ist, werde ich dich freilassen, dich zum Flughafen bringen und du entschwindest. Du wirst sicher verstehen, dass ich absolut sichergehen muss. Wir beide werden uns nie mehr begegnen, leider, und ohne Risiko geht eben nichts im Geschäftsleben, wie du mir schon sagtest, liebe Irene. Ich werde dich aber trotzdem nicht vergessen. Du bist eine wunderbare, zärtliche Liebhaberin."

Irene sah ihn mit immer größer werdenden Augen an und das Lächeln in ihrem Gesicht war ehrlich. „John, du bist wahrlich ein gerissener Hund. Ich werde meinem Vater berichten und du wirst morgen um 12 Uhr Nachricht erhalten, ob der Deal so über die Bühne gehen kann." John beugte sich über sie und die Leidenschaft ging mit ihm durch, außerdem wollte er die Köstlichkeiten, die diese Frau zu bieten hatte, noch einmal ausgiebig auskosten.

Nachdem sie erschöpft eingeschlafen war, verließ er das Zimmer und das Hotel, überquerte den Ring und ging zu einem schon geöffneten Kaffeehaus. Er frühstückte ausgiebig, las die neuen Zeitschriften über die Okkupation der ČSSR. Fünf Warschauer Paktstaaten hatten zwischen 23 Uhr 30 und 24 Uhr die Grenzen überschritten und die ČSSR überfallen. Das kleine österreichische Bundesheer war in Alarm gesetzt. An der Grenze zu Ungarn, Slowenien und der ČSSR wurden verfügbare Aufklärungskräfte eingesetzt. Die in der Nähe von Mondsee stationierte Radaranlage der Luftüberwachung war Tag und Nacht besetzt und in Alarmbereitschaft versetzt worden. Jagdbomber und Panzer wurden aufmunitioniert. Man wollte allerdings keinesfalls den entfernten Nachbarn Sowjetunion brüskieren. Hinter den Kulissen tagten die Minister über die weiteren Schritte. Wie in der Öffentlichkeit nicht bekannt war, wurde Österreich auch in den strategischen Planungen des Warschauer Paktes im Falle einer Auseinandersetzung mit dem Westen als Aufmarschgebiet vorgesehen. Die Regierung bereitete sich für den Fall des Grenzübertritts von Truppen des Warschauer Paktes, die ja nach außen hin von der ČSSR zu

Hilfe gerufen wurden, für eine Evakuierung in den Westen in die Nähe des Pass Luegs in sichere unterirdische Kavernen und militärische Bunker vor. Die Grenze der ČSSR zur DDR wurde ab 1 Uhr 30 geschlossen. John Goffs Entscheidung, Wien sobald als möglich für immer zu verlassen, nahm Gestalt an.

Am nächsten Tag um 9 Uhr saß John bereits in seinem Büro. Er bereitete alle Unterlagen für die Datenübertragung in Zürich vor, besorgte die Bänder mit der Firmendatei, packte die Unterlagen in den magnetsicheren Koffer und stellte ihn in den diebstahlgesicherten Schrank des EDV-Zentrums. Um 12 Uhr erhielt er die telefonische Nachricht, dass der Termin in Ordnung gehe. John war sichtlich zufrieden. Um 15 Uhr meldete er sich in der Geschäftsleitung bei Oberst Ernst Tannberg an. Tannberg war sehr erfreut John zu sehen und bot ihm sofort eine Zigarette an. Tannberg war Kettenraucher. John winkte dankend ab. Der ehemalige Panzerkommandant war in kompletter Uniform als Oberst, da er als Reserveoffizier wegen der Spannungen in der ČSSR in Bereitschaft gesetzt war. Tannberg war angespannt. Er sollte eine Panzereinheit führen. Sein Aschenbecher war bis oben hin angefüllt und er bot John immer wieder eine Zigarette an, die John aber jedes Mal höflich ablehnte. Es war in der Firma bekannt, dass Tannberg gerne in der Uniform erschien und viel lieber beim Militär geblieben wäre, als ein Unternehmen der Privatwirtschaft zu leiten. John mit seiner Größe von einem Meter neunzig und seinem athletischen Körper war für Tannberg der geborene Soldat. Er war John sehr gut gesinnt und vertraute ihm vollauf. Beide legten fest, dass John am Montag um 5 Uhr früh vom Firmenchauffeur in seinem Appartement abgeholt würde. Um 5 Uhr 45 müsste der Koffer mit der Datei aus dem Sicherungsschrank der EDV-Anlage abgeholt werden. Der Chauffeur würde ihn dann zum Flughafen bringen. Der Koffer würde in einem magnetisch abgesicherten, vorbereiteten Frachtraum der Maschine untergebracht werden und John müsste den Vorgang überwachen. In Zürich würde ein Mietwagen reserviert, mit dem John in das EDV-Center fahren sollte. Dort würde er die Arbeit durchführen. Die weiteren Schritte überließ Ernst Tannberg John. Da die genaue Zeit für die Abwicklung nicht feststand, würde er dann den weiteren Ablauf selbst bestimmen. John hatte also genug Zeit seine Pläne umzusetzen. Ernst Tannberg bestellte für beide noch einen Kaffee, erkundigte sich nach Johns Tennisterminen und lud ihn für das darauffolgende Wochenende zum Pferderennen in die Freudenau ein. John sagte sofort zu, da er wusste, dass Tannbergs Tochter ebenfalls eine begeisterte Pferdeliebhaberin und Tennisspielerin war und er ihr Foto auf dem Schreibtisch des Vaters kannte. Er war sehr positiv eingestellt und hoffte, dass sie dabei sein würde. Als er das riesige Büro in dem alten Palais verließ, sah er gerade noch Marianne, die mit kalten Augen und ohne ein Wort zu sagen an ihm vorüberrauschte. Er hatte eine neue Feindin, das war ihm nun klar.

Er fuhr sofort in sein Appartement nach Perchtoldsdorf und holte Ted, der vor Begeisterung im Stiegenhaus vom dritten Stock bis ins Erdgeschoss laut bellte, um mit ihm eine ausgiebige Runde im Wienerwald zu joggen. Er lief bis Gumpoldskirchen durch die wunderbaren Weingärten und Ted konnte es gar nicht fassen, dass er Rebhühner und Fasane unterwegs jagen durfte, ohne auch nur einen einzigen zu erwischen. In einem Sporthaus kaufte John eine Luftmatratze und einen Schlafsack, Vitamingetränke, Decken, eine Taschenlampe, Batterien, Essensrationen, ein Buch über Überlebenstraining, einen Kriminalroman und einen Parka. Er packte alles in einen Rucksack, bezahlte und joggte in den Weingarten zu seinem Versteck. Ted sauste inzwischen im Weingarten umher, er konnte stundenlang stöbern und laufen. John richtete für Irene eine halbwegs komfortable Unterkunft her. Als er damit fertig war, pfiff er Ted und er ging die drei Kilometer bis in den Ort, ohne zu laufen. Johns Kopf wurde frei und er beschloss dieses Wochenende doch völlig alleine ohne die Einladung von Oberst Tannberg in der Freudenau zu verbringen. Doch dann besuchte er noch seine Freunde Ed und Toni und versumpfte mit Ed in dessen Weinkeller etwas außerhalb des Ortes bis um 3 Uhr früh. Ted schlief anschließend bei ihm auf der harten Bank des Weinkellers; er war ebenfalls vom Weingeruch und dem langen Laufen erschöpft.

Am nächsten Tag fuhr er zurück nach Perchtoldsdorf.

Am Sonntag war John endlich wieder einsatzbereit und absolvierte sein für diesen Tag fast vergessenes Tennismatch mit Frank, dem Wachmann. Am Abend rief er Irene an und teilte ihr mit, dass er sie um 21 Uhr am Bahnhof in Traiskirchen abholen würde. Sie sagte sofort zu. Die Zeit bis dahin vertrieb er sich vor dem Fernseher und verfolgte die Sondermeldungen über die Umstände in der ČSSR.

Pünktlich holte er Irene ab und fuhr mit ihr nach Baden. Er marschierte mit ihr eine Stunde bis vor Gumpoldskirchen in den Weingarten. Sie hatte sich sportlich angezogen und Wanderschuhe an. Sie war sehr praktisch veranlagt und wusste, was auf dem Spiel stand. Im Licht der Taschenlampe wurde ihr nun doch etwas unheimlich, als sie die Umgebung, in der sie die nächsten Stunden verbringen sollte, sah. John öffnete den Verschlag zum alten Weinkeller und schubste sie, nachdem sie etwas zögerte, leicht hinein. Er verschloss die Tür hinter sich und im Licht der Taschenlampe holte er aus dem Rucksack eine Weinflasche, in die er ein Schlafmittel gemischt hatte. Er schenkte sich und Irene einen Becher ein. Sie stießen an und Irene trank den Papierbecher leer. Seinen Becher leerte er unbemerkt aus. „Falls mir trotz aller Vereinbarungen doch etwas zustoßen sollte, habe ich dir eine Fluchtmöglichkeit geschaffen, die du nicht so schnell finden wirst, aber es gibt eine. Sei also nicht traurig, falls mir etwas passieren sollte. Du wirst hier nicht vermodern. Aber du weißt ja, keine Geschäfte ohne Risiko. Im Rucksack sind die wichtigsten Utensilien für den Aufenthalt in dieser Unterwelt und ein Buch über Überlebensstrategien", merkte er scherzend an. Er setzte sich zu ihr auf die Luftmatratze, blieb noch ein paar Minuten, und als er feststellte, dass sie schläfrig wurde, küsste er sie flüchtig auf die Wange und verschwand in der Nacht.

Alles lief am Montag wie geplant. Der Firmenchauffeur wusste nichts vom Inhalt der Koffer. Das Verladen und die Unterbringung der beiden Koffer im separierten magnetgesicherten Frachtraum des Fliegers und der Flug verliefen anstandslos. Nach einer Stunde und dreißig Minuten landete die Maschine in Zürich-Kloten. Ein

Taxifahrer half ihm beim Verladen der Koffer mit den Magnetbändern. Sie fuhren in das EDV-Center und John deponierte die Koffer im Sicherheitsraum des Unternehmens. Dann bummelte er durch Zürich. Sollte ihn jemand verfolgen, würde das sehr schwer sein, da er in verschiedenen Einkaufszentren und Herrenausstattungsgeschäften herumflanierte. Außerdem wollte er seiner Wohnungsnachbarin einige Dessous mitbringen, da ihr Mann sie damit nicht gerade verwöhnte. John wusste, dass sie ihm dafür manche seiner geheimen Wünsche erfüllen würde.

Er bestieg die Stadtbahn, fuhr einige Stationen und war sich sicher, dass ihn niemand verfolgt oder beobachtet hatte.

Bei einer Leihwagenfirma legte er seinen zweiten gefälschten Führerschein und seinen Pass vor und orderte einen Fiat Punto. Der Wagen war zu einem Viertel voll getankt. Das würde für seine Fahrt voll ausreichen. Er fuhr in das vorbestellte Hotel, meldete sich bei der Rezeption an und bezahlte im Voraus, da er bereits sehr früh wieder auschecken würde. John richtete im Zimmer alles so her, als ob er darin geschlafen hätte, und fuhr anschließend in ein kleines Hotel im Bahnhofsviertel, meldete sich mit seinem zweiten Pass unter anderem Namen an und bezog dort sein Zimmer. Außer einer Zahnbürste, Rasierzeug und frischer Wäsche hatte er nichts mitgenommen. Es hatte alles Platz in seinem Pilotenkoffer gehabt.

Anschließend spazierte er zu einem Café am See, aß eine Kleinigkeit und las die Zürcher Zeitung.

Um 20 Uhr war er wie geplant im Maschinenraum des EDV-Centers. Ein Operateur wies ihn in das neue System ein. Dann war John allein auf der Anlage. Um 0 Uhr 30 war er mit der Neuerstellung der Datei für die Firma fertig und legte die Magnetbänder in einen Koffer. Die alte Datei löschte er komplett, da in Wien ein Duplikat vorlag. Er duplizierte eine weitere Bandeinheit und gab sie in einen zweiten Koffer. Dann verschloss er die Tür des EDV-Raumes und fuhr mit dem Trolley zum Portier. Er übergab ihm den Schlüssel und quittierte seine Ausgangszeit. Schließlich transportierte er die Koffer zu seinem Wagen. Den Koffer mit der duplizierten Datei für die Übergabe stellte er auf den Rücksitz. Die Firmendatei stellte er in den Kofferraum.

Um 1 Uhr 30 rief er von der nächsten Telefonzelle die von Irene erhaltene Telefonnummer an. Eine Männerstimme meldete sich und fragte ihn, ob alles in Ordnung sei. John schnitt dem Mann sofort das Wort ab. „Fragen Sie nicht lange, haben Sie alles, was wir vereinbart haben?" „Selbstverständlich ist alles bereit", antwortete der Mann.

John sagte ihm: „Kommen Sie um 2 Uhr 30 auf den Parkplatz beim Bahnhof. Ich warte in einem weißen Punto auf Sie."

Die Übergabe erfolgte auf die Minute genau. Ein dunkler Bentley fuhr in den Parkplatz ein und John blinkte kurz mit dem Scheinwerfer. Ein groß gewachsener Mann stieg aus und kam auf ihn zu. Er hatte einen Koffer in der Hand. Als er näher kam, sah John, dass es ein gutaussehender Mann um die Mitte sechzig, wahrscheinlich der Vater von Irene, war. Der Mann übergab ihm sofort den Koffer und musterte ihn interessiert. John lächelte und bedankte sich dafür. Er holte daraufhin seinen Koffer mit der duplizierten Datei vom Rücksitz aus dem Punto und übergab sie dem Mann. „Sie wissen", sagte John, „wenn ich den Inhalt überprüft habe, erhalten Sie morgen Abend 18 Uhr das Codewort für die Öffnung der Datei und können mit Irene telefonieren." „Gut", sagte der Mann, „Irene ist ja meine einzige Tochter und ich vertraue sie Ihnen an, John. Aber ich habe sonst keine Chance, meinen Verlust wieder wettzumachen und mein Geschäft auf neue Beine zu stellen. Sollte meiner Tochter etwas zustoßen, werde ich Sie überall auf der Welt finden. Aber trotzdem sind Sie mir irgendwie sympathisch." Sie hatten ja beide etwas zu verlieren und sehr viel zu gewinnen. Warum sollten sie pokern? Für beide war es ein tolles Geschäft. „Ach ja", sagte John, „falls Sie die Datei auf ein anderes System ändern wollen, ist das kein Problem." Die beiden Männer gaben sich die Hand und ohne ein weiteres Wort sprang John in den Punto und kurvte aus dem Parkplatz. Er fuhr ziellos durch Zürich. Als er sicher war, dass niemand ihn verfolgte, fuhr er zum Hotel. Er trug die Koffer auf sein Zimmer. Den Koffer mit dem Geld öffnete er auf dem Bett. Vor ihm lagen fein gebündelt 1.800.000 Franken. Er prüfte alles genau, entfernte die Gewichte aus den leeren Bandbehältern und verstaute das Geld sofort darin.

Dann mischte er die Behälter unter die Dateien und klebte die vorbereiteten Vignetten fein säuberlich auf die Behälter, sodass diese nicht von den vollen Magnetbändern zu unterscheiden waren. Die Behälter sahen aus, als hätten sie Magnetbänder als Inhalt. Anschließend füllte er die Zollpapiere aus und verglich sie mit den Einreisepapieren. Auf der mitgebrachten Waage stimmte er das Gewicht mit dem Einreisegewicht ab. Zu diesem Zweck hatte er ja bereits in Wien Gewichte in die leeren Kassetten gegeben. Nun musste er nur noch die Datei durch den Zoll begleiten und dafür sorgen, dass diese im Frachtraum ordnungsgemäß verstaut wurde. Er stellte seinen Wecker auf 5 Uhr und schlief sofort ein.

Um 7 Uhr früh öffnete der Flughafenzoll und John verstaute mit einem Flughafenbeamten die Datei im Frachtraum. Es klappte wie am Schnürchen. Der Schweizer Zoll war doch nicht so perfekt wie bei der Kontrolle an den Straßenzollämtern, wo jede Packung Zigaretten zu umständlichem bürokratischem Aufwand und Strafen führte. Den gemieteten Wagen gab er beim Flughafen zurück.

Um 12 Uhr war er wieder in Wien-Schwechat gelandet, erledigte die Zollpapiere, lud die Koffer mit der neuen Firmendatei, der für ihn duplizierten Datei und dem Geld in den Kofferraum seines Ford Anglia und fuhr nach Perchtoldsdorf. Er transportierte seine Datei und das Geld in sein Appartement. Weder Ted noch seine Nachbarin waren anwesend. Wahrscheinlich waren beide spazieren. John nahm die Behälter mit den Geldscheinen aus dem Koffer. Dann verstaute er das Geld in der Tiefkühltruhe. Darüber legte er verschiedene eingefrorene Fleischsorten, die ihm Toni aus Gumpoldskirchen geschenkt hatte. Er würde einen Großteil des Geldes bei nächster Gelegenheit auf die Cayman-Inseln schaffen. Den Koffer mit der duplizierten Datei brachte er in den Keller. Anschließend fuhr er in die Firma, stellte die Bänder mit der neuen Datei für die neue Anlage in einen speziellen Raum der Geschäftsführung und übergab dem Geschäftsführer, Oberst Tannberg, die Papiere und Kostenaufstellung der EDV-Firma in Zürich. Nach einem längeren Gespräch mit Tannberg und zwei weiteren Geschäftsführern über die Abwicklung der Datenspeicherung und deren weitere zukünftige Sicherung wurde John die Leitung der Abteilung EDV im Unternehmen übertragen. Er solle unbedingt seine Tätigkeit in der Firma, auch nach seinem Militärdienst, wieder aufnehmen. Die Chancen im weltweiten Konzern wären für ihn gegeben. Mit der Bitte um etwas Bedenkzeit, da er doch etwas müde sei, verabschiedete sich John von den Herren. Am nächsten Tag sei er sowieso wieder in der Firma.

Mittlerweile war es 17 Uhr geworden. John hatte es nun eilig, da er Irene befreien musste, und fuhr seinen alten Anglia, bis das Gaspedal anstand. Er schaffte aber nicht mehr als achtzig Stundenkilometer, da der Wagen nunmehr nur auf drei Zylindern lief und kaum die Steigung zum Ortsende von Gumpoldskirchen schaffte. Er erreichte das Versteck und öffnete die Tür. Irene lag auf dem Ersatzbett und sah ihn erwartungsvoll an. „Na, hast du alles, was du wolltest?", fragte sie ihn lächelnd. „Es ist alles okay. Dein Vater ist sehr besorgt um dich, aber ich habe ihn natürlich beruhigt. Wir können losfahren." Auf der Fahrt nach Wien berichtete John Irene die Einzelheiten und lieferte sie beim Hotel Bristol wieder ab. Irene sah ihn verführerisch an und lud ihn ein, doch mit ihr am Abend zu essen und vielleicht bei ihr zu übernachten.

John war jedoch fix und fertig und wollte nur zu sich nach Hause. Er würde sich am nächsten Tag bei ihr melden und dann könnten sie ja beide alles nachholen. Sie sah ihn etwas traurig an, als er sie flüchtig auf die Wange küsste. Doch John war mit seinen Gedanken schon wieder bei Ted, mit dem er dringend einige Runden laufen musste.

Bevor er das Hotel verließ, betrat er die Telefonzelle neben der Rezeption und wählte wie vereinbart die Telefonnummer in Zürich. Irenes Vater hob sofort ab und John erklärte ihm, dass Irene wieder im Hotel sei. Dann gab er ihm das Codewort für die Dateiöffnung durch.

Die Fahrt nach Perchtoldsdorf verlief wie in Trance. Er wollte sein Appartement leise öffnen, hatte jedoch wieder nicht mit Ted gerechnet. Ted saß hinter der Tür von Karin und erkannte sofort seine Schritte. Der Hund begann vor Freude laut zu heulen. Karin öffnete und wollte ihm ebenfalls stürmisch um den Hals fallen. John konnte sie gerade noch abwehren. Sie sah nun endlich, wie erschöpft er war, und sie vereinbarten, dass sie am Morgen zusammen frühstücken würden. Ted war in dieser Nacht der alleinige Herrscher in Johns Bett. Mit einem wohligen Grunzen legte er sich mitten auf John, was dieser nicht mehr merkte, da er sofort einschlief. Der Spazierlauf mit Ted musste verschoben werden.

Um 7 Uhr des nächsten Tages läutete das Telefon. Johns Mutter war völlig verstört am Apparat. Sie sagte ihm, er müsste nach Hause kommen. Seinem Vater gehe es sehr schlecht und er wolle ihn unbedingt sehen. John beruhigte sie und informierte sie, dass er sich sofort ins Auto setzen und zu ihr kommen würde. „In vier Stunden bin ich bei euch."

Anschließend telefonierte er mit Irene. Sie sagte, sie sehne sich nach ihm, ein Wochenende wäre doch ein schöner Ausklang und vielleicht ein Anfang ihrer Beziehung. John war derzeit nicht danach, sich mit ihr zu treffen. Im Gegenteil, da die Angelegenheit zu seiner Zufriedenheit geregelt war, hatte er sie schon beinahe wieder vergessen. Aber er rechnete nicht mit ihrer späteren Hartnäckigkeit. Er versprach ihr, sich zu melden, wenn er über die Situation mit seinem Vater besser Bescheid wisse. Er nahm sich mehrere Tage Urlaub und holte als Erstes den Koffer mit den duplizierten Magnetbändern aus dem Keller. Dann packte er ein paar Utensilien, den Koffer mit den Franken aus der Kühltruhe und Ted in den Wagen. Schließlich verabschiedete er sich von Karin und fuhr die dreihundert Kilometer zu seinen Eltern. Den Koffer mit der versteckten Datei im Weinkeller in Gumpoldskirchen, nahm er auf dem Weg zu seinen Eltern ebenfalls mit. Der alte Ford Anglia hielt brav durch. Aber John war klar, dass dies die letzte Fahrt mit seinem alten Wagen in seinem derzeitigen Zustand gewesen war. Er würde ihn komplett restaurieren, einen neuen Motor besorgen, die Karosserie wieder in Schuss bringen und warten, bis er ein Oldtimer wurde. Ein neuer Wagen war nun ja auch im Bereich des Möglichen. Aber er durfte nicht übermütig werden und musste sich beherrschen.

Als er das Elternhaus betrat, kam ihm seine Mutter weinend entgegen. „Vater will unbedingt mit dir sprechen. Bitte verzeih ihm alles, was er dir antat." John nickte und betrat das Zimmer seines Vaters. Er setzte sich auf den neben dem Bett stehenden Stuhl und betrachtete das bleiche Gesicht des Schlafenden.

Aus dem ehemals voll von Ideen und Idealismus geprägten Mann war durch die furchtbaren Umstände dieser wahnsinnigen Kriegszeit ein unbeherrschter, unduldsamer, egoistischer Mensch geworden.

Mit einem Mal wurde John bewusst, dass sein Vater schwere psychische und körperliche Wunden in den sechs Jahren des Zweiten Weltkriegs erlitten hatte. Vor ihm lag nun der einst für den kleinen Buben so unvorstellbar starke Vater, ein Schatten seiner selbst und ein hilfloses Bündel Mensch. Obwohl er ihn die letzten Jahre gehasst hatte, überkam ihn nun ein Gefühl des Verzeihens. Seinem Vater und vielen Menschen dieser Generation war die Jugend gestohlen worden. Er verzieh ihm seine Genusssucht und seine Rücksichtslosigkeit ihm und seiner Mutter gegenüber.

Nach einer Stunde erwachte sein Vater und sah ihn lange an. Dann begann er zu sprechen, langsam, aber doch gut verständlich.

„John, schön, dass du gekommen bist. Ich weiß, ich habe viele Fehler in meinem Leben gemacht und ich glaube, es ist der Zeitpunkt gekommen, um dir einiges aus meinem Leben zu erzählen."

John setzte sich auf den Stuhl neben dem Bett und dann begann der Vater zu reden. „Die Erlebnisse des Zweiten Weltkriegs und meine schwere Verwundung haben mich und meine Standpunkte rücksichtslos verändert. Ich wurde im Laufe der Jahre ein anderer Mensch. Rücksichtslos, gemein, egoistisch und verlogen. Ich weiß nun, was ich deiner Mutter und dir alles angetan habe. Der Herrgott und du, John, werdet mir hoffentlich verzeihen." Dann begann er seine Geschichte klar und deutlich zu schildern.

„Du weißt, dass du mir bei der Recherche des Rückzugs der Armee aus Russland geholfen hast. Eine Rente wurde nun den alten Soldaten in Aussicht gestellt, wenn sie ihren Fluchtweg auf dem Rückzug dokumentieren und beweisen können, dass sie in russischer Kriegsgefangenschaft waren."

Am 22. Jänner 1945 hatten die sowjetischen Truppen Insterburg und Allenstein erobert. Alle Daten hatte der Vater genau im Gedächtnis. John war sehr erstaunt. Am 23. Jänner hatte die Räumung Ostpreußens in der Danziger Buch begonnen und am 24. Jänner war der Rückzug der deutschen Armee und die erste sowjetische-ukrainische Front erobert, Oppeln und Gleiwitz. Himmler wurde Oberbefehlshaber der Heeresgruppe Weichsel. Der Vorstoß der Sowjets mit ihren Truppen bei Libau (Kurland) wurde zurückgeschlagen. Der den Sowjets widerfahrene Rückschlag entspannte die Lage. Sie mussten die Kräfte zwischen Ostsee und Karpaten umgruppieren und eine Pause zur Auffrischung einlegen.

Am 26. Jänner wurde die Landverbindung nach Ostpreußen durch sowjetische Truppen abgeschnitten. Deutsche Truppen brachen bei Braunsberg nach Westen durch.

„Mein Artillerieaufklärungszug, ich war damals Kommandant von drei gepanzerten Artillerieschallmessfahrzeugen, lag in einem Graben in vorderster Stellung der Front, fünf Kilometer östlich von Elbing. Die Fahrzeuge der sogenannten Schallmessbatterie waren mit den damals modernsten Geräten zur Ortung der feindlichen Artillerie ausgerüstet. Mit unseren sechs Meter langen Antennen auf den gepanzerten Fahrzeugen lag unser Zug in vorderster Linie der Front. Mit den von uns an die eigene Artillerie gesandten Koordinaten war es möglich, die feindlichen Geschütze durch die eigenen 8,8-Geschütze auszuschalten.

Bis wenige Minuten zuvor waren die Granaten der 8,8-Geschütze wenige Meter über die Antennen der Fahrzeuge im direkten Beschuss auf den Feind gerauscht. Plötzlich jedoch wurde es unheimlich still. Unsere Geschütze hatten aufgehört zu feuern. Über Funk kam die Meldung der Leitstelle, dass der Kommandeur um Mitternacht den Durchbruch der Armee nach Westen befehlen würde. Die Armee sollte sich absetzen und quer durch Ostpreußen durch den tiefen Schnee mit den Kettenfahrzeugen oder Panjeschlitten immer Richtung Westen über Lötzen, Rösseln, Bartenstein bis nach Mehlsack marschieren oder fahren. Wir sollten uns sofort auf den Rückzug vorbereiten.

Es war am späten Nachmittag, als ich meine Männer um meinen Kommandowagen versammelte. Ich teilte ihnen die Befehle mit und stellte es ihnen frei, mit ihren Kettenfahrzeugen den Durchbruch zu versuchen. Ich und meine Männer waren leichenblass. Seit über sechs Jahren lagen wir in vorderster Front und waren demoralisiert. Ich teilte Schnaps aus und die Männer verschlangen einen Teil ihrer gebunkerten Lebensmittel. Es war uns allen klar, dass dieser Krieg schon seit Langem verloren war und wir Soldaten nur mehr dem Wahnsinn geopfert wurden. Aber was hätten wir tun sollen? Dienstverweigerung war ein Todesurteil, das gnadenlos vollstreckt wurde. Gegen 17 Uhr waren alle betrunken und ich stellte ein Bild des Führers und Gröfaz, wie wir Soldaten Hitler nannten, vor einen gepanzerten Schallmesswagen. Dann holte ich meine P38 aus dem Holster und schoss Adolf unter dem Gejohle meiner Männer mitten in den Kopf. Dies hätten die Generäle, die Hitler ständig um sich scharte, schon längst erledigen können. Aber sie waren viel zu feige und wir Soldaten waren für sie nur Schlachtvieh, das keinen Wert hatte. Alle meine Männer schlossen sich an. Als die letzten Schüsse verhallt waren, hörten wir Motorengeräusch von den eigenen Stellungen. Eine Beiwagenmaschine mit zwei Feldgendarmen oder Kettenhunden, wie wir sie nannten, fuhr auf die Schallmesswagen zu und sie sprangen von ihren BMW-Maschinen. Ein Feldwebel sah das zerschossene Hitlerbild und trat auf mich zu. ‚Leutnant geben Sie mir Ihre Dienstwaffe, Sie sind ab sofort verhaftet, und folgen Sie uns. Sie wissen, dass wir Sie sofort erschießen könnten, aber in Anbetracht Ihres EK1 werden wir Sie dem unmittelbaren Vorgesetzten Hauptmann Käfer vorführen.‘ Die Männer murrten hörbar und wollten die Verhaftung verhindern. Es kam zu wüsten Beschimpfungen und die zwei Kettenhunde zogen ihre Maschinenpistolen. Ich befahl meinen Männern Ruhe. ‚Ich hole nur meine Unterlagen‘, sagte ich den beiden Kettenhunden. Dann ging ich zu meinem Fahrzeug, griff unbemerkt in meine Brusttasche und zog die Paste mit dem Gift heraus, die ich seit dem letzten Heimaturlaub mit mir führte. Ich tunkte meinen Handschuh der rechten Hand in die Paste und legte die Phiole wieder in meine Tasche. Ich zog den Handschuh wieder an. Dann ging ich zurück zu den beiden Feldgendarmen. Ich erklärte meinen Kameraden, dass ich bald wieder bei ihnen sein würde, und befahl Feldwebel Wallner, das Kommando bis zu meiner Rückkehr zu übernehmen. Schließlich trat ich auf die beiden Feldgendarmen zu und sagte ihnen, dass ich ihre Handlung selbstverständlich akzeptieren würde, zog meinen linken Handschuh aus, um ihnen die Hand zu reichen. Beide zogen ebenfalls ihre Handschuhe aus und übersahen, dass ich ihnen meine rechte Hand anbot. Als ich ihnen die Hand gab, sagte der eine der beiden Feldgendarmen: ‚Ihr Handschuh ist ja ganz fettig, aber was soll es, wir sind ja Dreck gewohnt.‘ Ich sagte: ‚Leider verlieren die Fahrzeuge Öl und Fett!‘ ‚Folgen Sie uns‘, war die Antwort.

Die beiden nahmen mich in die Mitte, und als wir auf die Beiwagenmaschine klettern wollten, sackten beide Kettenhunde fast völlig gleichzeitig in die Knie. Ich stützte die beiden noch, aber ein Röcheln und Schaum kam aus ihren Mündern und ich konnte sie nicht mehr halten. Sie stürzten auf den eisigen Boden. Meine Männer kamen angerannt und stellten fest, dass die beiden gestorben waren. Feldwebel Wallner, mein Stellvertreter, holte aus einem Wagen eine alte aufmunitionierte russische Pistole und jagte jedem der beiden eine Kugel in den Kopf. Danach schoben die Männer die Beiwagenmaschine über eine Böschung. Die Maschine überschlug sich und blieb rücklings liegen. Dann warfen die Männer die beiden Kettenhunde hinterher. Sie waren wie viele gefallen, aber sie waren nie unsere Kameraden.

Um 17 Uhr wurde ich zu Hauptmann Käfer, unserem Bataillonschef beordert. Käfer war in meiner Heimatstadt mein unmittelbarer Nachbar und Freund gewesen. ‚Hallo, Karl‘, begrüßte er mich, ‚was ist bei euch los, es wurden Schüsse gemeldet?‘ Ich erzählte ihm, dass zwei Feldgendarmen in feindliches Feuer geraten wären und es nicht überlebt hätten. Wir hätten nichts mehr für sie tun können. Dann sah mich Hauptmann Käfer kurz an und wechselte abrupt das Thema.

‚Karl, ich werde dir jetzt eine freudige Nachricht überbringen. Du bist gestern Vater eines Sohnes geworden, Karl, schau, dass du mit deinen Männern irgendwie in die Heimat kommst, du hast ja alle Militärkarten und deine Fahrzeuge. Dieser Scheißkrieg ist aus und verloren, wir müssen nur unsere Haut retten. Die vielen armen Flüchtlinge, wir können nichts für sie tun. Die Munition geht zur Neige und der Kommandeur wird diese Armee nicht opfern und sich den Befehlen widersetzen, nochmals standzuhalten. Schaut, dass ihr irgendwie in die Heimat kommt. Ich kann euch nicht mehr helfen. Ich hoffe, wir sehen uns wieder zu Hause.' Damit fielen wir uns in die Arme und mir rannen die Tränen der Freude über die Nachricht eines Sohnes über mein blasses, ausgemergeltes Gesicht. Du, Johann, warst geboren.

In einer Beiwagenmaschine wurde ich zu meinen Soldaten zurückgefahren. Meine Männer begrüßten mich freudigst und überschwänglich. Es floss der restliche Schnaps in ihre Kehlen und wir schliefen sehr tief ein. In der Früh hörten wir Geschützfeuer. Die russische Armee versuchte uns einzukesseln. Innerhalb kürzester Zeit waren die Aufklärungs-Schallmesswagen startklar und ich gab den Befehl, jeder sollte auf eigene Faust den Durchbruch mit der Heeresgruppe versuchen.

Meine Kameraden kamen ein schönes Stück mit ihren Fahrzeugen weiter, bis ihnen der Sprit ausging. Ohne Verluste kamen sie, wie wir nach Ende des Krieges erfuhren, mit den Kameraden der Infanterie der Armee über Landsberg, Zinten entlang dem Haff bis zum Flugplatz Heiligenbeil.

Mein Aufklärungswagen blieb nach vier Stunden in einer Schneewechte hängen und ich und meine drei Kameraden mussten durch den tiefen Schnee zu Fuß weiter.

Als wir ohne nennenswerte Sicherung eine Lichtung überqueren wollten, ertönte das hörbare Klicken des Entsicherungshebels einer Waffe. Als der Ruf ‚Stoj' ertönte, blieben wir stehen. Dann sahen wir den Russen im Anschlag mit seiner Waffe circa fünfzig Meter entfernt. Ein kurzer Blickwechsel zwischen uns Männern und wir rannten alle drei los. Ich war der Letzte. Am Ende der Lichtung standen auch Russen, nun hielten wir die Hände hoch und sie nahmen uns gefangen. Diese eiskalte Nacht werde ich niemals vergessen. Am nächsten Tag marschierten wir mit vielen anderen Soldaten in Gefangenschaft gegen Osten. In der Gruppe war auch Walter Marin, mein Freund aus Salzburg. Als wir die lange Kolonne unserer Kameraden entlangblickten, genügte ein Moment und es war uns klar, dass wir nicht in Gefangenschaft gehen würden. Unser Zug wurde nur von wenigen Russen bewacht. Sie marschierten links und rechts unserer Kolonne mit uns mit. Als wir eine Biegung erreichten und wir einen Moment nicht eingesehen wurden, rannten wir drei los. Wir kamen ungefähr hundert Meter weit, als ein Russe uns entdeckte, er riss seine MP hoch und jagte uns eine Salve nach. Ich spürte den Einschlag in meinem Kopf, stürzte und schrie laut auf. Walter Marin lief noch einige Schritte weiter, drehte sich jedoch um und sah mich am Boden liegen. Ohne zu überlegen, warf er sich hin und robbte zu mir her. Dann stemmte er mich in die Höhe und schleppte mich huckepack über die Lichtung. Es war totenstill. Der Russe ließ uns entkommen. Die Männer packten mich auf einen schnell gefertigten Schlitten und schleppten mich weiter. Wir fingen schließlich unter unsäglichen Mühen zwei kleine Pferde, die den Schlitten Gott sei Dank brav zogen. Die Männer marschierten tagelang hinter dem Schlitten her. Die beiden Pferde mussten wir jedoch töten, da wir ja nichts zu essen hatten. Ihr Fleisch hat uns unser Überleben ermöglicht. Nach vielen Tagen erreichten wir den Flughafen Heiligenbeil. Nach kurzem Aufenthalt und Versorgung im Lazarett flüchtete ich auf eigene Faust mit meinem Kameraden Walter Marin aus dem Lazarett. Wir gelangten unter unsagbaren Mühen und Qualen Anfang Mai 1945 in unsere Heimatstadt. Meine Kopfverletzung machte mir jedoch viele Probleme.

In den folgenden Jahren spürte ich jeden Wetterumschwung und hatte oft unerklärliche Kopfschmerzen. Dann war ich gereizt und furchtbar verändert."

John merkte, wie sein Vater plötzlich sehr müde wurde, und sein Kopf kippte plötzlich zur Seite. Er war eingeschlafen.

John ging in das Arbeitszimmer seines Vaters und setzte sich in einen Lehnstuhl. Viele Gedanken jagten durch sein Gehirn. Der Vater hatte ihn sein ganzes Leben lang enttäuscht und gekränkt. Nie hatte er für ihn Zeit gehabt, nie hatte er seine Versprechungen gehalten. Als John noch ein Kind gewesen war und Freunde mit ihm spielten, hob er ihn allerdings vor allen hervor und bevorzugte ihn auf eine für John unangenehme Weise, um ihn im nächsten Moment vor allen bloßzustellen. Nie konnte er ihm vergessen, wenn er ihn vor Anwesenden lächerlich machte. Ein Mal erzählte er in der Runde, dass John als kleines Kind immer seinen Kopf schief gehalten habe, wahrscheinlich sei er behindert, was man beim Essen allerdings nicht merke, da er ja einen gesunden Appetit entwickle. Am nächsten Tag jedoch kaufte er ihm einen wunderbaren dunkelblauen Kamelhaarmantel. Der Vater wollte nicht erkennen, dass sein Sohn nicht so war wie er. John war als Kind musikalisch und sehr feinfühlend. Geringe Kritik machte ihn jedoch bereits mutlos. Der für ihn übermächtige Vater enttäuschte ihn pausenlos und er kam sich klein und unbedeutend vor.

John erinnerte sich mit Grauen daran, dass er einmal als Dreizehnjähriger auf seinen Vater losgegangen war, als dieser seine Mutter hatte schlagen wollen. Sein Vater hatte sie wieder einmal betrogen und mit seiner Geliebten, die er fast sein ganzes Leben lang gehabt hatte, ein Kind gezeugt. Johns Mutter war verzweifelt und beschimpfte den Vater.

John schrie mit weinerlichem Ton und in seiner Verzweiflung über den viel stärkeren Vater, dass er ihn umbringen würde, wenn er seine Mutter noch einmal anrühren sollte. Sein Vater prügelte ihn daraufhin mit Teds Hundeleine. John vergoss keine einzige Träne. In seinem Innersten verlor er allerdings die Liebe zu seinem Vater und er begann auf seine Art und Weise mit ihm abzurechnen. Seine Leistungen in der Schule wurden immer katastrophaler und er begann sich in seine eigene Welt zurückzuziehen. Er begriff allerdings damals noch nicht, dass er sich selbst damit am meisten schadete. Sein einziger Freund war sein schwarzer Ungarischer Hirtenhund Ted, dem er alles erzählen konnte. Sein Vater nahm daraufhin seinen Sohn nicht mehr zur Kenntnis. Sie gingen sich aus dem Weg. Die Mutter rührte der Vater allerdings nie mehr an.

John begann seine Mutter zu unterstützen, wo er nur konnte. Sie war eine gebrochene Frau, die jeden Tag mehrmals den nahegelegenen Friedhof aufsuchte, um mit ihren toten Eltern und ihrem zweiten verstorbenen Sohn zu reden. Sie weinte sehr viel und John wusste nicht, wie er ihr helfen konnte. Die nächsten Jahre waren schwierig, da er den Anschluss an Freunde nicht finden konnte und immer misstrauischer und verschlossener wurde. Er traute sich nicht einmal mehr in ein Friseurgeschäft, um sich die Haare schneiden zu lassen, da er glaubte, alle Menschen würden ihn hässlich finden, belächeln und nicht für voll nehmen.

Sein Onkel Francis wusste um die Not des Buben und erkannte, dass er im Grunde genommen ein hochintelligenter Knabe mit viel Feingefühl war, der über einen unwahrscheinlichen Ordnungssinn und viele unbeachtete Fähigkeiten, wie das Erkennen von Abläufen, das Erfassen von Problemen und Zahlenspielereien, sowie auch seine soziale Bindung zu seiner Mutter und schwachen Menschen verfügte und dass er ein wunderbares Gehör hatte. Onkel Francis spielte ihm oft auf einer alten Geige vor und John lernte in kürzester Zeit auf dem riesigen Flügel von Onkel Francis und Tante Sofie seinen Onkel zu begleiten. Es waren herrliche Stunden für John, in denen er alle seine Kindersorgen vergessen konnte. Als John älter wurde, brachte ihn Onkel Francis zu sich in die Bücherei der Universität und ermöglichte ihm den unbeschränkten Zugang zur Welt der Bücher. John war wie verwandelt. Er verschlang Bücher über elektronische Medien und Computer und Musik.

Drei Jahre später jedoch starb sein Onkel Francis und er verlor seinen Freund und Mentor. John war einige Zeit wie gelähmt, fand jedoch schnell wieder Zugang zu seiner Welt der Bücher und Computer. Die Zeit mit seinem Onkel, dessen liebevolle Führung und dessen Einfühlungsvermögen hatten den Buben stärker gemacht. Er beobachtete die Analysten und Organisatoren von Computerprogrammen an der Universität und beschloss, seinen eigenen Weg in einer anderen Stadt zu gehen. Als er seiner Mutter dieses Vorhaben erklärte, reagierte sie überraschenderweise mit Zustimmung, obwohl sie sehr traurig war. Er tröstete sie jedoch, informierte sie ständig über jeden seiner Schritte und beide schrieben sich in der nächsten Zeit in regelmäßigen Abständen Briefe. Einmal im Monat trampte er nach Hause, nicht ohne seine Mutter vorher zu fragen, wann der Vater nicht zu Hause wäre, um ihm nicht zu begegnen.

Der Vater schlief die ganze Nacht ausgesprochen ruhig und am nächsten Morgen versorgte ihn seine Mutter. John telefonierte mit der Firma in Wien und erkundigte sich nach diversen Arbeitsabläufen der EDV-Abteilung.

Am Vormittag betrat er wieder das Zimmer seines Vaters, der sich in seinem Bett aufgesetzt hatte und ihn schon erwartete. Er hatte eine Mappe vor sich liegen und John setzte sich zu ihm ans Bett.

„John, hier in dieser Mappe ist unsere Familiengeschichte notiert. Im Anhang ist etwas, das du niemandem anderen zeigen darfst. Lege sie zu deinem Testament, sodass diese Mappe nur deine leiblichen Nachkommen öffnen können. Es ist darin auch das Rezept mit der Herstellung eines Giftes. Auch gebe ich dir hier diesen Siegelring. Seine Verwendung entnimm den Anweisungen in der Mappe. Lies alles durch und komme dann wieder zu mir."

Dann schloss der Vater ermüdet die Augen und schlief ein. John legte die Mappe in sein altes Kinderzimmer, das noch immer so aussah, wie er es verlassen hatte. Er ging zu seiner Mutter und sagte ihr, dass er kurz ins nahe gelegene Kaffeehaus fahre, um die Tageszeitungen zu lesen. Sie könne ihn jederzeit erreichen. Er sei spätestens in einer Stunde wieder bei ihr.

Nach einer Stunde betrat John wieder das Haus seiner Eltern. Er setzte sich ins Arbeitszimmer seines Vaters, öffnete die Mappe mit der Familiengeschichte und begann zu lesen.

Nachdem John den Inhalt der Mappe gelesen und die Unterlagen mit dem Rezept auf den Schreibtisch gelegt hatte, ging er in das Zimmer seines Vaters. Er sah sofort, dass sein Vater mit offenen Augen dalag. Er betrachtete seinen Vater und sah und erkannte, dass er gestorben war. John stand fünf Minuten vor seinem toten Vater. Dann schloss er ihm die Augen und ging zu seiner Mutter.

Sie war sehr gefasst und fiel ihm um den Hals. Dann weinten sie beide. John rief den Hausarzt an, der eine halbe Stunde später bei ihm eintraf und den Totenschein ausstellte. Einige Stunden musste der Leichnam noch aufgebahrt liegen bleiben. Erst dann kamen die Angestellten des Beerdigungsinstitutes und richteten die Leiche für den Abtransport her. John half bei den geübten Handgriffen der Männer mit und band seinem Vater noch seine letzte Krawatte um. Ein Stecktuch gab er ihm in die Brusttasche des Rockes. John ersuchte die Männer, noch einige Minuten allein bei seinem Vater verbringen zu können. Nach fünf Minuten rief John die Männer und einer von ihnen zog den Reißverschluss des Sackes, in dem sich die Leiche befand, mit einer ruhigen Bewegung zu. Die Männer transportierten die Leiche ab und John begleitete sie und seinen toten Vater bis zum Leichenwagen.

Am nächsten Tag kümmerte sich John um alle nötigen Schritte. Drei Tage später war die Beerdigung.

Nach einigen Tagen, als wieder Ruhe eingekehrt war, begann er als ersten Schritt, nach dem Rezept seines Vaters, vorsichtig die Giftpaste herzustellen. Es war nicht so schwer, wie er es sich vorher vorgestellt hatte. Dann legte er in einem Moorgraben einen Köder aus. Am nächsten Tag bereits lag dort eine tote Ratte. Er war zufrieden und legte sich für alle Fälle einen kleinen Vorrat an, füllte ihn in eine Tube und legte sie in den Safe.

Eine neue tödliche Waffe war in seiner Hand, er würde sie die nächsten Jahre gnadenlos verwenden.

4. Kapitel

2008
John lernt Hugo Perc kennen

John Goff wurde durch den Start eines Flugzeuges vom nahegelegenen Flughafen geweckt. Er schlief seit vier Jahren in seinem eigenen Zimmer, da seine Frau Jane durch seine lauten Atemzüge in der Nacht nicht mehr schlafen konnte, wie sie ihm mehrmals treuherzig versichert hatte. Er war einerseits nicht glücklich darüber, da er Jane gerne an seiner Seite spüren würde, andererseits war er dadurch in seinen Eigenheiten in keiner Weise gestört. So konnte er manchmal nachts verschwinden, ohne dass sie es merkte, da sie alleine einen Schlaf wie eine Tote hatte.

Es war erst 6 Uhr früh, als er unter die Dusche trat und das eiskalte Wasser seinen Körper hinunterrinnen ließ. Trotz seiner mittlerweile achtundfünfzig Jahre war er gut in Schuss, wie ihm auch Jane immer wieder bestätigte. Sie sagte, sie liebe jedes seiner überzähligen Kilos, und für sein Ego waren ihre Komplimente ausgesprochen wichtig. In puncto Sex hatte er sowieso noch nie Schwierigkeiten gehabt und den Altersunterschied von beinahe zwanzig Jahren nahm er als sportliche Herausforderung. Ihr gefiel es und sie war offensichtlich zufrieden und glücklich. Seine immer wieder gemachten Andeutungen, dass auch sein vor langer Zeit verstorbener Großvater mit zweiundneunzig Jahren noch manchmal scharf auf die Großmutter war, amüsierten sie sichtlich. Es war ihm natürlich wichtig, dass sie auf ihn stand und ihn liebte.

In gewisser Weise war sie naiv, wie er glaubte, doch ihr andererseits scharfer Verstand und ihre hausfraulichen und geschäftlichen Fähigkeiten passten ihm in seine Vorstellungen von einer Partnerschaft. Dass sie ihn manchmal betrügen würde, glaubte er nicht. Sie sollte es ihm nur nie gestehen. Darin war er pingelig und seine dunkle Seite kam dann zum Vorschein. Seine erste Ehefrau samt ihrer Anwältin im Scheidungsverfahren hatten seine dunkle Seite leidvoll erfahren müssen.

Letztere Damen starben auf unerklärliche Weise an Herzversagen bei einer Raststätte in der Nähe von Bozen. Die Polizei und die Gerichtssachverständigen konnten die Todesfälle nie aufklären und legten sie zu den ungeklärten Akten. Ein einziger Gerichtsmediziner hatte den Verdacht geäußert, dass eine Vergiftung durch einen Pilz wahrscheinlich sei. Er war von diesem Fall abgezogen worden.

Die Gewohnheit, mehrmals in der Nacht aufzustehen, nahm in letzter Zeit zu. Johns Hund Ted, alle seine Hunde, die er in den letzten fünfundvierzig Jahren besessen hatte, hatten so geheißen, suchte seit Kurzem den leeren Platz, den Jane in seinem Bett hinterließ, auf. Den Hund störten seine angeblich lauten Atemzüge nicht besonders, eher war es umgekehrt, da der Hund mehrmals in der Nacht träumte und mit seinem langen behaarten Körper die Nähe von John suchte, was sehr unangenehm werden konnte. Regelmäßig wurde er durch den Hund dann wach und Ted wollte ausgeführt werden und seine Runden drehen. Auch Johns in letzter Zeit zunehmende Gewohnheit den Kühlschrank zu plündern, tröstete ihn über eine gewisse Nachteinsamkeit nicht hinweg. Die Sorge wegen seines Übergewichts, das er schon die längste Zeit mit sich herumtrug, versuchte ihm sein Freund und Hausarzt Gregor auszureden. Er bezeichnete ihn immer als stattlichen Mann, was John gar nicht gerne hörte, denn seine einhundertzwei Kilogramm bei einer Körpergröße von einem Meter neunzig machten ihm in letzter Zeit doch Schwierigkeiten. Vor einigen Jahren bereits hatte er begonnen, ausschließlich Schuhe ohne Schuhbänder, sogenannte Slipper zu kaufen, da ihm das Binden der Schuhbänder zu umständlich war und ihm außerdem sein Bauch im Wege stand. Es musste etwas geschehen. Außer einem manchmal etwas erhöhten Blutdruck, der auch seine Gründe darin hatte, war er, wie die jährlichen Untersuchungen zeigten, vollkommen gesund. Auch eine Darmspiegelung, vor der er unerklärlicherweise Angst gehabt hatte, ergab keine Komplikationen. Der Arzt erklärte ihm, dass er erst wieder in sechs Jahren erscheinen sollte. Wegen seines Gewichts hatte der Arzt nicht einmal die Stirn gekräuselt. „Sie sind für ihr Alter spitze", hatte der Doktor gemeint.

Bei den wöchentlichen Tennismatches musste er sich allerdings von seinen besten Freunden unmögliche Anschuldigungen bezüglich seiner Form, seines Aussehens und seines Bauchumfangs anhören, sodass er einige Male bereits beleidigt abgezogen war und sie ihn wieder besänftigen mussten, nicht ohne mit Häme dann im Duschraum seinen wunderbaren Körper zu loben. Aber er kannte die Brüder schon sehr lange und sie waren alle eine verschworene Gemeinschaft. Er brauchte die Kerle wie einen Bissen Brot. Seine Männerfreundschaften waren ihm wichtig. Wenn er am Morgen die Sporthalle betrat, genoss er den Geruch des in der Luft der Halle liegenden Schweißes und das Gefühl des bevorstehenden Kampfes, in dem er gewisse Aggressionen abbaute. Dies törnte ihn enorm an. Es war wie eine Sucht und er kämpfte dann wie ein Berserker, sodass die Partner ihn manchmal zur Ordnung rufen mussten, da er dann auch seine Gegner brutal anspielte und es Verletzungen gegeben hatte. Dann allerdings war er fürsorglich und unzufrieden mit sich selbst, was sich allerdings schnell wieder legte. Zu sich selbst war er nicht zimperlich und er steckte Niederlagen und Verletzungen weg wie nichts.

John frühstückte wie gewohnt sehr ausgiebig, trat ans Bett von Jane und drückte ihr einen Kuss auf die Stirn. Sie rekelte sich verführerisch und wollte ihn an sich ziehen, doch ihr morgendlicher Atem störte nun ihn und er entschwand so schnell er konnte. Um ihren Tagesablauf musste er sich keine Sorgen machen, da sie mit ihrem gut gehenden Kaffeehaus voll beschäftigt war und dieses neben ihm und ihrem Kater Paul ihr Leben war.

Durch dieses Kaffeehaus war sie finanziell vollkommen unabhängig und John lebte die Hälfte seiner Zeit in ihrem Haus. Monatlich leistete er seinen finanziellen Beitrag und kam für alle Reisen und teuren Spielereien von Jane widerspruchslos auf. Der einzige Wermutstropfen war dieser alte, silbergraue, riesige Wildkater Paul, der, seit Ted, Johns Hund, ebenfalls seinen Platz im Hause hatte, völlig durchgedreht war und Ted einige Narben auf seiner Schnauze verpasst hatte. John hatte den Kater und den Hund daraufhin in den Pool geworfen und seither war Waffenstillstand zwischen den beiden. Der Kater liebte daraufhin nur mehr Jane, umschmeichelte sie pausenlos und brachte ihr jeden Tag eine Maus, ein Eichkätzchen oder einen toten Vogel. Außerdem durfte er die herrliche Ledergarnitur benutzen und hatte alle Annehmlichkeiten, die sich ein Kater nur vorstellen konnte. Er fraß Unmengen vom teuersten Futter, das er dann irgendwohin spie. Aber er war der Liebling von Jane und durfte einfach alles.

Da John eine lose Partnerschaft oder Lebensgemeinschaft auch nicht immer wollte und auch an seine in einigen Jahren abzusehende „Pflegebedürftigkeit" dachte, war er ihrem wieder geäußerten Wunsch zu heiraten im letzten Jahr nachgekommen. Sie hatte ihm mit einem anderen Kerl gedroht, der sie jederzeit heiraten würde. Da hatte er dann endgültig nachgegeben. Die Hochzeit war kurz und bündig gewesen, einer seiner Freunde hatte ihm schützend als Trauzeuge zur Seite gestanden. Anschließend hatten er, Jane und Ted einen wunderbaren Urlaub auf einer der Liparischen Inseln verbracht. Hier hatte er ein kleines verschwiegenes Häuschen gekauft, von dem sie erst seit Kurzem wusste und von dem sie glaubte, es sei gemietet. Der Kater war zu Hause geblieben.

John öffnete die Garage und Ted, der schwarze Langhaar-Hirtenmischlingshund, sprang in das fünfzehn Jahre alte offene Mercedes Cabrio und machte es sich auf dem Rücksitz bequem. Er genoss stets die Fahrten mit John und war immer dabei.

John fuhr den Weg am Rande des großen Flugplatzes entlang und durch die Unterführung der Landebahn in den anderen Stadtteil. Am südlichen Stadtrand besaß er sein Haus.

In den letzten Jahren pflegte er hier seine demente neunundachtzigjährige Mutter, die mittlerweile ein Pflegefall war und Tag und Nacht auch von seiner Haushälterin Jana betreut wurde. Vor einem Monat war bei seiner Mutter Lungenkrebs festgestellt worden und es konnte jederzeit der Tod eintreten. Er hatte seine Mutter in sein Haus aufgenommen, um ihr das Leben in einem Pflegeheim zu ersparen. Sie hatte ihn darum gebeten und er hätte auch nie zugelassen, dass sie in ein Heim gemusst hätte.

Jana, die Haushälterin und Pflegerin, war sehr hübsch, vierzig Jahre alt und sexuell vollkommen ausgehungert. Sie hatte immer wieder Männerbekanntschaften. Aber kein einziger toller Mann war dabei. Sie war viel zu gut und im Grunde genommen ein armer Hund. Jana stand total auf John und er befriedigte sich und sie eine Zeitlang. Dann machte es ihm keinen Spaß mehr und es wurde ihm auch langweilig und zu mühsam. Sie war traurig aber fügte sich schlussendlich in ihr vorübergehend einsames sexuelles Schicksal, bis sie endlich einen potenten Serben fand, der ihr einen Sohn machte, und sie war damit anscheinend zufrieden.

John bog von der Hauptstraße ab und fuhr den Moorweg zu seinem Haus entlang. Die Straße war in sehr schlechtem Zustand und das alte Cabrio ächzte. Er ließ Ted aus dem Auto und die letzten fünfhundert Meter zum Haus laufen. Der Hund war begeistert und bellte unentwegt. Janas Fahrrad stand neben der Eingangstür. John öffnete mit der Fernbedienung die Abfahrt zu seiner Tiefgarage und verschwand mit dem Wagen darin. In der Garage neben dem Platz für sein Cabrio stand noch ein Allrad-VW mit einem frisierten Porschemotor, den er für seine verschiedenen Reisen und Unternehmungen benötigte, wenn er nicht auffallen wollte. Hinter einer Stellage mit diversen Gartenutensilien hatte er eine Serie Autokennzeichen und Unterlagen, wie zum Beispiel Pässe, für verschiedenste Länder untergebracht. Bei Bedarf lagen sie jederzeit bereit. Das Cabrio war ja mehr für Jane und seine Ausfahrten mit ihr.

Ted blieb draußen und verfolgte einige schwarze Krähen, die sich in letzter Zeit im südlichen, entfernten Teil des Gartens in seinen Rosenbeeten zu schaffen machten und im Boden herumgruben. In diesem Teil des Gartens schätzte er diese Gäste so nicht. Er war aber selbst schuld, da er die Krähen letztes Jahr angefüttert hatte. Er beobachtete sie damals gerne, sie waren sehr gefinkelt und versteckten die von ihm zugeworfenen Kuchenstücke im Heu oder unter einer Wurzel, um sie dann bei nächster Gelegenheit wieder an eine andere Stelle zu bringen und zu verstecken. Wie sich John in einem Ornithologenbuch kundig gemacht hatte, wurden Krähen bis zu sechzig Jahre alt und lebten paarweise zusammen. John fiel allerdings auf, dass sich die beiden Krähen eine dritte Krähe als Helfer bei der Jagd organisierten und nun zu dritt ihre Spielchen trieben. Wahrscheinlich hatten sie auch zu dritt Sex! Wie er Jane immer wieder erzählte. Aber sie hatte keinen Appetit auf solche Spielchen.

Allerdings wurden die Krähen immer frecher, kamen auf die Terrasse und sogar bis in sein riesiges Wohnzimmer und trugen die meisten Streitereien mit einigen Elstern aus, die ihnen das Futter abzunehmen versuchten.

John trat aus der Garageneinfahrt und sah seinem Hund Ted nach, der keine Chance hatte, auch nur in die Nähe der Krähen zu gelangen. Im Gegenteil, das Krähenvolk nahm nun gemeinsam den Kampf gegen Ted auf und verjagte ihn.

Am Rande des kleinen Moorwaldes, circa dreihundert Meter entfernt an jener Stelle, die John in letzter Zeit Sorgen bereitete, nahm er eine Gestalt wahr. Hier hatte er auch schon mehrmals einen Fuchs beobachtet, der dort zu graben schien. Er würde sich demnächst darum kümmern müssen. John holte sein Fernglas und erspähte einen Mann, der zu ihm herüberblickte. Ted rannte auf die Gestalt zu und bellte wütend. John pfiff seinen Hund und versuchte ihn zu beruhigen, aber der hörte nicht auf ihn.

Dann erkannte er im Fernglas den Mann. Es war Hugo Perc, der ihm winkte. John bedeutete ihm doch über die Wiese zu ihm herüberzukommen. Hugo Perc setzte sich in Bewegung, blieb aber auf halbem Weg stehen und rief John zu, dass er, wenn es ihm recht wäre, an einem der nächsten Abende bei ihm vorbeischauen würde. John rief: „Okay, ich habe einen guten Brandy, aber auch einen Whisky in Reserve." Als Perc zurückging, pfiff John Ted nochmals und endlich flog der Hund in langen, eleganten Sätzen und mit fliegenden Ohren zu ihm heran.

John hatte Perc vor ein paar Wochen auf eigenartige Weise kennengelernt. Nach dem total verregneten Sommer hatte der nochmals einsetzende Regen das Moor komplett verändert. Es war zu einem Sumpf geworden. John liebte diese Jahreszeit, und wenn es bereits zu dämmern begann, pfiff er Ted und zeigte ihm sein Hundehalsband. Für den Hund war es die Gewissheit, ein ausgedehnter Spaziergang stand bevor. Ted machte einige Luftsprünge, winselte vor Freude, warf sich vor John auf den Boden und legte seinen Kopf auf die Vorderpfoten. Dies war das Zeichen, dass ihm John sein Halsband umlegen musste. Dann nahm John den Hund an die Leine. Er zog seine Gummistiefel an und steckte sich sein Jagdmesser und seine Taschenlampe in den Gürtel. Dann verließ er das Haus über die Terrassentür, die er nicht verschloss. Es würde kein Mensch ins Haus kommen, ohne dass er es wollte. Er hatte vorgesorgt.

Als John sein Grundstück eines Abends verließ, betrat er den schmalen Pfad, der durch das weite Moor führte. Der Pfad war so durchtränkt, dass er einige Male beinahe im Schlamm mit seinen Stiefeln stecken geblieben wäre. Nach einhundert Metern ließ er Ted von der Leine. Es war zwar alles Jagdgebiet, aber der Hund folgte aufs Wort. Manchmal jedoch, wenn er eine läufige Hündin spürte, nutzte kein Befehl, kein Rufen und kein Pfeifen, dann war er weg und kam einige Stunden später wieder völlig durchnässt und verschmutzt ins Haus. Es half kein Schimpfen und keine harte Erziehung, Ted konnte nicht anders. Die Liebe war einfach stärker. Außerdem hatte John mit den Jägern vereinbart, dass sein Hund für sie tabu sein musste. Er spendierte für ihre Sitzungen und für ihre Feierlichkeiten ordentliche Geldbeträge, außerdem sponserte er die Blasmusik des Bezirkes. Jeder Jäger kannte Ted. Andere Hunde und Katzen wurden nicht so behandelt und es gab Zwischenfälle und Abschüsse von Tieren anderer Halter. Diese Tragödien waren auch John nicht angenehm.

Aber er konnte dagegen nichts unternehmen. „Sei froh, dass alle Jäger wenigstens deinen Hund verschonen", war die Antwort des Jagdaufsehers. „Ich würde es keinem raten", meinte John. „Das glaube ich dir aufs Wort", antwortete der Jagdaufseher, die Nase rümpfend.

Nach einer kurzen Pause begann es wieder stärker zu regnen und John nahm seine starke Taschenlampe zur Hand, um wenigstens nicht in einen Tümpel zu steigen. Ted war bereits nach vorne gelaufen, als er den Hund plötzlich anschlagen hörte. Er pfiff ihn und Ted kam auch sofort. Er hörte jedoch nicht auf zu bellen und lief in geringem Abstand vor John her. John folgte ihm und dann war der Hund nicht mehr zu bremsen. Mit wütendem Bellen blieb er bei einer Gestalt stehen, die etwas abseits vom Pfad im Moor stand. John leuchtete mit seiner Lampe und erkannte einen Mann, der einen Gummimantel umgehängt hatte und versuchte, aus dem Moor herauszukommen.

Als John den Mann erreichte, rief ihm dieser zu: „Könnten Sie mir bitte Ihre Hand reichen? Ich bin in ein Moorloch gestiegen und bringe meinen Fuß nicht mehr heraus." John sah sich die lange Gestalt an und brach in Gelächter aus. „Ja, was machen Sie denn um diese Zeit im Moor?" „Lachen Sie nicht so blöd, sondern helfen Sie mir lieber und schaffen Sie Ihren widerlichen Köter weg." John meinte: „Das ist kein widerlicher Köter, wenn Sie das noch einmal sagen, lasse ich Sie hier ersaufen." „Das glaube ich ihnen sofort", meinte der Mann. John leuchtete mit seiner Lampe den Menschen an und dann sah er wirklich, dass dieser in dem Schlammloch steckte. „Na gut, ich bin ja ein guter Mensch und werde Ihnen helfen. Ted, komm her und schau mir zu, wie ich diesen Unglücksraben hier herausholen werde." Dann zog er den Menschen aus dem Loch. „Ich danke Ihnen herzlichst, mein Herr, aber mein Schuh ist noch immer im Dreck." Dann sagte John: „Ted, hol den Schuh, es ist deine Belohnung", und der Hund begann zu ziehen. Es gelang ihm tatsächlich, den Schuh herauszuholen. Aber er gab ihn nicht mehr her, sondern rannte schnurstracks den Pfad wieder zurück. „Das ist Pech", meinte John, „jetzt müssen Sie mir folgen. Kommen Sie, ich bringe Sie zu mir nach Hause und da können Sie sich restaurieren und frisch machen." Der Mann gab ihm die Hand und sagte: „Vielen Dank, ich bin froh, dass Sie hier des Weges kamen. Wer weiß, was nicht noch alles passiert wäre. Übrigens, mein Name ist Hugo Perc." Dann stellte sich auch John vor.

Als John mit dem Unglücksraben zu seinem Haus zurückkam, lag Ted bereits vor der Türe und bewachte den Schuh. John führte Perc in die Garage und brachte ihm ein paar neue Schuhe, frische Socken und einen Trainingsanzug. Hier konnte sich Perc auch duschen und frisch machen. Nachdem endlich alles erledigt war, meinte John: „Wollen Sie noch einen Schluck Whisky auf diesen Schreck bei mir trinken?" „Ich nehme Ihr Angebot sehr gerne an und werde mich selbstverständlich bei Gelegenheit revanchieren." Nach einer Stunde und belanglosen Gesprächen über das furchtbare Wetter verließ Perc John wieder. Perc war ihm sehr sympathisch und er vereinbarte mit ihm einen neuen Besuchstermin Ende der Woche. Ted knurrte allerdings mehrmals, da Perc in seinem Ohrensessel saß.

Am Wochenende brachte dann Perc eine Flasche besten weißen Südbahnweines mit. Im Laufe des Gesprächs erzählte ihm Perc, dass er pensionierter Buchhändler und Liebhaber alter Instrumente und Geigen sei und er sich in seiner Freizeit und in seiner Pension mit psychologischen Gutachten für einen befreundeten Psychotherapeuten etwas dazuverdiente. Im Laufe des Abends wechselten sie vor den eingeheizten Kamin und diskutierten über Gott und die Welt. Ted lag auf dem Boden und ließ Perc nicht aus den Augen. Mehrmals kam ein leises Knurren aus seinem Maul. John kannte seinen Hund perfekt und wurde instinktiv misstrauisch. Er ließ sich aber nichts anmerken. Auf eine Frage von John, wo denn Hugo geboren sei, und ihm dieser erzählte, er sei in Wien geboren und sein Lieblingsort sei Mödling bei Wien, Baden, Gumpoldskirchen und die Südbahnstrecke vor allem wegen des wunderbaren Weines, schrillten bei John die Alarmglocken. Es waren ja auch die Jahre um 1968, in denen John beruflich sehr viel in dieser Gegend zu tun hatte.

Spät in der Nacht brach Perc dann zu seinem Heimweg auf. „Passen Sie auf, Hugo, es sind immer wieder dunkle Geister im Moor gesehen worden." Perc lachte. „Okay, ich rufe Sie an, wenn ich wieder zu Hause bin."

John ging in das nebenan liegende Arbeitszimmer und ließ die Tür offen. Dann setzte er sich an den Computer. Er tippte den Namen Perc in die Suchmaschine. Es waren einige Eintragungen, aber ein Hugo Perc schien nirgends auf. Dann loggte sich John in den Computer der Bundesbehörde ein und gab den Namen von Hugo Perc ein. Seine Augen wurden zusehends größer, als der Name mit dessen Bild erschien. Das Foto war sicher dreißig Jahre alt, aber es war eindeutig Hugo Perc. Perc war in seinem früheren Leben Kriminalkommissar und bis zum Jahr 2005 im Dienst der Fahndungsgruppe für unaufgeklärte Mordfälle gewesen. Ab diesem Zeitpunkt war er in Pension. Den nachfolgenden Eintrag hätte John beinahe übersehen. Perc war seit einem Jahr wieder in Dienst gestellt worden.

Dies war es also, warum er Johns Nähe suchte. „Das wird allerdings dein Todesurteil", dachte John laut.

Vor dem Schlafengehen ging John in das Zimmer seiner Mutter, die bereits zu schlafen schien. Jana saß an deren Bett und erzählte ihm kurz den Tagesablauf mit seiner Mutter. Sie war den ganzen Tag sehr unruhig gewesen, hatte immer wieder nach ihm gefragt und sie sei nun nach Verabreichung der elendslangen Liste von Arzneimitteln eingeschlafen. John gab Jana einen Kuss auf die Stirn und bedankte sich für ihre aufopfernden Dienste. Dann schickte er sie auf ihr Zimmer. Er würde die ganze Nacht im Hause bleiben und teilte dies auch Jana mit. Er legte sich auf sein Bett und war Sekunden später eingeschlafen. Ted machte es sich am Fußrand des Bettes gemütlich.

Es war 4 Uhr früh, als ihn Jana rief. Sie war bei seiner Mutter, und als er die Treppe in den ersten Stock herunterkam, hörte er das Stöhnen aus ihrem Zimmer. Ein Krampf, der im Gehirn ausgelöst wurde, schüttelte ihren Körper. Es war nicht das erste Mal. John rief den Notarzt und einen Rettungswagen und zehn Minuten später waren beide da.

John saß neben seiner Mutter im Rettungswagen und fuhr mit ihr in die Klinik. Sie wurde sofort versorgt, und als ihm der diensthabende Arzt mitteilte, er könnte nach Hause gehen, da er momentan nichts für seine Mutter tun könnte, lehnte John ab. Er blieb bis in die Morgenstunden an ihrer Seite. Sie erwachte nicht mehr und starb um 6 Uhr früh. John schlief noch, und als ihn der diensthabende Arzt weckte, sah er, dass seine Mutter gestorben war. Den einhundertneunzig Zentimeter großen Menschen überkam ein noch nie gekanntes Gefühl der Leere, Traurigkeit und Einsamkeit und er stürzte benommen auf den kalten Boden des Krankenzimmers. Eine herbeigeeilte Schwester und der Arzt mussten ihn aufheben und auf ein leeres Bett legen.

Nach einigen Tagen hatte sich John wieder etwas erholt. Er wollte mit Jane ein paar Wochen nach Sizilien fliegen, das war allerdings noch nicht möglich. Den Besuchstermin von Hugo Perc musste er vierzehn Tage verschieben. Er informierte Perc, der ihm zum Tod seiner Mutter kondolierte und die Verzögerung des Besuches selbstverständlich verstand.

Doch eine weitere unangenehme Angelegenheit war vorher noch zu erledigen. Die Angelegenheit Arthur Pichler.

Die Sache Arthur Pichler

Jahrelang drangsalierte der fünfunddreißigjährige Arthur Pichler Johns Eltern und die Nachbarn. Pichler war auch Johns Nachbar an der Ostseite seiner Grundstücke. Es begann mit Kleinigkeiten. Johns Hecke war immer penibel geschnitten, doch an der Seite von Arthur Pichler durfte John das Grundstück des Nachbarn nicht betreten und Arthur Pichler dachte auch nicht im Entferntesten daran, die Hecke auf seiner Seite ordentlich zu schneiden. Zuerst versuchte es John im Guten, bis dann alles in Schreiduelle ausartete und der Nachbar eine Pistole zog und in die Luft schoss. „Solltest du noch einmal in meine Nähe kommen, werde ich dich und deine Brut allesamt erschießen. Ich war beim Heer in der Nahkampfausbildung und du hast keine Chance." John versuchte Arthur zu beruhigen, aber es gelang ihm nicht. Dann begannen sich kleinere Gemeinheiten des Nachbarn zu steigern. Er warf Eisenstücke auf Johns Grundstück, sodass er dadurch Johns Rasenmäher beschädigte. Er stieß bei jeder Gelegenheit Drohungen gegen John, seine Frau und Ted aus. Als John Gott sei Dank rechtzeitig vergiftete Fleischstücke auf seinem Grundstück fand, die Arthur Ted „gewidmet" hatte, beschloss er, das Problem zu lösen. Er hatte sich aber immer noch nicht ganz dazu entschieden, er wartete noch ab. Vielleicht löste sich das Problem doch von selbst. Aber es kam anders. An einem der folgenden Tage hörte John Baumaschinen an der Ostseite seines Grundstücks. Da ihn alles natürlich interessierte, was in seiner unmittelbaren Umgebung stattfand, rief er Ted und ging mit dem Hund bis zum Ende des Gartenzauns.

Er traute seinen Augen nicht. Zwei Baumaschinen waren angerollt, ein Bagger und eine Laderaupe, und begannen den kleinen schmalen Grünstreifen an der Südseite seines Grundstücks, am

Rande des Moorwaldes, abzugraben und mit Schotter aufzufüllen. Arthur Pichler stand triumphierend dabei und als es John sah, rief er schadenfroh: „Hier entsteht eine neue Umgehungsstraße und das ganze Gebiet wird von mir umgebaut und Luxushäuser werden errichtet." Mehr hatte es nicht gebraucht.

John stürzte auf die Laderaupe zu und setzte sich vor die riesengroße Schaufel. Der Fahrer bremste sofort und stellte den Motor ab. Plötzlich sprang mit einem Wutschrei Arthur Pichler zu der Laderaupe, riss den Fahrer von seinem Sitz und schwang sich hinter das Steuer. Dann startete er die Maschine und rollte langsam auf John zu. Als John die ersten Steine auf die Beine fielen, erkannte er, dass es diesem Wahnsinnigen ernst war. Er rollte sich auf die Seite und Pichler fuhr an ihm vorbei, um weiter an dem Weg zu bauen. So schnell war John trotz seiner über einhundert Kilogramm noch nie auf den Beinen gewesen. Er trat an die Baumaschine und zog den kräftigen und durchtrainierten Pichler mit einem Ruck vom Fahrersitz. Dann trat er auf ihn zu verabreichte ihm zwei schwere Schläge auf die Brust und in den Nacken. Pichler rollte bewusstlos zur Seite.

John trat auf die Arbeiter zu und erklärte ihnen mit absolut ruhiger Stimme, dass sie sich hier auf Privatgrund befinden würden und so schnell als möglich mit ihrem Gerümpel abzuziehen hätten. Sonst würde er sich jeden von ihnen einzeln vornehmen. Die Männer hatten verstanden und verließen mit den Baumaschinen, ohne etwas zusagen den Tatort. John ging zurück zu seinem Haus, holte eine Handkarre und legte Arthur Pichler darauf. Dann fuhr er den Bewusstlosen auf einen Heuhaufen und leerte ihm einen Kübel kaltes Moorwasser aus dem angrenzenden Tümpel über den Schädel. Pichler war sofort wieder wach und schaute ungläubig auf den verlassenen Weg. Dann stieß er seine Drohungen aus: „Du bist ein toter Mann, nun hast du deinen Krieg." Dann torkelte er nach Hause.

Die Vorbereitungen für das Verbrechen waren abgeschlossen. Als John am nächsten Tag Pichler auf seinem Nachbargrund sah, zog er sich seine Arbeitshandschuhe an. Er holte aus der Tiefkühltruhe die ständig präparierte Paste und tauchte den rechten Handschuh am Daumen hinein. Dann ging er ans Ende seines Grundstücks. „Hey, Arthur!", rief er, „es tut mir schrecklich leid, was gestern passiert ist. Ich habe diese Nacht darüber nachgedacht und kann dich verstehen, dass du diese Straße brauchst. Für die von mir erhaltenen Schläge werde ich dir einen Geldbetrag überweisen."

Arthur trat an die Grundgrenze und schaute John misstrauisch an. „Ich glaube dir nicht, du Schwein, du hast mir mehrere Rippen gebrochen. Aber solltest du nichts gegen meine Vorhaben einzuwenden haben, brauche ich deine Unterschriften. Wenn du mir dies jetzt hoch und heilig versprichst, vergesse ich die ganze Angelegenheit."

„Schau, Arthur", meinte John, „wir sind ja Nachbarn und ich will hier in Frieden leben, so wie du. Bereite die Verträge vor und ich werde keinen Einwand gegen deine Baumaßnahmen haben, wenn du deine Nachbarabstände genau einhältst und ich meine Hecke auf deiner Seite wieder schneiden darf." Arthur sah ihn nochmals mit scheelem Blick an und meinte dann: „Na gut, du bist ja ein gerissener Hund, aber wenn du es diesmal ernst meinst! Komm, geben wir uns die Hände und besiegeln wir diese Abmachung." Dann streckte ihm John seine Hand entgegen und Arthur machte den letzten Fehler seines Lebens. Er gab ihm seine Hand. Er sagte noch: „Na, dein Handschuh ist aber ziemlich ölig." „Ja, es ist die letzte Ölung für dich", rutschte es John aus dem Mund. Arthur grinste noch blöd, dann begann er zu torkeln und weißer Schaum trat aus seinem Mund. Nach einem Krampf, der scheinbar auch vom Gehirn ausging, klappte er zur Seite und war auf der Stelle tot.

John lud den schweren Mann auf die vorbereitete Handkarre und fuhr mit ihm ins Moor. Hier hatte er bereits das Grab vorbereitet. Es war tief genug ausgehoben. Kein Tier konnte die Leiche ausgraben. John entfernte Äste und Bretter und warf den Körper von Arthur Pichler hinein. Dann schaufelte er das Grab zu und pflanzte einen Weidenstrauch darauf. Arthur Pichler war für immer verschwunden. Seine debile Mutter, mit der er jahrelang zusammenlebte, hatte ihn nach kurzer Zeit vergessen. John besuchte sie mehrmals und bot ihrem Sachverwalter an, da der Sohn nicht mehr auftauchte, das Grundstück, das seiner Mutter gehörte, zu kaufen. Worauf dieser einwilligte. Ab diesem Zeitpunkt konnte John seine Hecke auch auf der anderen Seite penibel schneiden.

5. Kapitel

Kommissar Perc, sein Leben und seine Ermittlungen im Jahr 1968

Kommissar Perc wurde im Jahr 1968 zu seinem Chef, Oberst Ernst Jakubetz, in dessen Büro gerufen. Jakubetz hatte Perc schon längere Zeit beobachtet und festgestellt, dass der junge Polizeibeamte sich in der Abteilung mit manchen Kollegen nicht wohlfühlte. Er erkannte, dass Perc ein Einzelkämpfer war. Er beschloss, ihm ab sofort einen eigenen Arbeitsbereich anzuvertrauen.

„Hugo", begann Jakubetz, „wir sind ja mit dir sehr zufrieden, ich glaube allerdings, dass du bei deiner derzeitigen Tätigkeit von deinen Kollegen gemobbt wirst. Du weißt, dass eure Abteilung im südlichen Raum von Wien eine verschwundene Person suchen muss und einen mysteriösen Autounfall im Helenental mit Todesfolge eines Wirtschaftsmanagers bis jetzt nicht aufklären konnte. Du kannst hier selbstständig aktiv werden und bist nur mir zur Berichterstattung verantwortlich. Einmal pro Woche treffen wir uns im nahen Kaffeehaus und besprechen ohne Zeugen deine Ermittlungen. Du hast ein Jahr Zeit und arbeitest sozusagen undercover. Deine Kollegen werden vermuten, dass du auf ein Abstellgeleis geschoben wirst. Der Fall ist für die Kollegen ad acta gelegt. Wärst du damit einverstanden?"

Perc konnte es nicht fassen. Es war genau dieser Aufgabenbereich, den er sich schon immer gewünscht hatte. „Ich bin dabei", sagte er freudestrahlend.

„Dein Büro ist jetzt in Baden und Fräulein Vera Sax, die dort eingesetzte Beamtin, wird dir auch deine diversen Berichte und Schreibarbeiten erledigen und dich in allen Belangen unterstützen. Sie ist absolut zuverlässig und loyal, in jeder Beziehung", lachte Jakubetz. „Der Dienstwagen ist zwar sehr klein und alt, aber dafür kannst du ihn unbeschränkt verwenden. Dienstfahrten bitte genau aufzeichnen und mir persönlich monatlich übergeben. Solltest du Unterlagen und Unterstützung aus unserem Polizeicomputer benötigen, übergebe ich dir hiermit das Passwort, mit dem du alle Abfragen erledigen kannst, die du benötigst." Er überreichte ihm ein verschlossenes Kuvert und Oberstleutnant Jakubetz schüttelte seinem jungen Beamten die Hand, klopfte ihm auf die Schulter und wünschte ihm viel Erfolg. „Übrigens bist du ab dem neuen Monat zum Kriminalhauptkommissar befördert. Bist du zufrieden?"

Perc war überwältigt. Er war ein dreiunddreißig Jahre junger Polizeibeamter, der durch seine Akribie, aber auch durch seine eigenbrötlerischen Gewohnheiten und seine Unfähigkeit im Team zu arbeiten keine Freunde bei seinen Kollegen fand.

Er war allerdings das Alleinsein und Arbeiten sehr gewöhnt und er kannte das Gefühl der Einsamkeit einfach nicht. Er suchte auch von sich aus keine Freunde.

Perc lebte bei seiner Mutter in Mödling, die alles für ihn erledigte, und er brauchte sich auch um nichts zu kümmern. Jeden Tag lagen die Hemden und die Unterwäsche fein gebügelt in seinem zehn Quadratmeter kleinen Zimmer. Wenn er vom Dienst nach Hause kam, es war nicht jeden Tag, da er auch manchmal in der Dienststelle schlief, stand das Abendessen fein säuberlich auf dem Tisch. Jeden Morgen fragte ihn seine Mutter, was er sich am Abend zu essen wünsche, und studierte genau den Menüplan der Polizeiküche. Perc machte alles, was ihm seine Mutter auftrug. Sie kaufte ihm seine Schuhe, seine Hemden und Nachtwäsche, legte ihm seine Socken und Unterhosen gebügelt zurecht und war besorgt wie eine Henne um ihr Küken. Er kannte nichts anderes als diese Fürsorge. Zu seinem von seiner Mutter getrennten Vater hatte und wollte er keinen Kontakt. Sie hatte ihn so indoktriniert, dass er diesen für einen widerlichen Schweinskerl hielt.

Eines seiner Hobbies bestand im Bau von ferngesteuerten Flugobjekten. Er begann mit einem Helikopter und kurvte damit im Garten und in der Wohnung herum. Dieses Gerät war aber seiner Mutter zu gefährlich, da sie von einem Rotorblatt getroffen wurde, einen kleinen Riss im Oberarm erlitt, und dem Hauskater der Schwanz abgeschnitten wurde. Percs nächste Flugobjekte waren ferngesteuerte Segelflugzeuge mit Spannweiten von bis zu dreieinhalb Metern. Er entwickelte eine derartige Fertigkeit, dass er bei einer Flugveranstaltung den ersten Preis erhielt. Da aber eine Vereinsmitgliedschaft notwendig wurde, war dies für ihn kein Thema mehr. Er hasste diese Zusammenkünfte von „Wichtigtuern", wie er immer wieder seiner Mutter erklärte, blieb weiterhin alleine und war glücklich. In weiterer Folge baute er Militärflugzeuge und Jets, mit denen er auf den freien Feldern Angriffe übte und seine Piloten mit Fallschirmen abspringen ließ. Wenn ihm ein Flugzeug keinen Spaß mehr machte, jagte er es im Sturzflug in den Erdboden. Dies war jedes Mal ein großer Spaß, der ihm sichtlich Freude bereitete. Seinen Traum, selbst in einem Flugzeug als Pilot zu sitzen, konnte er sich nicht erfüllen. Auch Ausdauersport war seine Sache nicht.

Er war mittlerweile dreiunddreißig Jahre alt, hatte aber noch nie Kontakt zu einer Frau oder zu einem Mädchen gehabt. Seiner Mutter war dies sehr recht, da sie dadurch keine Konkurrentin erhielt und immer wieder meinte, er solle sich vor Frauen in acht nehmen, da viele von den Weibern schlecht wären und nur einen Erzeuger und Erhalter für einen Balg suchten. Von einer Sache wusste sie allerdings jahrelang nichts: Er hatte sexuelle Kontakte zu seinem Freund Tom. Dieser liebte den großen, schlaksigen jungen Mann und befriedigte ihn meist oral. Manchmal übernachtete Hugo auch bei ihm und sie liebten sich dann.

Diese Männerliebe begann schon mit sechzehn Jahren, als ihn Tom das erste Mal verführte. Seither war Hugo seinem Partner immer treu, was man von Tom nicht behaupten konnte. Aber dies störte Hugo nicht.

Hugo fuhr nach dem Gespräch mit Oberstleutnant Jakubetz sofort in die Garage mit den verschiedensten Dienstwagen. Der zuständige Polizeibeamte übergab ihm einen VW Käfer Baujahr '62. Der Wagen war überholt, wie ihm der Beamte versicherte. Auf eine Besonderheit machte er ihn jedoch aufmerksam. Der Wagen besaß eine Vorrichtung, um ein Scharfschützengewehr anzubringen, die Frontscheibe war umzulegen, um damit aus dem Auto heraus zu schießen. Hugo lachte, als er die Vorrichtung sah. „Dies ist nicht zum Lachen, denn aus diesem Wagen heraus haben wir 1963 einen flüchtenden Raubmörder im Wienerwald erlegt und seinen Komplizen ins Bein geschossen. Vielleicht brauchst du diese Vorrichtung noch irgendwann einmal." Der Beamte übergab ihm alle Papiere und wünschte ihm alles Gute. Der Wagen war aufgetankt und nach einigen Kilometern erkannte Hugo, dass der Motor frisiert war. Es war ein Genuss, mit diesem Wagen einige hubraumstärkere Fahrzeuge zu überholen. Die Fahrer staunten nicht schlecht, als sie von einem vermeintlich schwachen VW Käfer mühelos überholt wurden. Hugo fuhr sofort nach Baden in sein neues Büro.

Das Büro war im zweiten Stock als Agentur für Import- und Exportwaren ausgeschildert.

Selbst die übrigen Geschäfte und Hausbewohner kannten die Angestellte Frau Vera Sax nur vom Sehen. Sie war offiziell eine sehr verschlossene junge Dame und bei Gesprächen sehr introvertiert. Niemand wollte sie eigentlich und so hatte sie auch während des Tages keine lästigen Frager und neugierigen Menschen in ihrem Büro, das im Übrigen ständig einbruchsicher und mit einer direkten abhörsicheren Telefonleitung zum nächsten Polizeistützpunkt versehen war.

Hugo ging gemächlich die Stufen in den zweiten Stock hinauf und läutete die Glocke. Nach einer Minute öffnete sich der Türspion und ein Auge erschien. Dann öffnete sich die Tür und eine junge, hübsche, sportliche Blondine stand da. Sie sagte sofort: „Ich weiß, wer du bist, du bist Hugo Perc, mein neuer Chef." Hugo war positiv erstaunt, so eine junge, blonde Lady hatte er nicht erwartet.

„Du bist mir von Oberstleutnant Jakubetz schon angekündigt worden." Dann gab sie ihm ihre warme, weiche Hand. Doch sie drückte plötzlich zu und ehe Hugo sich versah, lag er auf dem Boden und sie kniete auf ihm.

Hugo lachte. „Was soll denn das? Ich bin doch kein Judoka." „Aber ich bin eine", sagte Vera und lachte ebenfalls. „Ich musste dir doch gleich den Schneid abkaufen, so glaubst du noch womöglich, hier sitzt eine alte Jungfrau, die man einfach hin- und herschieben kann, so wie man gerne möchte." Hugo schaute sie an und dann hatte sie etwas übersehen. Seine Hand war hinter ihr und mit einem Ruck lag sie auf der Seite und dann auf dem Rücken und die Fronten hatten sich verändert. Nun war er über ihr und in Sekundenschnelle hatte er ihr die Handschellen angelegt und sie am Schreibtisch befestigt. Dann lachte er laut und ließ sie liegen. „Lass mich sofort los", schnauzte sie ihn an. „Nur wenn du mir versprichst, solche Sachen nicht mehr zu machen." Sie schaute ihn sehr verführerisch an. Hugo beugte sich über sie, löste ihre Handschellen und hob sie vorsichtig, ganz Gentleman, wieder auf die Beine.

Dann gab er ihr die Hand und küsste die ihre, ganz auf wienerische Art und Weise. Das Eis war geschmolzen und er merkte, dass sie ihm verziehen hatte.

„Willst du fürs Erste eine Tasse Tee oder Kaffee?", fragte sie ihn.

„Das ist die beste Idee des ganzen Tages. Ich habe nicht gedacht, einen so jungen Chef zu bekommen. Ich dachte, ein alter, ausrangierter Polizeibeamter würde mir das Leben hier schwermachen." „Mir geht es genauso, ich bin sehr erfreut, eine so kampfstarke Kollegin und Assistentin zu erhalten. Ich glaube, wir werden gut miteinander auskommen." Die Kaffeemaschine surrte ziemlich laut und Hugo hatte Zeit, Vera etwas näher von hinten zu betrachten.

Es war das erste Mal, dass er eine Frau so interessiert begutachtete. Sie war circa einhundertsiebzig Zentimeter groß, vollschlank und hatte sehr schöne lange Beine. Ihren Slip konnte er durch die changierende hellbeige Leinenhose sehr deutlich erkennen. Dann drehte sich Vera abrupt um. „Hey, hast du übersehen, dass ich dich im Spiegel sehen kann, wie du mich taxierst?" Hugo wurde rot bis in die Haarwurzel. „Entschuldige bitte, Vera, du bist eine der wenigen Frauen, die ich mir so genau angesehen habe. Ich muss dir gestehen, ich habe seit vielen Jahren einen Freund und bin mit ihm sehr glücklich." Plötzlich lachte sie laut auf. „Ich glaube, du bist ein kleiner Esel, wenn du meinst, dass ich dies nicht schon erfahren hätte." Hugo war baff. „Wer war der Verräter?" „Das kann ich dir leider nicht sagen. Aber es macht mir ohnehin nichts aus, wenn du mich begutachtest. Denn vielleicht findest du einige Fehler und verrätst sie mir, sodass ich versuchen kann etwas an meinem Outfit zu verändern. Meine Figur behalte ich allerdings so, wie ich bin."

„Nein, nein", protestierte Hugo, „du bist schon so wie du bist okay." „Na, dann bin ich aber sehr zufrieden", meinte sie. „Nun komm, setz dich auf unsere Sorgencouch und lass dir den Caffè macchiato gut schmecken. Im Übrigen mach ich gerne Kaffee. Wenn du immer für Nachschub sorgst und auch einige Leckerli mitbringen könntest, wäre dies ein Grund, dass du dich bei mir einschmeichelst." „Ich gebe mein Bestes", meinte Hugo. „Sicher sogar!", lachte er. „Nun bin ich schon etwas neugierig auf einen kleinen Auszug aus deinem Lebenslauf."

„Hugo, ich bin geschieden und habe meinen kleinen Sohn Paul. Er ist fünf Jahre alt. Er ist mein Augenstern und derzeit mein einziger Mann in der Wohnung. Ich habe ein Jahr nach der Matura und aufgrund meiner sportlichen Anlagen beim Militär angeheuert. Dadurch konnte ich auch an den Judo-Wettkämpfen und Wettkämpfen im In- und Ausland immer problemlos teilnehmen. Auch einige Preise errang ich. Seit einem Jahr nehme ich an keinem Wettkampf mehr teil, da mir die Verletzungen zu schaffen machen.

Vor zwei Jahren bewarb ich mich bei der Polizei, da meine Ehe mit einem Berufssoldaten in die Brüche ging, und erhielt diese Stelle in der Abteilung für ungeklärte Mordfälle. Für Sonderaufgaben konnte ich bereits mehrere Kollegen unterstützen. Ich bin flexibel, habe den Lkw- und den Motorradführerschein und bin auch ausgebildete Fallschirmspringerin. Ich habe einen Segelschein und Bungee-Jumping machte ich ebenso. Aber seit ich meinen kleinen Sohn habe, springe ich nirgends mehr herunter. Außerdem glaube ich, am Computer ein Ass zu sein!

Oberst Jakubetz hat mir diese neue Tätigkeit ans Herz gelegt und er ist einfach ein toller Vorgesetzter. Hugo, du bist also hier mein Chef und ich glaube und hoffe, dass wir gut miteinander auskommen. Nun erzähl etwas von deinem bisherigen Leben!"

Hugo begann sehr holprig. Aber nach ein paar Sätzen und einem aufmunternden Blick von Vera sprudelte es plötzlich aus dem sonst so verschlossenen Mann. „Nun. ich war immer ein

Einzelgänger und nirgendwo, weder in der Schule noch bei meinen Kollegen sehr beliebt. Die Lehrer hatten allerdings große Freude mit mir, da alle meine Tests und Hausübungen perfekt waren. Zu meiner Mutter sagten sie immer wieder, mit dem Hugo werden Sie nie Probleme haben.

Später in meinem Beruf konnte ich einige Fälle alleine lösen, doch die Kollegen hefteten sich die Ergebnisse auf ihre eigenen Kappen. Ich war auch bei den üblichen Besäufnissen und Lokaltouren nur ein einziges Mal dabei. Die Kollegen sahen auf mich herab. Ich überlegte schon, ob ich nicht an der Uni Computerwissenschaften und Mathematik studieren sollte. Aber der sichere Staatsdienst hielt mich dann doch davon ab. Im letzten Jahr recherchierte ich nur mehr das Notwendigste, befasste mich hauptsächlich mit Computertechnik und begann, die Abteilungen der Polizei auf neue Systeme umzustellen. Ich bin sehr genau und möchte fast sagen brutal penibel. Dann rief mich plötzlich Oberst Jakubetz zu sich und bot mir diese Position an. Da konnte ich einfach nicht ablehnen. Das war es, was ich mir immer so wünschte.

Mein Beruf als Kriminalist ist mir sehr wichtig. Ich hatte nie Freunde und es ging mir auch niemand ab. Ich war immer vollkommen glücklich, wenn ich allein sein konnte. Ich könnte mir keinen anderen Beruf vorstellen als diesen. Meine über alles geliebte Mutter ist mein einziger Lebensmensch, außer Tom Steiner, meinem Freund. Von dem sie noch immer nichts weiß, obwohl wir schon seit meinem sechzehnten Lebensjahr Kontakt haben.

Nun, Vera, ich glaube, fürs Erste ist es genug, denn so viel habe ich noch nie über mich preisgegeben wie jetzt auf deiner Sorgencouch. Aber du hast es geschafft und ich glaube, es war gut so."

Vera sah ihn mit großen Augen an. Das hatte sie nicht erwartet. Dann wollte Hugo zur Sache kommen, doch sie sagte: „Entschuldige, Hugo, dass ich dich unterbreche Oberstleutnant Jakubetz hat auch mir ein Dossier übersandt, sodass ich wahrscheinlich schon einiges über die Angelegenheit erfahren habe."

„Okay", sagte Hugo, „trotzdem fange ich von vorne an. Es muss ja alles seine Ordnung haben, wie du weißt, Vera!" Und dann lachten beide hellauf. Sie waren ein Team, das war nun klar.

„Im Jahr 1968 verschwand ein Gelegenheitseinbrecher und Dieb spurlos. Dem Polizeiprotokoll war zu entnehmen, dass der Mann verheiratet war und seine Frau erstattete nach einer Woche erst die Abgängigkeitsanzeige. Sie war seine Marotten gewohnt, denn meistens, wenn er nach längerer Abwesenheit wieder zu Hause anrückte, brachte er etwas Geld, Schmuck oder teure Kleider mit. Sie fragte nicht lange, ahnte zwar, dass nicht alles mit rechten Dingen zuging, aber da sie Reinigungsarbeiten in einem Animierlokal in Wien bis spät in der Nacht durchführte, war es ihr ziemlich egal, wann er nach Hause kam. Hauptsache, er kam wieder und hatte etwas dabei. Früher fragte sie ihn, wo die Gegenstände herkamen, aber dann wurde er fuchsteufelswild und scheuerte ihr links und rechts einige heftige Ohrfeigen. Das war ihr Lehre genug, denn sie war ja auch von ihren Eltern nichts anderes gewohnt, als dass der Vater, wenn er betrunken war, die Mutter mindestens einmal im Monat verdrosch.

Die Abgängigkeitsanzeige wurde im Meidlinger Polizeikommissariat aufgenommen. Der Beamte hatte jede Woche solche Fälle und kannte den Gelegenheitsdieb. Er wird schon wieder auftauchen, war seine lapidare Antwort. Die Wochen und Monate vergingen, aber der Mann tauchte nie mehr auf.

Im Sommer kam es zu einem Badeunfall mit einem Kleinkind in einem der Schotterteiche im Süden von Wien. Das kleine Mädchen war einen Augenblick seiner Mutter entwischt und zum Teich hinuntergelaufen.

Als es am Ufer mit den Kieselsteinen spielte, dies gab eine Zeugin später an, lief ein kleiner Terrier zu dem Mädchen und aus Angst vor dem Hund watete das Mädchen ins Wasser und versank augenblicklich. Als die Mutter bemerkte, dass das Kind nicht mehr da war, war es bereits zu spät. Einige Badegäste begannen sofort mit der Suche, aber das Kind war nicht zu finden. Eine halbe Stunde später waren die Feuerwehr und ein Taucherteam an der Unfallstelle. Ein Taucher fand die Leiche des Mädchens und bei dieser Gelegenheit auch einen alten, roten Alfa Romeo. Der Wagen wurde von der Polizei untersucht und anhand der Fahrgestellnummer wurde der ehemalige Halter festgestellt. Es war der Wagen des abgängigen Serieneinbrechers. Weiters wurde auch Blut im rechten Vordersitz gefunden. Eine Leiche jedoch wurde trotz gründlicher Suche im Schotterteich nicht entdeckt. Vera, bitte besorge mir die komplette Akte dieses Falles."

„Lieber Hugo, das alles ist ja bereits hier, ich bin ja nicht von gestern." Hugo war perplex. Das konnte ja gut werden. Er stürzte sich auf die Akte, fand aber nichts Außergewöhnliches. Mittlerweile war es 18 Uhr geworden und ein herrlicher Sommerabend kündigte sich an. „Vera, weißt du was? Wenn man einen neuen Job antritt, muss es ja einen Einstand geben. Komm, ich lade dich zum Heurigen nach Sooß ein." „Da muss ich aber zuerst mein Söhnchen bei meiner Mutter abholen, denn der will sicher mit." Einen echten Kriminalbeamten zu sehen, war natürlich ein Zugmittel. Gesagt, getan, Hugo packte Vera in den VW und dann wurde Veras Sohn abgeholt. Zuerst sah er Hugo überrascht an und meinte: „Das ist ja kein besonderer Kommissar, der ist ja so dünn und lang wie Goofy mit den langen Ohren." „Sei sofort still und nicht so frech", rügte ihn Vera. Hugo lachte herzlich. „Du hast nicht ganz unrecht, ich bin wirklich dünn und lang!" Dann zog er seine Dienstmarke heraus. „Wenn du noch einmal einen Polizisten beleidigst, muss ich dich leider verhaften und dir die Handschellen anlegen." „Ja, bitte, zeigen Sie mir das!" Und nun war das Eis mit Veras Sohn gebrochen. Er rutschte auf Hugos Schoß und bettelte, dass er ihm die Handschellen anlegen sollte. Nun war es aber genug und der Abend verlief in weiterer Folge sehr angenehm, da auch ein Spielplatz vorhanden war, und der war natürlich wichtiger als der lange Goofy. Veras Sohn spielte mit anderen Kindern und nach zwei Stunden lieferte Hugo die beiden in Veras Wohnung ab. Der Kleine war eingeschlafen.

Anschließend fuhr Hugo wieder in sein neues Büro nach Baden zurück und begann seine Habseligkeiten und Unterlagen in seinen Schreibtisch zu räumen. Die Akte mit dem Fall legte er in den Safe, um sie kurze Zeit später wieder herauszunehmen. Es war ihm doch etwas aufgefallen. Es war 23 Uhr, als er die Stelle mit dem Blutbefund auf dem Sitz nochmals durchlas.

Die untersuchenden Beamten hatten festgestellt, dass die Sitzlehne an einer Stelle durchbohrt war. Nun kam es heraus. Es war kein übliches Loch durch eine manuelle Beschädigung, es war offensichtlich ein Einschussloch. Hugo legte die Akte nun endgültig in den Safe, schrieb eine Nachricht für Vera, dass er erst zu Mittag wieder im Büro sein würde, und sperrte den Raum ab.

Hugo rief auf dem Nachhauseweg seine Mutter an und nun erhielt er eine lange Reihe von Anschuldigungen, wo er denn sei und was er in Gottes Namen so spät noch auf der Straße zu tun hätte und er solle sofort nach Haus kommen. Sie hätte ihm ein feines Nachtmahl gerichtet. Sie wäre sehr traurig über seine Unpünktlichkeit! Als er endlich zu Hause ankam, stand sie schon unter der Tür mit Tränen in den Augen, so etwas dürfe er ihr nie mehr antun, einfach nicht zu sagen, wo er sei, und nicht zu sagen, wann er wieder nach Hause käme. Er nahm sie in die Arme, küsste sie auf die Wange und nun war sie wieder glücklich. Essen konnte er nichts mehr. Nachdem sie im Schlafzimmer verschwunden war, schüttete er das vorbereitete Essen in die Mülltonne des Nachbarn.

Am nächsten Morgen war er bereits um sechs Uhr früh auf den Beinen und erledigte seine Morgentoilette. Seine Mutter hatte ihm bereits sein Frühstück am Vorabend vorbereitet. Eine halbe mit Butter bestrichene Semmel und dazu einen Esslöffel Honig. Er brauchte nur mehr den Früchtetee zu wärmen. Er trank jeden Tag Früchtetee. Dann las er akribisch genau die Tageszeitung und verschwand wieder in seinem zehn Quadratmeter großen Zimmer. Hier hatte er einen erstklassigen Computer installiert, mit dem er Informationen des Polizeiprogramms abfragen konnte. Das Suchprogramm ergab tatsächlich, dass sich der Alfa Romeo noch in einer Halle der Polizeikaserne befinden musste. Hugo rief sofort dort den Diensthabenden an und fragte ihn, ob er etwas über das Fahrzeug sagen könnte. Nun antwortete dieser: „Das Fahrzeug ist leider bereits geschreddert. Aber etwas kann ich Ihnen sagen, die Sitze sind noch bei uns gelagert." Hugo war perplex und rief freudestrahlend Vera Sax an. „Hallo, Vera, ich fahre jetzt nach Wien zu Oberst Jakubetz. Bin um circa 10 Uhr fertig und erwarte dich dann bei der Haltestelle der Badener Bahn bei der Staatsoper. Unbedingt benötige ich auch noch die weiteren Fotos vom Innenraum des Alfa Romeo. Bitte bringe sie aus dem Büro mit." „Selbstverständlich, Herr Kriminalhauptkommissar, ich werde pünktlich sein!", rief Vera ins Telefon.

Der Rapport beim Oberst war sehr kurz und bündig, da ein Staatsbesuch in Wien stattfand. Die Mitarbeiter des Innenministeriums waren nervös und der Oberst ebenfalls. „Hugo, halte die Ohren steif", war sein einziger Kommentar. „Komm in vierzehn Tagen wieder!"

Perc hatte durch die kurze Audienz noch etwas Zeit und spazierte über den Heldenplatz ins Café Landmann. Er beobachtete die Menschen und merkte, dass eine unangenehme, gedrückte Stimmung über der Stadt lag. Die Russen marschierten in der ČSSR ein. Doch das interessierte ihn nicht besonders, denn er hatte ja einen Fall zu lösen.

Perc stand schon an der Haltestelle der Badener Bahn bei der Staatsoper, als Vera aus dem Waggon sprang. „Was gibt es denn so Wichtiges, dass du mich aus dem schönen Baden in die glühend heiße Wienerstadt heranpfeifst?" „Ich seh dich eben so gerne", lachte Perc verschmitzt. Sie sah ihn etwas überrascht an. „Hallo, hallo junger Mann, ich bin noch nicht zu alt für Dummheiten. Was gibt es denn?" „Wir müssen in die Asservatenhalle der Polizeidirektion. Ich brauche den Rat meines Schulfreundes Dr. Thomas Eder, den leitenden Beamten in einem der modernsten Labore Europas. Ich habe ihn bereits angerufen und wir treffen uns in dieser Halle, in der noch die Sitze aus dem Alfa Romeo gelagert sind."

Es war drückend heiß in dem VW Käfer, als sie die Halle erreichten. Dr. Eder erwartete sie bereits. „Hallo, Hugo, alter Gauner, was treibt dich in dieses finstere Loch an einem so schönen Tag und noch dazu in toller Begleitung? Es wäre doch weit schöner im Gänsehäufelbad." Veras Augen leuchteten, denn der Doktor war nicht unhübsch. „Das wäre mir auch lieber gewesen", sagte sie.

„Thomas, ich brauch dich wie einen Bissen Brot. Wir recherchieren an einer Sache." Ein Beamter führte sie zu dem Lager mit den Sitzen des Wagens.

Hugo und Dr. Eder beugten sich über die Sitze und hier war das Loch nach genauem Hinsehen in der Lehne zu erkennen. Dr. Eder nahm aus seiner Tasche mit diversen Chemikalien und Pinzetten einen Schaber und sammelte an den Stellen, an denen man die dunkle Verfärbung erkennen konnte, diverse Stoffpartikel und Gewebeproben ein. Dann legte er über den gesamten Sitz eine Folie mithaftendem Untergrund und nahm auch vom gesamten Sitz weitere Proben. „Bist du nun endlich fertig mit deinen Hexereien?", lachte Perc.

Dr. Eder schaute ihn verwundert an. „Du hast wirklich keine Ahnung von Chemie, aber das weißt du ja selber, da ich dir im Gymnasium schon immer bei den Tests helfen musste." „So wie ich dir in Mathe", konterte Hugo. „Okay, es war ein Wunder, dass wir beide die Matura schafften, Frau Sax." „Na, ein bisschen etwas ist ja auch aus euch beiden geworden!" Dr. Eder schaute sie noch interessierter an.

Dann gab ihm Hugo die Fotos, die Vera mitgebracht hatte. „Lass einmal sehen, was ich machen kann. Was habt ihr beiden denn heute noch vor? Ich lade euch auf einen Umtrunk zum Heurigen nach Grinzing ein." „Das ist das Beste, das ich jemals von dir gehört habe", meinte Hugo. „Okay", meinte auch Vera, ich muss allerdings spätestens um 20 Uhr zu Hause sein, da ich meinen Sohn von meiner Mutter holen muss. Ich werde sie gleich verständigen."

Es wurde ein amüsanter Spätnachmittag, an dem sich die beiden Männer sehr um Vera bemühten. Beim Hinausgehen steckte Dr. Eder Vera ein kleines Zettelchen zu. Hugo sah es natürlich. Gegen 19 Uhr 30 machten sich Vera und Hugo wieder auf den Heimweg.

„Sieh mal, Hugo, was mir der alte Gauner zugesteckt hat", und sie reichte ihm das Zettelchen. Auf diesem stand in Großbuchstaben in einem gezeichneten Herz *Ein Herz schlägt heftig für ein anderes.* „Er ist und bleibt ein Trottel, aber ein lieber"; meinte Vera. Hugo ärgerte sich innerlich über seinen Schulfreund und machte ein säuerliches Gesicht.

Am nächsten Morgen informierte Dr. Eder Hugo ausführlich.

„Hugo, ich gebe dir vorerst nur telefonisch einen kurzen Überblick. Heute noch sende ich dir den genauen Laborbericht. Das Einschussloch und die Bestandteile der Fasern des Stoffes offenbaren, dass aus unmittelbarer Nähe geschossen wurde. Es war ein Geschoss, das hauptsächlich in Kriegswaffen verwendet und mit höchster Wahrscheinlichkeit von einer P38 abgefeuert wurde.

Dann offenbarte das verwendete Elektronenmikroskop auch noch ein zweites Einschussloch, ebenfalls mit den gleichen Merkmalen. Die Untersuchungen der Blutreste ergaben, dass es sich um einen Mann handelte. Die genauesten Untersuchungen mache ich noch im Laufe dieser Woche und ich werde dich sofort informieren. Grüße mir verlässlich Fräulein Sax. Hast du zufällig ihre Telefonnummer bei der Hand?" „Leider", meinte Hugo, „sie hat kein Telefon und außerdem hat sie ja drei Kinder." „Aha", brummte Dr. Eder ins Telefon, „ich sah aber keinen Ehering." „Sie hat sich bei Judokämpfen verletzt und trägt ihn deswegen nicht mehr", antwortete Hugo.

Das Wochenende verbrachte Hugo bei seinem Freund, aber Vera ging ihm nicht aus dem Kopf. Am Montag erhielt er die Laborberichte von Dr. Eder. Es wurden die Ausführungen bestätigt, dass es sich bei dem Mann um den schon lange gesuchten Hans Keppel, einen Einbrecher und Dieb handelte, der sich mit Schwarzhandel und kleinen Gaunereien über Wasser hielt. Vor zwei Monaten gab seine Ehefrau eine Vermisstenanzeige auf." Hugo hatte nun den Namen des Opfers, aber nicht seine Leiche.

Hugo verschaffte sich sofort die Adresse der Frau und fuhr nach Meidling. Der Gemeindebau war mehr als desolat und die Wohnung war im Hinterhof des Hauses. Eine abgearbeitete aber, noch immer hübsche fünfundvierzigjährige Frau öffnete ihm. Hugo stellte sich vor und sie bat ihn in ihre kleine Hausmeisterwohnung. Sie versorge den ganzen Block der Anlage und arbeite auch noch bei verschiedenen Mietern als Haushaltshilfe. In der Nacht räume sie in einem „feinen" Etablissement auf. Von ihrem Ehemann habe sie ja schon seit mehr als zwei Monaten nichts mehr gehört. Er war zwar manchmal gut zu ihr, aber im Grunde genommen hatte er im Leben nie Glück.

„Ist Ihnen etwas aufgefallen, als Sie ihn das letzte Mal sahen?"
„Ja, natürlich", er sei doch auch ein Träumer und schildere immer wieder in bunten Bildern ihre gemeinsame Zukunft. Sie sollte nur Geduld haben, denn er hätte eine große Sache in Aussicht. Er könnte aber derzeit noch nicht darüber reden.

Aber da sie ja wie alle Frauen neugierig war und er ihr in einer schwachen Stunde endlich gestand, dass er einen großen Auftrag erhalten würde und sie damit alle Sorgen los seien, wurde sie noch neugieriger. „Ja, was sollst du denn dafür tun?" Nach langem Herumgedruckse gestand er ihr, dass er nur einen großen Rollkoffer an eine bestimmte Stelle zu bringen hätte. Genaueres würde er noch erfahren. „Ja, glaubst du wirklich, dass dies alles so einfach ist, wie du dir das vorstellst? Einen Koffer irgendwo hinzubringen, das kann doch bald jeder." „Ja, schon, aber nicht einen mit so wichtigem Inhalt." „Wenn es etwas mit Rauschgift zu tun hat, schaue ich dich nie mehr an." „Nein, es ist viel interessanter und ungefährlicher. Ich habe schon genug geredet. Und nun gehe ich noch in die Kneipe um die Ecke und treffe mich mit Josef, meinem Kumpel. Etwas verrätst du mir noch: Wann startet denn dieses Geschäft?" „Nächsten Donnerstag zwischen 23 Uhr und 2 Uhr nachts steigt die Sache. Dann beginnt für uns eine neue Zeitrechnung und nun ist genug geredet." Er war aus dem Bett gesprungen und weg war er gewesen.

Hugo tat die Frau aufrichtig leid. „Ich glaube, wir haben eine Spur Ihres Mannes gefunden, aber er ist höchstwahrscheinlich nicht mehr am Leben." Dann erzählte er ihr die Ergebnisse seiner Nachforschungen, obwohl er es nicht durfte.

Sie war sehr gefasst. „Ich habe das schon geahnt und nicht mehr mit ihm gerechnet. Ich habe ja auch noch zwei Kinder, für die ich sorgen muss, und damit bleibt nicht viel Zeit für lange Trauerarbeit. Bitte informieren Sie mich doch, wenn Sie etwas Näheres erfahren." Hugo versprach es ihr und verließ die triste Umgebung. Dann drehte er um und läutete noch einmal an ihrer Tür. „Sagen Sie mir doch, wo ist denn das Beisl des Kumpels Ihres Mannes?" Sie beschrieb ihm den Weg.

Er bog um die Hausecke und sah schon von Weitem das heruntergekommene Gasthaus. Auf einer schwarzen Tafel war das Mittagessen angeboten. Mit Kreide war darauf vermerkt, dass es Rindsgulasch, Reisfleisch und Krautfleisch, gekochtes Rindfleisch, Wienerschnitzel und ein Kalbsbeuscherl gab. Perc trat ein und nahm an dem alten Tisch Platz, der scheinbar frei war. Er sah sich die Speisekarte noch einmal an und beobachtete hinter der Karte die Gäste dieses Etablissements, die ihn misstrauisch begutachteten. Er hatte ja wie immer einen dunkelblauen Anzug, ein weißes Hemd und eine groß karierte Krawatte umgebunden. Der Windsorknoten musste so wie immer penibel sauber sitzen. Das Lokal war gut gefüllt und es wurde natürlich geraucht. Eine jüngere Bedienung bewegte sich langsam auf ihn zu und fragte ihn: „Was willst denn, Burscherl?"

Perc entschied sich für das Kalbsbeuscherl um fünf Schilling. „Wie ist denn Ihr Beuscherl, Mäderl?", fragte Hugo. „Mein Beuscherl ist schon in Ordnung, ich hoffe auch das deinige." „Ich meine nicht Ihr persönliches Beuscherl, sondern das, was auf dem Plakat angepriesen wird." „Ah so, ja, das kannst schon essen. Wir verarbeiten nur die feinsten Innereien und die besten Raucherlüngerl. Mein Chef und Lebensgefährte ist gelernter Koch und berühmt für das beste Beuscherl in ganz Wien." Als sie seinen misstrauischen Blick sah, meinte sie ganz höflich: „Sie sind ja ein ganz feiner junger Mann, etwas langbeinig und dünn gewachsen, aber so ein feines Beuscherl wie hier kriegst sicher nirgends. Ehrlich, glaub mas!" Dann lächelte sie ihn das erste Mal ein wenig vertraulich, aber falsch an. „Na gut, dankeschön für die wunderbaren Erklärungen. Wenn's wirklich so gut ist, wie Sie es verherrlicht darstellen, gibt's fünfzig Groschen Trinkgeld." „Das ist wirklich spendabel", meinte sie kopfschüttelnd.

Dann ging sie zum Tresen, hinter dem ein Bär von einem Mann stand, und flüsterte ihm etwas zu. Perc sah, wie der Hüne rot anlief und sich zu ihm in Bewegung setzte. Dann baute er sich vor Hugo auf und sagte: „Na, du zaches, dünnes Würsterl, bist dem Tod von der Schaufel gesprungen, so wie du verhungert ausschaust? Ich habe gehört, dass du meine Mitzi beleidigt hast und dich nach ihrem Muscherl erkundigt hast. Wir haben aber für so ein Arschloch wie dich weder ein Muscherl noch ein Beuscherl. Vastehst, schleich di außi, sonst faschier i die ins nächste Beuscherl eini. Du Hundskrüppl, du elendiges!" Dann holte er aus, rechnete aber nicht mit Hugos Argwohn.

Die gerade Linke verfehlte Hugos Kopf nur um Millimeter. Perc stand blitzartig auf, hechtete um den Tisch und dann hatte der Riese die erste Kopfnuss im Nacken. Der Kopf des Riesen krachte auf die Tischplatte und innerhalb von Sekunden hatte Perc ihm die Handschellen angelegt. Ein Raunen der Aggressivität ging durch die Spelunke. Einige Gäste nahmen eine drohende Haltung ein. Doch Perc ließ keine weiteren Aggressionen zu.

Er zog seinen Revolver, zeigte seine Dienstmarke in die Runde und schrie Ruhe! Augenblicklich war es still im Raum. Zwei Herren der feinen Gesellschaft wollten sich auf die Toilette zurückziehen, aber Perc rief ihnen zu: „Hier ist Ihr Platz, meine Herren, nicht auf dem Scheißhaus. Wer von den Anwesenden ist der Josef?" Da stand ein schmächtiger, blasser Mann auf und sagte: „Der bin ich, Herr Inspektor." Dann rief Perc: „Alle Anwesenden raus aus dem Lokal, bis auf die beiden Scheißer und die Bedienung. Es ist heute früher Sperrstunde.

Josef, Sie bleiben hier, und diesen unseligen Riesenkörper wird die Funkstreifeabholen." Dann griff er zum Telefonhörer am Tresen und gab seine Anweisungen an die Leitzentrale der Polizei durch. So schnell war dieses Lokal noch nie leer geworden.

In sagenhaften fünf Minuten war die Funkstreife da und nahm den mittlerweile wieder zu sich gekommenen Riesen und die beiden Männer mit. Er würde sie auf dem Kommissariat vernehmen.

Dann wandte er sich an den schmächtigen Josef. „Kommen Sie bitte zu mir her und setzen Sie sich erst einmal nach diesem Schock nieder.

Liebes Fräulein Mitzi, glauben's, dass Sie mir jetzt und dem Herrn Josef vielleicht ein Beuscherl bringen könnten. Ein Bierchen dazu und die Welt sieht wieder ganz anders aus. Und übrigens, auf Ihr stinkendes Muscherl bin ich nicht heiß. Sollten Sie auf den Gedanken kommen und uns ins Beuscherl spucken oder Spülmittel einleeren, werde ich euren Laden dichtmachen und Ihre Wasserstoffmähne auf drei Millimeter kürzen lassen." Plötzlich war die Lady sehr freundlich und sie stammelte: „Entschuldigen Sie bitte, Herr Inspektor, es wird nie mehr vorkommen. Ich bring Ihnen das beste Kalbsbeuscherl von Wien. Hoffentlich …", schaute sie Perc lächelnd an.

Das Beuscherl war ein Traum und auch der Herr Josef war begeistert. „Wissen Sie Herr, Kommissar, dies ist zwar keine feine Gegend, aber der Wirt kocht wirklich einmalig und die Leute meinen es nicht so." „Das habe ich bereits festgestellt", lächelte Perc wieder. „Nun, Josef, Sie waren doch ein Freund von Hans Keppel." „Ja, das stimmt", beeilte sich Josef, „wir waren, das kann man so sagen, gute Freunde. Er hatte es auch nicht leicht in seinem Leben. Ich habe ihn jedoch schon einige Zeit nicht mehr gesehen." „Sie werden ihn auch nicht mehr sehen. Denn er ist tot." „Ja, mein Gott, das habe ich mir schon die längste Zeit gedacht. Er ist erschossen worden, aber wir haben seine Leiche nicht gefunden. Erzählen sie mir über ihre letzten Gespräche mit ihm. Er hat Ihnen doch sicher vieles anvertraut, was er seiner Frau nicht sagen wollte." Josef atmete tief durch und dann begann er zu erzählen.

„Ja, vor circa zwei Monaten war Hans ganz aufgeregt und erzählte mir, dass er eine große Sache aufgetan hätte. Er hatte ja immer große Sachen zu erledigen, aber letztlich haben ihn cleverere Freunde immer über den Tisch gezogen. Bei einem Heurigenbesuch mit einem alten Kumpel, ich glaube, er hieß Frank, den Nachnamen weiß ich leider nicht, der Sicherheitsbeauftragter eines Konzerns war, hatten wir beide im Verlauf des Abends sehr viel getrunken. Hans erzählte mir in seinem Dusel, dass Frank einen Mitarbeiter der EDV-Zentrale beobachte, wie dieser mehrmals nachts auf der Computeranlage Tests durchführte. Der EDV-Chef habe ihn aufgefordert, diesen Programmierer zu beobachten. Die Firmenleitung hatte ja vor, die Sicherheitsmaßnahmen in diesem Bereich zu verstärken. Die gesamte Abteilung sollte als sicherheitsgefährdet eingestuft werden, da die Gefahr von Datendiebstählen gegeben war. Laut den Eintragungen in das Logbuch für die Benutzung des Computers hatte der Programmierer für

Sonntag den Computer für seine Nachttests reserviert. Wenn dieser einen Diebstahl an diesem Tage durchführte, benötigte er auch einen Koffer, um die auf Magnetbändern gespeicherten Daten abzutransportieren. ‚Bist du an einem Deal interessiert?‘, fragte mich Frank, der Sicherheitsbeamte. ‚Ja, vielleicht, wenn ich noch mehr erfahre.‘ ‚Falls du ihm nämlich den Koffer abnehmen kannst, garantiere ich dir zehntausend Schilling auf die Hand. Ich habe Schlüssel zu allen Räumen. Wenn ich auf meinen Rundgängen bemerke, dass er in seinem Büro, in der Abteilung oder im Computerraum einen Koffer deponiert hat, läuft die Sache garantiert. Sonntagnacht geht das wahrscheinlich über die Bühne. Halte dir diesen Tag und die Nacht frei. Ich rufe dich dann sofort an und du legst dich ab 22 Uhr auf die Lauer in der Tiefgarage. Meist dauern diese Tests bis spät nach Mitternacht, du musst also warten. Es ist ja sonst kein Mensch mehr in der Firma. Er hat einen blauen Ford Anglia und du kannst ja in unmittelbarer Nähe des Wagens parken. Ein leichter Schlag auf den Kopf, keinen Totschlag, und der Koffer gehört dir. Zu Mittag, nicht früher, rufe ich dich an, wo du den Koffer zu deponieren hast. Dann kriegst du auch das Geld! Was sagst du dazu? Wenn du irgendjemandem etwas davon erzählst, bist du ein toter Mann.‘ ‚Nein, nein, ich bin ja nicht lebensmüde und kann schweigen wie ein Grab. Ich brauche dringend Money, ich bin bereit! Darauf trinken wir noch ein Flascherl.‘ Als mir Hans dies alles erzählte, sagte ich noch zu ihm: ‚Brauchst du mich, soll ich dir helfen?‘ ‚Nein, nein, ich bin ja nicht von gestern, so eine Chance lass ich mir nicht entgehen. Wenn alles klappt, bist du natürlich eingeladen.‘

Seither habe ich nichts mehr von ihm gehört. Den vollen Namen des Sicherheitsbeamten weiß ich leider nicht. Perc sagte: „Es ist okay, Josef, Sie waren mir mehr als eine große Hilfe, Josef, danke! Sie haben etwas gut bei mir." Dann gab ihm Perc seine Visitenkarte. „Man weiß nie, wozu gute Kontakte taugen. Wie geht es ihnen sonst?" „Naja, ich lebe von der Sozialhilfe, habe manchmal Gelegenheitsjobs. Ich bringe Gärten in Ordnung, bin gelernter Maurer und Zimmermann, aber durch einen Arbeitsunfall kann ich keine schweren Arbeiten mehr erledigen. Derzeit habe ich fast nichts zu tun. In dieser Gegend kann sich niemand einen Hausarbeiter leisten." Perc überlegte nicht lange. „Josef, ich glaube, ich habe etwas für Sie. Schreiben Sie mir bitte Ihre Adresse auf, ich melde mich bei Ihnen. Ich kenne eine ältere Dame, die für Gartenarbeit einen verlässlichen Menschen sucht."

Perc fuhr anschließend nach Baden in sein Büro und diktierte Vera den kompletten Bericht. „Ich bin morgen in dieser Firma und melde mich anschließend bei dir." Vera sah in an und fragte: „Glaubst du, dass ich morgen frei haben könnte? Ich muss mit meinem Sohn ins Krankenhaus zu einer Untersuchung." „Das ist doch ganz klar, also dann, alles Gute und schicke Paul viele Grüße von mir. Ich habe ein kleines Flugmodell für ihn vorbereitet, das könnten wir am Samstag zusammen ausprobieren." „Das wäre ja ganz toll", sagte Vera völlig überrascht. Dann fuhr er nach Hause. Er bastelte bis Mitternacht an dem neuen Flugmodell, dessen Trimmung noch nicht in Ordnung war.

Am nächsten Morgen betrat Perc die Zentrale des Unternehmens, in dem der Sicherheitsbeamte beschäftigt war. Am Empfang saß eine ältere Dame.

Perc meinte: „Guten Tag, Gnädigste, fallen Sie nicht ihn Ohnmacht, ich bin nämlich von der Polizei." Die Empfangsdame musterte ihn wenig interessiert. „Na, so schau'n Sie aber nicht aus. Haben Sie einen Ausweis, eine Trillerpfeife oder etwas Ähnliches bei sich?" „Um Gottes willen, den Ausweis habe ich leider vergessen. Sieht man es mir nicht an, dass ich ein Kieberer bin?" Die Dame wurde nun interessierter und meinte: „Mir sieht man es auch nicht an, dass ich einst eine bekannte Filmschauspielerin war." „Ja, sehen Sie, nun, wo Sie es sagen, schon beim Hereingehen dachte ich so bei mir, Hallo, die sieht doch aus wie die von der Lohninger Bühne, die manchmal den Text vergisst und so falsch singt." „Hören Sie, junger Mann, ich habe keine Zeit, mich mit Ihnen noch länger zu unterhalten. Zeigen Sie mir nun Ihren Ausweis oder ich muss den Sicherheitsdienst alarmieren."

„Das ist ja die beste Idee, auf die ich nicht gekommen wäre. Deswegen bin ich eigentlich hier. Ich brauche den Sicherheitschef oder den Geschäftsführer dieser Firma." Dann legte er der mittlerweile rot angelaufenen Angestellten seinen Ausweis vor die Nase. Sie sah kurz darauf und griff hastig und fahrig zum Telefon.

„Frau Schneider, die Polizei ist hier, ein Herr Kriminalhauptkommissar Perc. Ist der Alte im Haus?"

Nach einigen Minuten kam der Rückruf. „Der Herr soll bitte heraufkommen."

Perc wurde bereits von der etwas stärkeren Frau Schneider empfangen. Ihre einzigen Worte waren: „Sie sind aber groß und dünn, wie machen Sie denn das?" Perc musste lachen. „Wissen Sie, Frau Schneider, ich jage ja jeden Tag Verbrecher und da bin ich ständig am Laufen und habe wenig Zeit zum Essen." Sie sah ihn ungläubig an und sagte: „Na so was."

Die Tür zum Chefzimmer war offen und Perc trat ein. Am Schreibtisch saß ein Mann in Uniform. „Treten Sie nur näher, junger Mann, und nehmen Sie bitte Platz", kam es im Befehlston. „Was führt Sie denn zu uns?" Perc sah die Rangabzeichen auf dem Kragen des Mannes und sagte: „Herr Major, ich hätte nur eine Frage. Haben Sie in Ihrer Firma einen Sicherheitsdienst?"

„Ja, seit einigen Monaten haben wir vier Sicherheitsbeamte, die unsere Betriebe überwachen." „Herr Major, die Polizei ist natürlich interessiert, dass die Firmen auch mit uns vernetzt sind. Wir können im Fall einer Straftat wesentlich schneller agieren, wenn wir wissen, wer die zuständigen Abteilungen führt und wer die überwachenden Beamten aussucht und schult. Wir könnten Ihnen hier wertvolle Tipps geben, da die Firmenspionage ja merklich zugenommen hat und die Tatfelder sehr oft ähnlich sind. Ist es möglich, dass ich die zuständigen Personen kennenlernen könnte? Wie ich von meinem Vorgesetzten Herrn Oberstleutnant Jakubetz erfahren habe, sind Sie ja persönlich mit ihm, durch ihre Vorliebe für Pferde, bestens bekannt."

„Oh ja, er hat ja seiner Tochter auch ein Pferd geschenkt, so wie ich meiner. Das ist vielleicht ein Wahnsinn mit den Gören. Die würden ja am liebsten im Stall schlafen. Aber besser, als jeden Tag mit einem anderen Stallburschen, obwohl man ja die Mädels nicht Tag und Nacht kontrollieren kann. Mit fünfzehn Jahren ist das schon so eine Sache. Herr Kriminalhauptkommissar, ich bin

Ihnen sehr dankbar für Ihr Angebot. Wollen Sie den leitenden Sicherheitsbeamten sofort sehen?" „Das wäre natürlich eine feine Sache", meinte Perc. „Gut, Frau Schneider wird Sie zu ihm führen."

„Herr Major, Sie haben hier das Modell eines Original Leopard-Panzers aus dem Zweiten Weltkrieg stehen." „Ja, dieser Panzer war im Zweiten Weltkrieg mein Befehlspanzer und meine zweite Heimat in Russland. Sie haben ja gesehen, dass ich in Uniform bin. Ich bin Reserveoffizier und an der Grenze zur ČSSR müssen wir wachsam sein. Aber mit unserer Operettenarmee werden wir sicher nicht viel ausrichten, sollten die Russen uns einen Besuch abstatten. Die waren ja auch schon einmal hier, so wie wir in Russland waren. Kein Mensch weiß allerdings, was wir dort zu suchen hatten. An der Rechnung, die wir damals erhielten, zahlen wir noch heute. Mehr kann ich Ihnen leider nicht sagen. Ich bin jederzeit einsatzbereit." Dann schüttelte er Perc stramm die Hand. „Alles Gute, Herr Kriminalhauptkommissar!"

Frau Schneider führte ihn in das Büro des Sicherheitsbeamten. Der Name *Walter Sedlacek* stand an der Tür. Sedlacek stand sofort auf und Perc trat ein. „Herr Kriminalhauptkommissar, was kann ich für Sie tun?" „Nun, ich bin hier nur zu einem ersten Gespräch, um sozusagen die Lage zu sondieren. Wir haben immer wieder Fälle von zunehmender Firmenspionage. Produktion, Forschung, Entwicklung und Finanzbuchhaltung sind gefährdete Arbeitsfelder für interessierte Konkurrenten und Geheimdienste. Aber auch in letzter Zeit Informationen über Firmen und Kundendaten."

„Nun, wir haben einen neue EDV-Anlage und überwachen die Abteilung und den Computerraum permanent. Die Anlage dürfen nur befugte Personen, Operateure und Programmierer nach einem genauen Plan betreten. Das Personal wird ständig überprüft und neue Mitarbeiter werden einer gründlichen Recherche unterzogen. Es gibt Überprüfungslisten über die Wartung der Anlage, über den Betrieb und über die Testarbeitszeiten der Programmierer. Ich bin Ihnen natürlich dankbar, wenn uns die Polizei mit Informationen behilflich ist. Auch ich kann Ihnen natürlich unsere Unterlagen und Erfahrungen mitteilen." „Herr Sedlacek, nun haben Sie mich auch neugierig gemacht. Wenn ich also zum Beispiel. wissen will, welcher Programmierer zu welcher Zeit an der Anlage zu tun hat, dann gibt es wahrscheinlich auch ein Protokoll der Anwesenheitszeiten dazu?"

„Sicher, Herr Kriminalhauptkommissar. Hier in diesem Ordner sind die Zeiten genau eingetragen. Die Programmierer müssen ihre Testzeiten vorher genau festlegen, sonst würde ja der normale Betrieb gestört werden."

Perc kramte seinen Kalender hervor und sagte: „Zum Beispiel an diesem Sonntag vor zwei Monaten. War hier die Anlage von einem Programmierer für Testzwecke in der Nacht reserviert? Kann man das nachprüfen?" „Sicher kann man das, das ist genau verzeichnet." Sedlacek blätterte den Ordner durch und sagte: „Nein, an diesem Tag war die Anlage laut Aufzeichnung nicht in Verwendung. Der zuständige Beamte hat laut seinem Bericht die Räume um 20 Uhr und um 24 Uhr das letzte Mal überprüft. Hier sehen Sie seine Aufzeichnungen und Stempel auf der Zeitliste." „Wer war denn der zuständige Beamte?"

„Ja, das war der Gutmann Frank, aber der ist leider bei einem Verkehrsunfall einen Tag später ums Leben gekommen. Das ist natürlich tragisch. Wir erfuhren, dass er beim Überqueren eines Schutzweges von einem Wagen gerammt wurde. Er war auf der Stelle tot. Der Autolenker beging Fahrerflucht." „Nun, Herr Sedlacek, überall, wo ein Kriminalbeamter hinkommt, gibt es Tote. Ich will Sie daher nicht mehr belästigen. Hier ist meine Visitenkarte und diese Telefonnummer ist die Nummer der Informationsabteilung EDV-Kriminalität. Leutnant Peter Stein wird Sie jederzeit genauer informieren. Sie können ihn auch aufsuchen und die neuesten Erfahrungen auf diesem Gebiet abfragen. Rufen Sie ihn bitte an und sagen Sie ihm meinen Namen. Das hilft Ihnen schneller weiter." Perc stand auf, gab Sedlacek die Hand und sagte: „Auf wiedersehen, Herr Sedlacek, halten Sie die Ohren steif und geben Sie gut acht. Der Datenklauteufel schläft nicht." Er war heute wieder schwer in Form. Perc ging nachdenklich zu Fuß über das Stiegenhaus zum Ausgang.

In dieser EDV-Abteilung war der Hund begraben, das war ihm klar.

Als er am Ende des Stiegenhauses ankam, drehte er jedoch abrupt um und sprang über die Stufen wieder zu Frau Schneider ins Sekretariatszimmer.

„Liebe Frau Schneider", sagte er auf seine charmanteste Art, „darf ich Sie noch einmal stören?" „Ja, bitte sehr, Herr Kriminalhauptkommissar. Was kann ich denn gutes für einen so dünnen und braven jungen Polizeibeamten tun?" Dabei schaute sie ihn liebevoll wie ihren Sohn an. „Nun, Sie können mir doch auch sicher sagen, wer ist denn der neue Chef der Abteilung EDV in Ihrer Firma?" „Ja, das ist so eine Sache, wir haben seit zwei Monaten einen neuen Abteilungschef. Denn der Herr Ingenieur Walter Schwarz ist ja leider vor circa zwei Monaten bei einem Verkehrsunfall im Helenental ums Leben gekommen. Ein so ein netter Mann, aber er hatte auch ein Panscherl mit einer Bürokraft der Abteilung. Die arme Frau Schwarz mit ihren zwei Buben tut mir ja so leid." Perc wurde hellhörig, ließ sich aber nichts anmerken. „Was haben Sie denn unter dem Verband am Fuß, Frau Schneider?", fragte Perc, „Sie hinken ja ein wenig." „Ja, das ist dieser schwarze Köter von unserem neuen EDV-Chef gewesen. Er bringt ihn manchmal in die Firma mit und letztes Mal wollte ich ihm ein Stück von meiner Schaumrolle geben, da hat er plötzlich zugebissen." „So ein Hund ist ja direkt kriminell und gehört erzogen oder ins Gefängnis", meinte Perc mitfühlend. „Ja, Frau Schneider, und wer ist nun der neue EDV-Chef?" „Na ja, das ist unser schönster Mann in der Firma. Der ist wahrlich ein Riesenmann, nicht so dünn wie Sie. Sagen Sie, haben Sie keine Frau oder eine Mama, die auf Sie schaut und Ihnen ein gutes Papperl kocht?"

Perc lachte laut auf. „Sicher, Frau Schneider, mir geht nichts ab, aber wie ich Ihnen schon sagte, ich muss viele Gauner verfolgen." „Sie sind ein Schlingel!", meinte Frau Schneider. „Nun, der neue EDV-Chef ist der Herr Johann Goff, wir sagen alle John zu ihm. Er wurde vom Chefprogrammierer zum EDV-Chef befördert." „Wo finde ich denn den Supermann?" „Wissen Sie, Herr Kriminalhauptkommissar, der Chef und der Aufsichtsrat haben ihn übereinstimmend sofort nach dem Tod von Herrn Ingenieur

Schwarz zum Abteilungs- beziehungsweise Organisationschef ernannt. Im Vertrauen, Herr Kriminalhauptkommissar, man munkelt, dass auch Diplomkauffrau Christine Schnöll, mit der er es angeblich treibt, für ihn gestimmt hat."

„Das sind ja wüste Zustände", meinte Perc. „Wo finde ich denn diesen Supermann?" fragte Perc erneut. „Der ist derzeit auf einer Dienstreise in Belgien, da die EDV-Anlage auch dort umgestellt werden soll." „Liebe Frau Schneider, Sie sind ja ein wahres Lexikon. Vielen herzlichen Dank für Ihr Verständnis für einen so dünnen Menschen wie mich. Sollten Sie einmal eine Parkstrafe irgendwo in Wien erhalten, rufen Sie mich doch einfach an. Ich habe Möglichkeiten!"

Nun, dieser Tag hatte es wahrlich in sich und Perc hatte genug von der vielen Fragerei. Von einer Telefonzelle aus rief er seine Assistentin Vera in Baden an. „Hallo, Vera, heute war ich wahrscheinlich doch endlich ein bisschen erfolgreich. Suche mir bitte alle Unterlagen über einen Verkehrsunfall mit Todesfolge vor zwei Monaten im Helenental heraus. Morgen früh bin ich wieder im Büro." Dann sagte er noch: „Was war im Krankenhaus mit deinem Buben?" „Naja, ich werde es dir morgen erzählen", sagte Vera und „Ciao, Hugo!"

Als Perc am nächsten Tag sein Büro betrat, war Vera noch nicht da. Das war sonst nicht ihre Art. Sie war ja meist überpünktlich. Nach einer halben Stunde kam sie dann doch. Perc sah sofort, dass sie geweint hatte. „Ja, was ist denn los, Vera?", fragte er. Sie antwortete: „Na ja, mit Paul habe ich große Sorgen." „Ja, was ist denn los?" „Schon als Baby hatte er einen Herzklappenfehler und bei der gestrigen Untersuchung wurde nun festgestellt, dass er sobald als möglich operiert werden muss. Aber wo soll ich ihn denn behandeln lassen? In so einem kleinen Krankenhaus? Ich weiß nicht." Hugo nahm plötzlich ihre Hand und sagte: „Vera, mein Onkel ist Herzspezialist in Innsbruck. Ich werde sofort, wenn du willst, mit ihm telefonieren. Er soll Paul noch einmal untersuchen. Ich fahre euch nach Innsbruck." Vera sah ihn mit großen Augen an. „Hugo, ich glaube, dich hat ein Engel geschickt. Würdest du das wirklich für uns tun?" Hugo wartete weitere Worte von Vera nicht mehr ab und hatte schon den Telefonhörer in der Hand. Eine Minute später war Dr. Eugen Perc am anderen Ende der Leitung. „Hallo, Hugo, was ist denn los mit dir? So lange lässt du schon nichts mehr von dir hören. Du weißt ja sicher, dass wir unsere Skitour am Arlberg erledigen müssen. Wann kommst du endlich?" „Eugen, das holen wir alles bald nach. Diesmal jedoch brauche ich dich und deinen Rat." Dann erzählte er dem Arzt das Problem. „Hugo, mit so einer Geschichte darf man nicht warten. Sage deiner Assistentin, dass ich am Nachmittag zurückrufen werde. Also, bis dann!"

Vera sah ihn mit ihren großen und schönen Augen, die er nun endlich bemerkte, sorgenvoll an. „Dr. Perc wird sich darum kümmern und am Nachmittag erhalten wir Bescheid." In einer Woche gäbe es einen Termin, um den Buben zu untersuchen.

In der Woche darauf fuhr Hugo mit Vera und Paul nach Innsbruck. Paul war begeistert. Mit dem VW Käfer ging die Reise über die Autobahn nach Salzburg und über das deutsche Eck noch nach Kitzbühel. Hier besuchte Hugo seinen Jugendfreund Peppo Kitzberger, der hier einen Hotelbetrieb geerbt hatte. Sie mussten unbedingt eine Nacht in Peppos Hotel verbringen. Er bestand darauf, denn es gab ja so viel zu erzählen.

Paul spielte indessen mit den Kindern von Peppo und dessen Frau Eva. Um 18 Uhr war er so müde, dass er auf der Stelle einschlief. Vera brachte den Buben aufs Zimmer und nach dem Abendessen unternahmen Hugo und Vera noch eine kleine Wanderung um den Schwarzsee. Es war traumhaft, der Wilde Kaiser spiegelte sich im Wasser und es herrschte eine unglaubliche Ruhe an diesem See. Der kleine Moorweg war mit Brettern verstärkt und bei einem Überstieg über einen Viehzaun bot Hugo Vera seine Hand an. Sie lachte, „du, ich kann das schon alleine, aber wenn du schon glaubst, dass ich nicht alleine über den Zaun steigen kann. Es ist sehr galant von dir und so etwas habe ich noch nie erlebt." Dann reichte sie Hugo beide Hände, und ehe sie sich versah, packte er sie um die Hüfte und zog sie an sich. „Willst du mich nicht doch noch loslassen? Wir sind noch nicht drüben. Du weißt, ich kenne einen Befreiungsgriff!" „Eigentlich will ich es darauf ankommen lassen", meinte Hugo. „Ich lasse dich erst los, wenn ich einen Kuss von dir kriege." „Warum eigentlich nicht, ich habe schon jahrelang nur einen kleinen Jungen geküsst." „So, so, da habe ich aber schon andere Dinge gehört", meinte Hugo. Dann näherten sich ihre Gesichter und Hugo hatte schon wieder nicht bemerkt, dass sie ihm ein Bein gestellt hatte. Als sich ihre Lippen berührten, stolperte er über die kleine Steighilfe. Er ließ sie aber nicht los und so fielen sie Hals über Kopf in das schlammige Moor. Es war ein weiches, aber nasses Nest. Doch davon bemerkten beide eine halbe Stunde oder längere Zeit nichts. Sie hatten für kurze Zeit Veras Söhnchen vergessen.

Als sie ins Hotel kamen, war es schon dunkel. Peppo Kitzberger erwartete die beiden schon und sagte Vera, dass Paul heute Nacht bei seinen beiden Kindern im Zimmer schlief. „Er stand plötzlich vor der Rezeption und dann ist er mit meinen Buben in ihr Zimmer schlafen gegangen. Er hat euch nicht vermisst. Deine Freundin ist ja ganz nass, wo wart ihr beiden denn?" Und dann verschwand Peppo plötzlich in die Rezeption, da das Telefon läutete. Vor Veras Zimmer küssten sich beide noch einmal leidenschaftlich. „Ich muss noch in die Badewanne, dann komme ich noch zu dir", flüsterte sie Hugo ins Ohr. Hugos Erektion war unübersehbar.

Paul wurde in Innsbruck untersucht und Dr. Perc schlug vor, den Buben in den nächsten Tagen zu operieren. Vera nahm sich die gesamte Woche frei und konnte bei Paul im Zimmer schlafen. Hugo fuhr jedoch sofort wieder nach Baden. Für ihn hatte sich eine neue Zeitrechnung aufgetan. Er war einfach glücklich.

Am nächsten Tag im Büro sah Perc, dass ihm Vera die Unterlagen über den Verkehrsunfall von Ingenieur Schwarz im Helenental bereits in den Safe gelegt hatte. Perc nahm die Unterlagen zu sich auf den Schreibtisch und begann darin zu blättern. Er überprüfte die Fotos und den Bericht des Verkehrsunfallkommandos. Dann packte er die Unterlagen zusammen und fuhr Richtung Helenental. Es war ein bewölkter Sommertag und Perc fuhr zuerst nach Stift Heiligenkreuz. Einer seiner Schulkollegen verbrachte hier einige Tage zur inneren Sammlung der Gedanken in einer Mönchszelle. Als er in die Einfahrt einschwenken wollte, überlegte er sich es jedoch anders und fuhr wieder zurück in das Helenental.

In Gedanken verfolgte er den Bericht der Polizei und erreichte jene Gerade, auf der der Wagen von Schwarz über die linke Fahrbahn geraten war. Perc stellte seinen VW neben der Straße ab und ging die gesamte lange Gerade zu Fuß entlang. Die Straße war gut asphaltiert und am Tag des Unfalls hatte es weder Sturm noch Regen gegeben.

Kein Autofahrer weit und breit hatte etwas von einem Unfall bemerkt. Perc blieb stehen, setzte sich auf einen Begrenzungsstein und las den Polizeibericht noch einmal durch. Eine Zeugin hatte ausgesagt, dass sie, während sie ihre Fenster in ihrem Haus gereinigt hatte, einen kleinen Wagen vorbeifahren sah. Der Wagen sei jedoch nach der Kurve nicht mehr zu sehen gewesen. Doch war ihr aufgefallen, dass der Motor eines zweiten Wagens plötzlich aufgeheult hatte und sie hatte ein Geräusch gehört, wie wenn ein Autoreifen mit großer Kraft vom Schotter losgefahren sei. Sie hatte dann Reifen quietschen hören, aber dies war ja auf dieser Strecke nichts Besonderes und sie hatte dem Ganzen keine große Bedeutung zugemessen. Außerdem seien an diesem Tag die Fenster total schmutzig gewesen, sodass sie keine weitere Zeit damit verlor Überlegungen anzustellen.

Perc ging nun die Straße zuerst an der rechten Seite entlang. Er suchte etwas, wusste allerdings nicht, was. Es gab keine Unregelmäßigkeiten. Die Begrenzungspfosten waren in Ordnung.

Das Straßenbankett war außer einer Schleifspur nicht beschädigt. Dies konnte von vielen Fahrzeugen herrühren. Auch im neben der Straße verlaufenden Graben konnte er nichts entdecken. Dann wechselte er die Straßenseite und ging am Ende der Geraden ganz langsam wieder zurück. Plötzlich sah er an einem der Begrenzungspfähle, der allerdings leicht eingeknickt war, dass das Katzenauge fehlte. Es lag etwa drei Meter unterhalb im Gras. Niemand hatte dies bemerkt und den Pfahl repariert. Perc fotografierte alles. Dieses Katzenauge war scheinbar vom

Wagen des Ingenieur Schwarz abgeschlagen worden, als er die Böschung heruntergestürzt war. Er nahm es mit. Hier waren noch tiefe Spuren des Unfalls zu erkennen. Dann schob er den beschädigten Überzug des Pfahls herunter und ging weiter. Nach etwa zehn Metern entdeckte er am Bankett den abgebrochenen rechten Teil einer Zierleiste. Er hob diese auf, steckte sie zu dem Beutel mit dem Katzenauge und suchte die Stelle noch weiter ab, es war aber nichts mehr zu finden.

Perc fuhr sofort zur Polizeistation nach Baden. Die Beamten kannten ihn bereits. Dem diensthabenden Polizisten erklärte er kurz den Sachverhalt und nach einigen Minuten brachte ihm dieser einige Utensilien, die die Unfallkommission am Unfallort sichergestellt hatte. Darunter war auch der zweite Teil der Zierleiste, und der passte genau zu dem von Perc gefundenen.

„Ich muss diesen Gegenstand morgen im Labor untersuchen lassen." Er bestätigte die Übernahme und fuhr in sein Büro.

Dann rief er Vera in Innsbruck an und erkundigte sich nach Paul.

„Hugo, er wird morgen operiert. Ich bin sehr nervös, aber Paul nimmt es sehr interessiert, er ist tapfer und er sagt, er sei ja ein Mann wie du und ich solle mir keine Sorgen machen. Dein Flugzeug hängt über seinem Bett und in der Nacht will er den Flieger sogar ins Bett herunterfliegen lassen. Mittlerweile ist er auch bei den Schwestern sehr beliebt … Liebst du mich noch immer oder war es nur ein Strohfeuer?" „Hallo, Vera, es war leider nur ein Strohfeuer, leider, leider, aber ich glaube, es wird ein Flächenbrand! Ich liebe dich doch auch und du rufst mich morgen sofort an, wenn es etwas Neues gibt. Auch ich bin heute ganz gut vorangekommen. Ich werde heute noch alles auf Band diktieren und dir morgen dann alles erzählen. Ich liebe dich!"

Am nächsten Tag kam der Bericht des Labors über die beschädigten Zierleisten. Man hatte eruiert, dass es die Zierleisten eines Wagens der Marke Mercedes E 230 älteren Baujahrs waren. Eine beigefarbene Lackspur auf der Zierleiste wies ferner auf die wahrscheinliche Farbe des Wagens hin. Das war ja ein Treffer. Perc rief in der Zulassungsstelle für Kfz an und gab der Beamtin am Telefon die Informationen durch. „Ich komme in einer halben Stunde selbst bei Ihnen vorbei und hole mir die Daten ab." „Ob ich das in einer halben Stunde schaffe, kann ich Ihnen nicht sagen, Herr Kriminalhauptkommissar, aber ich reiß mir für Sie eine Haxe aus. Sie waren ja schon immer ungeduldig!" „Da haben Sie recht", und er dachte gar nicht mehr weiter über ihre Worte nach.

Perc schwang sich jedoch sofort in seinen VW und fuhr zur Kfz-Zulassungsstelle. Er war wesentlich früher dort, als er angekündigt hatte. Die Beamtin war noch nicht in ihrem Büro. Perc trommelte ungeduldig auf ihren Schreibtisch, als nach einer Viertelstunde die junge Polizeibeamtin erschien. „Herr Kriminalhauptkommissar, ich musste ja erst diverse Suchläufe starten. Sind Sie doch nicht so ungeduldig. Sonst lasse ich Sie noch ein bisschen länger schmoren", meinte sie lächelnd. Perc riss sich endlich am Riemen und kam von seiner Ungeduld herunter. „Entschuldigen Sie, ich bin wirklich unmöglich." Dann griff er in die Seitentasche seines Aktenkoffers und beförderte aus einer Schutzhülle eine mit dunkelbrauner Schokolade überzogene Schwedenbombe heraus. Er schob sie der Polizeibeamtin über den Schreibtisch. „Etwas Süßes für etwas sehr Süßes! Verzeihen Sie mir?"

„Geh, Oida, kennst du mich nicht mehr? Wir haben doch gemeinsam maturiert in Mödling." Dann dämmerte es ihm endlich. „Ja, du bist ja die Kranzbichler Sylvia. Du warst ja immer unser Musikgenie. Wir waren ja alle in dich verliebt. Spielst du noch immer so wunderbar Geige?" „Na ja", meinte sie. „Ich übe zu wenig, aber ich spiele jeden Freitag mit meiner etwas anderen Schrammelgang beim Heurigen. Stell dir vor, meine Oma hat voriges Jahr am Dachboden eine Geige gefunden. Die hat sie mir natürlich geschenkt." „Du, Mädel, ich brauche dringend die Halter der Fahrzeuge." „Sei nicht so ungeduldig. Du kriegst sie schon. Stell dir vor, es ist anscheinend eine original Leonardo-Geige." „Wenn es nämlich stimmt, bin ich eine gute Partie. Was hältst du davon? Bist du an einer guten Partie interessiert?" „Ja, sehr", antwortete Hugo. „Aber alles nach der Reihe", und lachte dröhnend. „Ich werde meine Freundin fragen."

Dann gab sie ihm fröhlich lachend die Liste mit den Fahrzeughaltern. „Im Raum Perchtoldsdorf, Brunn am Gebirge und Umgebung gibt es drei Fahrzeuge dieser Klasse und dieses Baujahres und dieser beigen Farbe. Die Adressen der Halter stehen dabei." Perc stand auf, trat auf Sylvia zu und umarmte sie kameradschaftlich. „Das ist heute wahrlich ein toller Tag. Danke dir, Sylvia, für deine Hilfe! Wir sehen uns sicher bald beim Heurigen. Ich melde mich bei dir, wenn ich etwas über einen Geigenbauer ‚Leonardo' erfahren habe."

Die Polizeibeamtin hatte ihm sogar die Telefonnummern der Halter dazugeschrieben. Perc fuhr in sein Büro und klemmte sich hinter das Telefon.

Die beiden ersten angerufenen Fahrzeugbesitzer waren sehr freundliche Wiener Pensionisten. Sie hatten an ihrem Wagen, da er ja immer persönlich gewaschen und gepflegt wurde, keine Beschädigungen bemerkt.

Bei der dritten Nummer meldete sich eine Frau Dr. Isolde Hingsamer, und Perc stellte sich in seiner höflichen Art bei ihr vor.

„Herr Kriminalhauptkommissar, Sie haben aber eine sehr angenehme Stimme", meinte Frau Dr. Hingsamer. „Ich bin etwas überrascht, dass sich die Polizei nun doch bei mir meldet. Es ist eine etwas längere Geschichte, wollen Sie nicht doch auf einen Sprung bei mir vorbeikommen? Ich habe einen frischen Apfelstrudel im Rohr und mein Sohn kommt erst am Abend nach Hause."

Seine Leibspeise hatte diese gute Frau im Rohr, Perc machte einen Luftsprung. „Frau Doktor, ich kann um 15 Uhr bei Ihnen sein. Passt Ihnen dieser Zeitpunkt?" „Sehr gerne, wenn Sie so gut ausschauen wie Sie eine Stimme haben, freue ich mich darauf." Perc meinte: „Gnädige Frau, ich werde mich vorher noch in einen Schönheitssalon begeben. Wichtig ist aber auch, dass Ihre Türen hoch genug sind, wenn ich bei Ihnen erscheine, denn ich bin ein Riese! Also, bis Nachmittag!"

Um Punkt 15 Uhr fuhr er vor dem Haus von Frau Dr. Isolde Hingsamer vor. Die Dame, so um die fünfundsiebzig Jahre alt, stand schon in der Eingangstür.

„Ich liebe pünktliche junge Männer", meinte sie. „Mein Sohn ist da ganz anders, er ist schlampig, lässt alles liegen und hat nicht einmal eine Freundin. Aber essen kann er wie ein Holzfäller, und seit mein Mann vor zwei Jahren starb, ist er auch in meinem Garten keine allzu große Stütze. Kommen Sie herein." Perc übergab ihr einen kleinen Blumenstrauß. Seine psychologischen Fähigkeiten und sein Charme waren ihm angeboren. Die Dame war verzaubert. „Ich habe Sie mir am Telefon ungefähr so vorgestellt. Ein bisschen vorlaut, aber nicht unsympathisch."

Sie führte ihn auf die Terrasse ihres schönen Hauses und Perc konnte über den herrlichen Garten in den Wienerwald schauen und nur staunen. Dann servierte sie den Kaffee, Schlagobers und den besten noch warmen Wiener Apfelstrudel ohne Vanillesoße, den er jemals gegessen hatte. Es blieb nicht bei einem Stück. Ein drittes war nicht mehr möglich, aber sie stand auf und kam wieder mit einer Folie zurück, in die sie ihm ein weiteres Stück für zu Hause einpackte. Dann begann sie ihm ihr Erlebnis zu erzählen.

Sie hatte an diesem besagten Tag ihren Wagen am Parkplatz der Schnellbahnstation in Perchtoldsdorf abgestellt, um mit dem Zug nach Wien zu ihrer Freundin zu fahren. Sie übernachtete bei ihr in Wien, da sie beide noch am Abend in die Oper gingen. Am nächsten Nachmittag kam sie zu ihrem Wagen, öffnete die Fahrertür und bemerkte einen unangenehmen Geruch. Sie überlegte, ob sie nicht vielleicht in ein Hundehäufchen getreten war, und kontrollierte zu Hause ihre Schuhe. Es war aber alles in Ordnung. Am nächsten Tag wollte sie in die Shopping-City einkaufen fahren. Der Geruch im Wagen war aber nicht auszuhalten und sie untersuchte den Innenraum. Am Rücksitz fand sie einen dunklen Fleck mit Speiseresten und ein Büschel schwarze, wahrscheinlich Hunde- oder Katzenhaare. Als sie um den Wagen herumging, entdeckte sie, dass der rechte Kotflügel ziemlich eingedrückt war und die Zierleiste fehlte. Sie fuhr jedoch dann einkaufen und rief am Nachmittag ihre Freundin an, die Tierärztin war. „Hast du die Fenster offen gelassen, sodass vielleicht eine Katze hineinkonnte?" „Nein, der Wagen war total versperrt. Ich schaue mir das an, das interessiert mich." Die Tierärztin kam, sammelte eine Probe der Reste und nahm das Haarbüschel ebenfalls in ihre Ordination mit. „Am Abend rief sie mich dann an. ‚Du, es ist eindeutig gespienes Hundefutter und die Haare stammen von einem ungarischen Hirtenhund.‘ Am Montag fuhr ich zur Polizei und machte meine Anzeige.

‚Ein ziemlich arger Schaden‘, schüttelte der Beamte den Kopf, ‚und Sie behaupten, dass es Fremdverschulden war?‘ ‚Ja, was denn sonst?‘, sagte ich. ‚Na ja, viele fahren ja selbst irgendwo an und wir müssen alles ins Protokoll schreiben. Ob es wahr ist oder nicht, können wir ja nicht sofort feststellen. Außerdem kommen sie erst drei Tage später, da kann viel passiert sein. Die Versicherungen wollen ja alles genau wissen‘, meinte er achselzuckend, ‚und wir tappen im Dunkeln.‘ Ich bin dann ziemlich frustriert nach Hause gefahren. Wollen Sie den Wagen sehen?" Perc fotografierte den Kotflügel. Der Fleck am Rücksitz war gereinigt und es roch nach Parfum im Innenraum. „Frau Dr. Hingsamer, glauben Sie, dass Ihre Tierarztfreundin die Hundehaare noch hat?" „Ich werde sie fragen", war ihre Antwort.

Dann hatte es Perc eilig, er bedankte sich und versprach sich um die Sache zu kümmern. Frau Dr. Isolde Hingsamer winkte ihm bis zur Kurve nach. „Sie ist auch eine tolle Frau, aber die tollen Frauen sind ja alle verheiratet oder schon zu alt oder alte Witwen." Das wurde ihm heute klar. Dann dachte er an Vera und es wurde ihm heiß. Vielleicht hatte auch er endlich das große Los gezogen?

Er fuhr in sein Büro und diktierte alles auf Band. Es war ziemlich klar, dass dies der Wagen war, der Schwarz touchiert hatte, wobei er sein Leben verloren hatte.

War es tatsächlich ein Unfall oder steckte etwas anderes dahinter? Wer war der Fahrer? Wie kam dieser Wagen ins Helenental? Was sollten die Hundehaare und das Gespiene des Hundes am Sitz? Fragen über Fragen. Dann fiel ihm plötzlich etwas ganz anderes ein. Was hatte heute seine Kollegin aus der Maturaklasse gesagt? Sie habe eine Geige mit einem Geigenzettel, auf dem der Name *Leonardo* stand. Der berühmte Geigenbauer Leonardo hieß doch auch mit Nachnamen Goff, wie er mittlerweile erfahren hatte. Wo hatte er diesen Namen schon gehört? Es fiel ihm nicht sofort ein. Aber dann machte es Klick, ja, den Namen des neuen EDV-Chefs in der Firma hatte doch die Sekretärin Frau Schneider genannt. Sie sagte: „Herr Johann Goff, der mit dem beißenden Köter." Ein reiner Zufall und er hakte die Sache ab. Das war sein Fehler!

Zwei Monate später. Der Tote war noch immer nicht gefunden und ein wahrscheinlicher Mörder weit und breit nicht zu sehen. In der Sache Schwarz kam er nicht weiter und er legte sie zu den ungeklärten Autounfällen. Auf dem Schreibtisch lag schon ein neuer Fall einer unbekannten toten Frau. Perc begann sofort zu ermitteln.

Am nächsten Tag erhielt er einen Anruf von Oberst Jakubetz.

„Hugo, du musst sofort zu mir ins Präsidium kommen." Als er in das Büro eintrat, kam ihm sein Chef schon entgegen. „Hugo, wie geht's dir?", begann er freundlich. Leider waren ja noch keine Ergebnisse in den beiden Fällen zu melden. „Ich muss dir mitteilen, dass ich ab nächsten Monat die Abteilung abgeben werde. Meine Frau will wieder unbedingt nach Kärnten an den Wörthersee und ich habe mich auf einen hoffentlich ruhigeren Posten nach Klagenfurt versetzen lassen. Mein Nachfolger wird dich nächste Woche über deine weiteren Aufgaben instruieren. Vielleicht kannst du auch in Baden bleiben. Ich habe ihm selbstverständlich über deine Fähigkeiten berichtet. Es tut mir leid, dass wir nicht weiter miteinander arbeiten können. Es gibt so viel zu tun in Wien und Niederösterreich, wofür du der richtige Mann bist."

Perc war sehr niedergeschlagen, denn er ahnte, dass er wieder in einem Team verschiedenster Kollegen mitarbeiten sollte. Er fuhr nach Baden und erzählte die Sache Vera. Sie beruhigte ihn: „Es wird schon nicht so schlimm werden." „Gott sei Dank geht es Paul wieder gut und am Wochenende starten wir drei zusammen auf die Rax. Dort kenne ich ein paar Plätze, an denen es eine super Thermik gib. Paul kann dann erstmals eine einfache Fernsteuerung bedienen." „Du bist ein Schatz", kam Vera zu ihm herüber und umarmte ihn.

Nach vierzehn Tagen hatte Perc erstmals eine Erfolgsmeldung ins Präsidium schicken können. Die Leiche der verschwundenen Frau war gefunden worden und anhand Perc Ermittlungen wurde der Lebensgefährte der Frau als Täter überführt. Eine Reaktion von seinem neuen Chef blieb nicht lange aus. Der Chef war selbst am Apparat und teilte ihm kurz mit, dass er am Nachmittag um 14 Uhr bei ihm im Büro in Baden sein würde.

Um Punkt 14 Uhr stolzierte der fünfundfünfzigjährige kleingewachsene Pfau ins Büro und begann sofort. „Herr Kriminalhauptkommissar, in den letzten drei Monaten haben Sie sage und schreibe nur einen ganz einfachen Fall aufgeklärt. Dafür hat Ihnen mein Vorgänger ein komfortables Büro, eine Assistentin und einen Dienstwagen zur Verfügung gestellt. Warum mein Vorgänger Ihre Tätigkeit so wichtig genommen hat, ist mir nicht erklärlich. Sie werden verstehen, dass ich das so nicht stehen lassen kann. Das Büro wird in drei Monaten aufgelassen, so lange dauert der Mietvertrag, und Sie treten wieder Ihren Dienst in Wien an. Frau Sax wird dem zuständigen Kommissariat in Baden zugeteilt, es besteht aber auch die Möglichkeit, dass sie beim Mobilen Einsatzkommando (MEK) in der Ausbildung tätig wird. Frau Sax, Sie können sich entscheiden, geben Sie mir bis Freitag Bescheid." Dann sagte er noch: „Sie haben sich aber hier ein gemütliches Nestchen hergerichtet. Vielleicht war es zu gemütlich. Hier gebe ich Ihnen die Unterlagen für einen neuen Fall. Lesen Sie bitte alles durch und geben Sie mir ehest einen Bericht. Bei uns pfeift ein anderer Wind." „Na dann, in Wien pfeift immer der Wind!", meinte Perc. „Was haben Sie gesagt?", raunzte der Pfau. „Dass heute der Wind pfeift." „Aha, also auf wiedersehen, ich höre von Ihnen", und weg war der eitle Vogel.

Am Mittwoch waren Hugo und Vera im Büro, als der Alarm per Funk eintraf. Der Beamte des Kommissariats Baden, Major Ribitsch, informierte Perc, dass in der Nähe von Traiskirchen zwei Beamte bei einem Schusswechsel mit einer bis dato unbekannten Person ums Leben gekommen waren. „Wir brauchen Sie beide dringend, da ja auch Frau Sax eine Ausbildung als Scharfschützin besitzt. Wir holen Sie in ein paar Minuten mit dem Alarm-Equipment ab und fahren mit Ihnen an den Tatort. Dieser wurde bereits abgeriegelt, da der Täter nach wie vor auf unsere Beamten feuert."

Perc und Vera zogen sofort ihre Einsatzbekleidung an und warteten in ihrem VW Käfer vor dem Haus auf die Kollegen. Minuten später war das Einsatzhorn mehrerer Polizeiautos zu hören. Nach einer kurzen Aussprache mit dem Kommandanten der Einsatztruppe übergab dieser Vera das Scharfschützengewehr. Major Ribitsch nahm auf dem Rücksitz des VW Käfer Platz. Während Vera das Gewehr überprüfte und anschließend mit einer Spezialpatrone lud, jagte die Kolonne der drei Fahrzeuge Richtung Traiskirchen. Während der Fahrt erhielt Major Ribitsch über Funk die Lagesituation. Zwei Beamte waren tot und drei Gendarmen lagen am Ende einer Lichtung in einem Straßengraben. Sie waren nur mit Revolvern, einem Schnellfeuergewehr und dem Funkgerät ausgerüstet. Im Funkgerät konnte man hören, dass sie von dem Schützen immer wieder unter Feuer genommen wurden. Mittlerweile traf auch eine Meldung ein, dass es sich bei dem Schützen um einen Jäger handelte, circa fünfundvierzig Jahre alt, der in Scheidung lebte. Das Haus des Mannes war inzwischen von einer anderen Einheit gestürmt worden. Man hatte ein komplettes Arsenal an Waffen unterschiedlichster Art gefunden. Auch war ein Abschiedsbrief gefunden worden, in dem der Mann niederschrieb, dass er aus dem Leben scheiden werde und jeden in den Tod mitnehme, der versuche ihn aufzuhalten. Seinen Schäferhund hatte er bereits erschossen zurückgelassen.

Mittlerweile hatten sie die geschotterte Straße erreicht und hielten an. Vera meinte noch: „Haben Sie das MEK angefordert?", doch der Offizier gab zur Antwort: „Die brauchen wir nicht, das dauert zu lange. Das können wir selbst erledigen." Major Ribitsch war als sehr ehrgeiziger Polizeibeamter bekannt. Er wollte die Angelegenheit unbedingt lösen. In diesem Augenblick sahen sie einen Gendarmen, der aus dem Graben auf die Straße kroch und sein Gewehr in Anschlag brachte. Vera rief noch: „Bleib in deiner Deckung!" Aber es war zu spät, der Beamte hörte die Warnung nicht mehr, ein Schuss krachte und traf ihn mitten in den Kopf.

Perc hörte noch, wie Vera keuchend ausrief: „Dieses Schwein! Hugo, öffne das Verdeck und lass die Frontscheibe herunter!", schrie Vera. „Bist du wahnsinnig!", rief Perc, und dann schrie er den Major an: „Funken Sie endlich an das MEK. Wir können das nicht alleine lösen." Der Major ignorierte jedoch Perc und sagte: „Herr Kriminalhauptkommissar, ich befehle Ihnen, das Verdeck und die Frontscheibe zu öffnen. Der Wagen hat eine Zielvorrichtung und die wird jetzt eingesetzt. Haben Sie verstanden, Herr Oberinspektor, oder wollen Sie sich meinem Befehl widersetzen?" Perc hechtete aus dem Wagen, riss das Verdeck herunter und legte die Frontscheibe um. Vera hatte bereits die Zielvorrichtung eingestellt und das Gewehr in Anschlag gebracht.

Perc schrie den Major an: „Sie sind wahnsinnig, wir schaffen das nicht alleine. Ich bringe Sie vor den Richter!" Ehe Perc etwas unternehmen konnte, zog der Major seine Waffe und forderte Perc auf, vom Wagen zurückzutreten. Dann klemmte sich der Major hinter das Lenkrad. Er hatte aber nicht mit der Schnelligkeit von Perc gerechnet, als ihn dieser von der Seite her ansprang und ihm den Arm auf den Rücken riss. Die Pistole fiel auf die Straße. Der Major wurde aus dem Wagen katapultiert und Perc traf ihn mit einem gezielten Schlag gegen den Hals, der dem Major das Bewusstsein raubte.

Plötzlich wechselte Vera auf den Fahrersitz und fuhr mit dem Wagen auf der Straße an das Ende der Lichtung. Perc sah ihr fassungslos nach. Laut schreiend rannte er ihr hinterher, immer wieder brüllend: „Vera, lass das! Es ist Wahnsinn, der Kerl ist ein Profischütze!" Er sah noch, wie sie den Wagen anhielt, das Gewehr anlegte, und dann drehte sich in seinem Kopf alles durcheinander. Er hatte den Wagen fast erreicht, als er den Abschuss hörte, er riss die Fahrertür auf und das Letzte, was er sah, waren nur mehr die Reste von Veras Kopf. Ihr Körper fiel auf seine Seite. Instinktiv ließ er sich aus dem Wagen fallen, doch die nächste Kugel jagte in den Motorraum des Wagens. Das abprallende Geschoss durchschlug seinen Oberkörper. Er hörte nur noch das Rattern der Hubschrauber des MEK, dann verlor er vor Schmerz die Besinnung.

Ein Jahr später

Hugo Perc hatte die Verletzung überstanden und war nach einigen Wochen Rehabilitation wieder auf einem Posten im Polizeipräsidium eingeteilt. Ein Verfahren gegen ihn wurde eingestellt und der damalige verantwortliche Polizeioffizier in die Provinz in ein Strafamt versetzt.

Die Arbeit im Präsidium war so, wie es sich Perc vorgestellt hatte. Eine Fülle von Akten, diverse Verhaftungen und diverse Mordfälle im Sandler- und Prostituierten-Milieu waren zu bearbeiten. Seine Kollegen beobachteten ihn immer wieder mit Argusaugen und ließen ihn am Anfang seiner Tätigkeit in Ruhe. Erst mit Fortdauer seiner Anwesenheit und seinen Gewohnheiten, sich entschieden von allen Festivitäten der Kollegen abzuschotten, begannen sie ihn wieder zu mobben. Aber Perc war dies gewohnt, er beachtete die Kollegen so wenig wie möglich. Er konnte verschiedene Fälle lösen und im Laufe der Zeit akzeptierten sie seine Marotten. Er hatte den Bereich abgesteckt, den er für wichtig hielt. Sein Chef wurde ebenfalls wieder abgelöst und somit hatte er mit dem Neuen, der ihn langsam zu schätzen begann, seine Ruhe.

Freitagnachmittag war Amtsschluss und er fuhr in seine Wohnung nach Mödling. Er hatte Veras Sohn Paul versprochen mit ihm und seiner Oma, bei der Paul nun lebte, zu einem Trabrennen in Baden zu fahren. Seit dem Tod von Vera hatte er sich sehr um den kleinen Paul gekümmert. Hugo entdeckte plötzlich Eigenschaften an sich, die er vorher nichtgekannt hatte.

Es waren wöchentlich drei fixe Termine vereinbart, an denen er den Buben in den Kindergarten brachte oder mit ihm Ausflüge nach Wien in den Prater oder in den Wienerwald machte. Paul überwand dadurch seine Traurigkeit etwas besser und sein Verhältnis zu Hugo wurde immer schöner. Hugo hatte auch seinen Kontakt zu seinem Partner gelöst. Er brauchte sehr lange, um über den Tod von Vera hinwegzukommen. In stillen Augenblicken, wenn er an sie dachte, musste er weinen.

Er meldete Paul in der Volksschule an, Paul wollte unbedingt, dass er und seine Oma mitkamen. Dann wurde die Mutter von Vera krank und musste ins Krankenhaus. Perc nahm Paul in der Zeit des Krankenhausaufenthaltes bei sich auf und Paul war begeistert. Mittlerweile hatte sich Hugo ja ein kleines Haus gekauft.

Ein Keller voll mit Flugmodellen, Schiffsmodellen und einer elektrischen Eisenbahn und ein eigenes Zimmer, indem er sich häuslich einrichten konnte. Am Wochenende durfte Paul hier übernachten, und wenn sie beide nichts im Freien unternehmen konnten, durfte er bis spät in der Nacht spielen. Bei schönem Wetter machten sie Ausflüge mit Veras Mutter ins Burgenland und in die herrliche nähere Umgebung. Einmal in der Woche besuchten sie das Grab von Vera, und wenn Hugo traurig wurde, war Paul derjenige, der Hugo immer wieder tröstete, ihm neuen Mut gab und ihn sofort auf andere Gedanken brachte. Es gab so viel zu entdecken. Für den Buben hatte die Zukunft ja erst begonnen und für Hugo gab es einen neuen Lebensinhalt. Er wollte den Buben begleiten und fördern, so gut er konnte. Zu seiner eigenen Mutter hatte er nur mehr wenig Kontakt, da sie ja endlich auch einen Partner gefunden hatte, den sie verwöhnte, gängelte und dem sie bis zum Erbrechen ihren Willen aufzwang.

Hugo begann, was er selbst nie für möglich gehalten hatte, zu kochen und für Paul und sich Lieblingsspeisen auszuprobieren. Paul schmeckte alles ausgezeichnet, da er nicht unbedingt, so wie bei seiner Oma, alles bis zum letzten Rest essen musste, da ja sonst das Wetter schlecht würde, wie sie immer mit erhobenem Zeigefinger kundtat.

Perc übernahm die Vaterrolle für Paul. Er hatte ja neben seinem geregelten Polizeidienst genügend Zeit, sich um den Buben zu kümmern. Perc hatte keine weiteren Ambitionen, in seiner Laufbahn höher aufzusteigen, obwohl es einige Möglichkeiten gegeben hätte.

Die Jahre vergingen und Paul war ein kluger Schüler. Er bestand die Matura mit Bravour. Vom Militärdienst war er befreit und studierte sofort Psychologie. Er war ein tüchtiger junger Mann geworden. Jede Woche traf er sich mit Hugo Perc, und da ihn die Arbeit des Kommissars schon immer interessierte, diskutierte er mit ihm heikle Fälle. Nach verschiedenen Reisen in die ganze Welt, die ihm Hugo finanzierte, war er mit vierundzwanzig Jahren mit seinen Studien fertig und begann eine Laufbahn als Polizeiprofiler. Er ging nach Amerika und in die BRD und konnte Erfahrungen sammeln, die ihn auch zu einem gefragten Polizeipsychologen machten. Hugo war sehr stolz auf den Burschen, da dieser etwas erreicht hatte und auch sein Anteil daran ja nicht unwesentlich war.

Ein Jahr vor dem Ende seiner Polizeilaufbahn kam für Perc die Nachricht, dass die Möglichkeit bestand, vorzeitig in den Ruhestand zu gehen. Zuerst war er wie vor den Kopf geschlagen, doch nach einigen Tagen des Überlegens hatte er sich bereits gefangen. Er erkannte, dass sein weiteres Leben nicht nur aus dem Polizeidienst bestand. Denn er wollte nun doch auch einige lang verschobene Reisen unternehmen.

Außerdem teilte ihm sein Chef mit, dass er mit sofortiger Wirkung in eine noch höhere Gehaltsstufe befördert würde. Dies wirkte sich natürlich auch auf deine Pensionshöhe aus. „Greif zu, Hugo, du hast genug für den Staat geleistet."

Einen Monat später war er bereits ein relativ junger Pensionist mit einer ganz ansehnlichen Pension. Die Abschiedsfeier war von den Kollegen toll organisiert und die Polizeimusik spielte auch. Doch an einigen Kolleginnen, die ihm auch ein Ständchen brachten und ihm schöne Augen machten, hatte er nach wie vor kein Interesse. Auch einige Besitzer von Bordellen mit ihren Damen erwiesen ihm ihre Reverenz. Sie waren froh, dass dieser unbestechliche Kieberer nun endlich weg war. Nach der Festivität mussten ihn seine Kollegen mit Folgeton und Blaulicht verbotenerweise nach Mödling bringen, da er rettungslos besoffen war.

Es war bereits Anfang Oktober, als Hugo Perc in seinem Arbeitszimmer aufräumte und stöberte. Er hatte in seiner Wohnung ja noch immer Akten über ungeklärte Verbrechen aufbewahrt. Früher hatte er bereits öfter begonnen, darin zu schmökern, die Unterlagen aber immer wieder zur Seite gelegt. In seiner Laufbahn hatte er bis auf diese wenigen Fälle ja alles erledigt. Vor zwei Jahren hatte er sich über den Polizeicomputer außerdem sämtliche ungeklärte Fälle der letzten drei Jahre herausschreiben lassen.

Doch ein spezieller Fall ging ihm noch immer nicht aus dem Kopf. Es war der ungeklärte Unfall aus dem Jahr 1968 im Helenental und das Verschwinden eines Menschen, der mit dem Fahrer des Unfallwagens zu tun gehabt haben musste. Hier hatte er sich die Zähne ausgebissen. Da war etwas, das ihm keine Ruhe ließ. Er würde den Fall mit Paul besprechen und er griff zum Telefon. Es war der Anrufbeantworter eingeschaltet. Paul würde ihn sicher bald zurückrufen.

Um 22 Uhr läutete das Telefon und Paul war am Apparat.

„Hallo, Hugo, wie geht's dir denn so in der Pension?" „Na ja, nicht schlecht. Ich habe jetzt endlich Zeit, einige alte Fälle zu studieren, und da wäre es mir sehr recht, wenn du einmal bei mir vorbeikommen könntest. Ich glaube, der Fall ist sehr interessant, aber ich habe sicher etwas übersehen. Samstag ist sowieso schlechtes Wetter angesagt. Wie schaut es aus und hättest du Zeit?"

„Ich könnte so ab 16 Uhr bei dir vorbeikommen", meinte Paul. „Ab 19 Uhr würde ich gerne noch zum Heurigen gehen. Dann könntest du mitkommen; ich will dir nämlich endlich meine neue Flamme vorstellen. Ich glaube, es hat mich ganz arg erwischt. Sie hat auch eine sehr aparte Schwester. Vielleicht gefällt sie dir Jungpensionisten, sonst vertrocknest du mir noch in deiner Sammlung alter Kriminalfälle. Ist es dir angenehm, wenn wir sie am Abend mitnehmen?"

„Du hast vollkommen recht, manchmal bin ich schon sehr einsam. Früher hatte ich noch meinen Dienst, da ist es mir nicht so aufgefallen. Also abgemacht, um 16 Uhr bei mir und dann am Abend ab zum Heurigen mit der schönen, aparten Lady."

Pünktlich um 16 Uhr begannen die beiden Kriminalisten den Fall gemeinsam durchzugehen. Paul meinte: „Das ist wirklich eine interessante Sache. Das wird länger dauern. Die Frage scheint mir überhaupt nicht beantwortet zu sein. Da ging es doch wie dir der Freund von Hans Keppel seinerzeit sagte um einen Koffer. Was war in diesem Koffer? Hat er den Koffer übernommen oder nicht?"

„Wir können ihn nicht fragen, er ist ja nicht mehr unter den Lebenden. Vielleicht hat ihm jemand den Koffer wieder abgenommen und ihn dann erschossen?" Hugo meinte: „Du bist ja wirklich ein kluges Kerlchen. Das habe ich noch nicht in Betracht gezogen."

Es war kurz vor 19 Uhr und sie konnten die beiden Damen nicht warten lassen. „Morgen Nachmittag komme ich wieder zu dir und dann klären wir den Fall." „Du bist ein Optimist, Paul." „Ja Gott sei Dank!"

Es wurde ein wunderbarer Abend und Hugo kam ziemlich beschwipst nach Hause. Die Telefonnummer der aparten Lady hatte er schon in der Brieftasche. Im Laufe der Woche wollte er sich bei ihr melden.

Der Sonntagnachmittag war total verregnet, als Paul bei Hugo eintraf. „Heute ist ein idealer Tag für unsere Arbeit an diesem Fall. Es hat mich bereits gepackt und ich habe teilweise nicht geschlafen. Übrigens, die Schwester meiner Freundin ist ganz schön an dir interessiert." „Nun zur Sache, lass mich vorerst zufrieden mit den Weibern", lachte Hugo dröhnend.

„Es ist mir Folgendes durch den Kopf gegangen: Was war in diesem Koffer so Wichtiges? Der Dieb sollte den Koffer aus dem Hause schaffen. Wichtiges aus einer Computeranlage könnten Daten sein. Der wahrscheinliche Dieb hatte wie wir wissen ein Auto Marke Alfa Romeo. Das Auto wurde ja in einem Ziegelteich gefunden."

„Gab es damals schon eine Aufzeichnung einer Überwachungskamera über die ein- und ausfahrenden Autos?" „Ja, sicher, es war eine der ersten Kameras, da die Firma ja ihre Sicherheitsfeatures auf den neuesten Stand bringen wollte. Nicht nur die Garagen und die Eingänge in das Bürogebäude waren ein Sicherheitsproblem, sondern auch die EDV-Anlage. Hier war ja ein Sicherheitsmann mit der Überwachung beauftragt. Der ist ja leider verstorben und kann uns auch nichts mehr sagen."

„Hast du eigentlich die damaligen Filme angesehen?" „Ja, Paul, sehr genau, da die Qualität nicht besonders gut war. Ich konnte nichts entdecken, aber wie gesagt, die Filme sind noch vorhanden. Ich habe die Filmkassette in meinem Safe. Es ist ja alles schon über fünfunddreißig Jahre her." „Okay, wir werden in unserem Labor die Filme genau untersuchen beziehungsweise müssen wir feststellen, ob sie überhaupt noch etwas hergeben. Am Montag werde ich mit meiner neuen Vorgesetzten, Frau Dr. Christa Grabner, sprechen. Sie muss dich wieder für diesen Fall in Dienst stellen. Nur so zu ermitteln, halte ich für vollkommen falsch. Ich glaube, die Angelegenheit ist für dich nicht ganz ungefährlich. Du kannst dann außerdem die Unterstützung der neuen Abteilung für ungeklärte Fälle anfordern."

„Nun, meine weiteren Gedanken will ich dir ebenfalls noch darlegen. Wenn der Mann einen Koffer zu klauen hatte, war etwas Wichtiges in ihm. Was war in diesem Haus so wichtig, dass er dafür zehntausend Schilling erhalten sollte? Wie wir vermuten, könnten es Daten gewesen sein. Wer hätte den Koffer kriegen sollen? Hat ihn der Empfänger abgepasst, um das Geld zu sparen, und dann umgebracht oder derjenige, der den Koffer scheinbar aus der Firma schaffte und für den der Inhalt sehr wichtig war? Der Täter muss eiskalt gewesen sein. Er wollte sich auf keinen Fall den Koffer stehlen lassen." Damit beendeten die beiden ihre sogenannte Nachmittagssitzung, gingen in ein nahes Kaffeehaus und begannen mit zwei Partnern eine Tarockpartie, die bis spät in die Nacht hinein dauerte.

Am nächsten Tag pünktlich um 8 Uhr läutete das Telefon bei Hugo. „Hier spricht Christa Grabner, guten Morgen, Herr Kriminalhauptkommissar." Hugo antwortete: „Guten Morgen, Frau Dr. Grabner. Ich weiß, ich kann es einfach nicht lassen und sie werden mich wahrscheinlich jetzt richtigerweise zur Sau machen."

Frau Dr. Grabner lachte hellauf. „Aber nicht doch, Herr Kriminalhauptkommissar Perc. Es wäre schön, wenn Sie Zeit hätten und zu mir ins Präsidium kommen könnten. Wir können Sie auch abholen und wieder nach Hause fahren. Paul hat mir schon gesagt, dass Sie sehr gebrechlich tun, aber mit einem hinterlistigen Humor ausgestattet sind. Was ist, hätten Sie morgen Nachmittag Zeit?" Hugo war von den Socken. „Selbstverständlich, Frau Dr. Grabner." „„Herr Perc, bezüglich meines Titels – ich will ihn nie mehr von Ihnen hören. Von Ihnen nicht, Herr Perc. Von anderen schon. Wir holen Sie um 13 Uhr ab." „Ich werde startklar sein", antwortete Hugo.

Am nächsten Tag um 14 Uhr lieferte der Funkstreifenwagen Perc in der Polizeidirektion ab. Der Beamte am Eingang erkannte ihn sofort. „Herr Kriminalhauptkommissar, wie geht es Ihnen in der Pension? Sie schauen ja blendend aus. Ich habe noch ein paar Jährchen vor mir, aber ich liebe ebenfalls meinen Beruf sehr. Sie werden schon erwartet. Bitte kommen Sie. Das Büro von Frau Dr. Christa Grabner ist im obersten Stockwerk des Gebäudes. Sie können mit dem Lift hinauffahren. Die Aussicht auf das wunderbare Wien ist dort oben einfach umwerfend."

Als Hugo aus dem Lift ausstieg, sah er die bereits geöffnete weiße Doppeltüre. Eine aparte Dame so um die fünfundvierzig ging auf Perc zu und gab ihm ihre angenehm warme Hand. „Ich freue mich sehr, einen so erfolgreichen ehemaligen Kollegen zu sehen. Ich bin erst seit Kurzem von Innsbruck nach Wien versetzt worden und man hat mich hier ins kalte Wasser geworfen, wie man so schön sagt. Sie wissen, eine Frau in dieser Position ist sehr ungewöhnlich. Das ist normalerweise eine Männerhochburg, und was für eine Festung, das kann ich Ihnen sagen. Aber in den letzten drei Monaten hat sich die Stimmung entscheidend zu meinen Gunsten verändert. Die Kolleginnen beginnen mich zu akzeptieren, lieben müssen sie mich allerdings deswegen auch nicht."

Perc war überrascht. Das Büro unterschied sich in der Möblierung wesentlich von dem des ehemaligen Vorgängers. Es war eigentlich wie das Wohnzimmer einer Familie eingerichtet. Auf dem Schreibtisch waren Fotos von zwei jungen Männern und von einem circa zwölfjährigen Mädchen. Als sie seinen interessierten Blick sah, sagte sie: „Das sind meine drei Kinder. Meinen Mann habe ich vor sechs Jahren bei einem Autounfall verloren. Dieses Bild steht daneben. Paul hat mir alles über Sie erzählt", Hugo. Perc wurde verlegen. „Das hätte er nicht tun sollen. Aber so ist er halt. Er war schon immer vorlaut und ein wichtigtuerisches Kind. Aber er war ja eigentlich mein Kind. Zu einem eigenen habe ich es leider nicht gebracht."

„Herr Kriminalhauptkommissar", und dann wurde sie wieder dienstlich, „ich habe mit ihm über den Fall gesprochen und ich würde Sie wieder für die Zeit der Recherchen in den Dienst stellen. Mit allen Ansprüchen und Versicherungen. Wären Sie damit einverstanden? Sie sind nur mir verantwortlich, hier ist meine private Nummer, da bin ich immer zu erreichen. Sollten Sie technisches Equipment oder das MEK benötigen, verständigen Sie mich vorher, ich werde das Nötige veranlassen." Perc riss es fast von den Socken. Dann, als er sich gefasst hatte, sagte er: „Ich habe meinen Beruf geliebt und es würde mir große Freude bereiten, wenn ich an dem Fall weiter arbeiten könnte. Vor allen Dingen, da ich Sie jetzt kennenlernen durfte, glaube ich, dass die Chemie zwischen uns allen stimmt. Sie wissen, ich arbeite sonst gerne alleine, aber Ihr Angebot mit Paul und Ihnen zusammenzuarbeiten, und mit seiner Erfahrung haben wir vielleicht eine Chance, den Fall aufzuklären."

„Hugo, ich glaube, wir beide können uns duzen; bist du damit einverstanden?" „Ja was denn sonst", antwortete Hugo. „Ab heute bist du wieder im Dienst und ich wünsche dir eine erfolgreiche Jagd. Paul wartet im Besprechungszimmer auf dich."

Als Perc das Besprechungszimmer betrat, kam ihm Paul bereits entgegen. „Hugo, wir haben die Filme bearbeitet, man kann nun besser erkennen, was darauf zu sehen ist. Nimm dir bitte alles mit und schau es durch. Es sind die Aufzeichnungen dieser Nacht und des folgenden Tages. Ich muss heute noch nach Frankfurt fliegen. Die Kollegen benötigen mich dort. Ich bin in einigen Tagen wieder zurück und dann können wir weitersehen." Dann verabschiedeten sich die beiden Männer.

Am Abend begann Perc die Filme abzuspulen. Er konnte sehen, dass am Nachmittag der übliche Garagenverkehr war und ab 18 Uhr verließen die letzten Beschäftigten der Firma die Garage. Etwas später noch einige Fahrzeuge, wahrscheinlich von Mitarbeitern, die länger in ihren Büros gewesen waren. Um Punkt 22 Uhr fuhr ein roter Alfa Romeo in die Garage ein. Den Fahrer konnte er nicht erkennen. Es musste der bis heute verschwundene Hans Keppel sein, denn es war ja auch sein Wagen. Dann um 2 Uhr 20 verließ ein hellblauer Ford Anglia sehr alten Baujahrs die Garage. Das musste der Programmierer, der an der Anlage Tests durchführte, sein. Dann war wiederum bis zum Morgen keine Bewegung zu sehen. Erst um 6 Uhr 30 sah er eine Gestalt mit Kapuze, die in die Garage hineinging. Kurz darauf fuhr der Alfa Romeo aus der Garage. Ab 7 Uhr früh begann der normale Garagenverkehr.

Hans Keppel hatte sicher nicht bis zum Morgen mit dem Koffer im Auto gesessen. Es musste der Täter gewesen sein, der das Auto abgeholt hatte, wahrscheinlich mit der Leiche von Hans Keppel.

Am nächsten Morgen fuhr Perc in jene Firma, in der sich seinerzeit alles abgespielt hatte. Das Unternehmen war mittlerweile Teil eines weltweit tätigen Computerkonzerns.

Beim Empfang wies er stolz seinen nagelneuen Dienstausweis und seine Visitenkarte vor und ersuchte um Vorsprache beim Personalchef. Nach wenigen Minuten wurde er in die Chefetage geleitet. „Wie heißt denn der Personalchef?", fragte Perc den Angestellten, der ihn im Aufzug begleitete. „Das ist Herr Dr. Walter Braun." Perc wurde von dem kleinen rundlichen und trotzdem drahtigen Herrn mit Vollglatze freundlich lächelnd empfangen. Er führte ihn zu einem gewaltig großen Besprechungstisch. „Bitte nehmen Sie Platz. Darf ich Ihnen ein Getränk anbieten?" „Ja, warum nicht, ein kleiner Macchiato würde mir sicher sehr guttun."

„Was verschafft uns die Ehre und was kann ich für Sie tun, Herr Kriminalhauptkommissar?", begann Dr. Braun. „Wollen Sie sich bei uns bewerben?" „Vielleicht", lachte Perc, „mit einem netten Vorstandsgehalt könnte ich schon etwas anfangen. Ich will es kurz machen und ich weiß auch nicht, ob Sie auf Unterlagen von vor circa fünfunddreißig Jahren zurückgreifen können. Wir arbeiten an einem wie gesagt sehr lange zurückliegenden Fall."

„Bitte schießen Sie los, Herr Kriminalhauptkommissar, aber nur im wörtlichen Sinn."

„Schauen Sie, im Jahr 1968 war Ihre Firma eine der ersten, die auf modernste Datenverarbeitungsanlagen umgestellt wurde. Wir benötigen die Namen der damals in dieser Abteilung angestellten Mitarbeiter, Programmierer und Abteilungsleiter."

Dr. Braun wiegte bedenklich seinen Kopf und meinte dann: „Wissen Sie, Herr Kriminalhauptkommissar, ich weiß nicht, ob wir Ihnen diese Daten so mir nichts, dir nichts übergeben können. Sie müssten schon mit einer Vollmacht bei mir aufkreuzen. Ich kann die Daten besorgen, aber, wie gesagt, so ohne Weiteres …?" Perc lächelte freundlich: „Das kann ich verstehen, Herr Dr. Braun. Warten Sie einen Moment, ich rufe meine Vorgesetzte an. Darf ich Ihr Telefon benutzen?" „Selbstverständlich, Herr Kriminalhauptkommissar." Christa Grabner ist sofort am Apparat und er erklärt ihr den Sachverhalt. „Warte, Hugo, ich rufe dich in fünf Minuten zurück."

Während ihn Dr. Braun hinter seinen Brillengläsern musterte, schlürft Hugo genüsslich seinen Macchiato und meint dann: „Herr Dr. Braun, das muss ich ja Ihnen nicht sagen, eine gute Zusammenarbeit mit der Kriminalpolizei bringt schon Vorteile. Aber das werden Sie ja gleich selbst sehen." Perc sah, dass Dr. Braun etwas verdutzt dreinblickte. „Na, das ist mir natürlich klar, aber ich muss mich ja auch versichern, dass ich nicht unbefugt Firmendaten weitergebe." Plötzlich klickte es in Percs Gehirn, es raste etwas durch seine Ganglien und spülte die bereits beginnende Verkalkung heraus. „Firmendaten", ging es ihm wieder durch den Kopf, „das war doch damals der Beginn einer unglaublichen Welle von Datendiebstählen, die die Firmen, öffentliche Stellen und die Polizei auf Trab hielt und noch immer hält. In einem Umfang, der mit den Jahren immer gewaltiger wurde."

Dann läutete das Telefon bei Dr. Braun. „Ihre Chefin ist am Apparat, warten Sie, sie will mir etwas sagen." Dann begann Dr. Braun zu lachen. „Christa, bist du es, meine ehemalige Tanzschulliebe, die mich nur zur Eröffnung benötigte und mich dann den ganzen Abend versetzt hat und mit anderen Männern flirtete? Jetzt könnte ich mich ja bei dir revanchieren und deinen Kollegen wieder wegschicken. Das ist ja eine Freude, deine feine Stimme wieder zu hören. Ja selbstverständlich werde ich den Herrn Kriminalhauptkommissar unterstützen, ja natürlich, gehorsamster Diener. Da ist aber ein Heurigenbesuch fällig, Christa", lachte er laut und dröhnend. „Herr Kriminalhauptkommissar, Ihre Chefin will sie noch kurz sprechen." „Hör mal, Hugo, Dr. Braun ist ein ganz feiner Kerl, aber zum Tanzen war er nicht zu gebrauchen und für eine nähere Beziehung war er auch nicht mein Fall. Wie du gehört hast, wird er dir weiterhelfen. Zum Heurigen gehst du selbstverständlich mit. Alles Gute", dann legte sie auf.

„Sehen Sie, Herr Kriminalhauptkommissar, die Welt ist klein, und wenn man noch dazu Verbindungen hat, geht halt alles viel leichter. Warten Sie einen Moment." Dann gab er die Anweisung in die Computerzentrale, man möge ihm aus dem Jahr 1968 die Mitarbeiter der damaligen EDV-Abteilung ausdrucken. Anschließend erzählte er Hugo noch interessante Details vom damaligen Debütantenball, bei dem ihn Christa Grabner so entsetzlich versetzt hatte. Aber Schaden habe er dadurch keinen erlitten, sondern im Gegenteil ein bisschen mehr Erfahrung über Frauen erhalten.

Nach zehn Minuten brachte die langbeinige blonde Sekretärin des EDV-Beauftragten eine Liste. „Herr Dr. Braun, ich glaube, es ist alles vollständig aus dem Jahre 1968 enthalten", lispelte sie leider etwas.

Als sie wieder ging, blicke ihr Dr. Braun versonnen und länger nach als üblich. „Was es nur Schönes auf Erden gibt", murmelte er vor sich hin. „Was meinen Sie, Herr Dr. Braun?", fragte Hugo, denn seine Gedanken waren dieselben. „Aber überlegen Sie doch, einen Schaden hat halt jeder, ob schön oder Frau."

Perc hatte es plötzlich eilig. „Herr Dr. Braun, Sie haben etwas gut bei mir. Wir sehen uns ja beim Heurigen mit Christa." „Oh je, oh je, da müssten Sie aber nicht unbedingt dabei sein", meinte

Dr. Braun. „Vielleicht könnten Sie an diesem Abend ein paar Räuber fangen?" Sein lächeln war mehr als gezwungen.

Am Abend saß Perc wieder in seinem Arbeitszimmer und durchforstete die Datenliste. Die gesamte EDV-Abteilung des Jahres 1968 war genau dokumentiert. Sechs Programmierer, drei Operateure, der Sicherheitschef Frank Forster, der Chefprogrammierer Johann Goff und der Organisationschef und EDV-Leiter Ingenieur Walter Schwarz. Die Aufgaben, die sozialen Verhältnisse und Gewohnheiten der einzelnen Mitarbeiter waren genau angeführt. Besonders vermerkt war bei Ingenieur Schwarz, dass er trank, ständig sein Gehaltskonto überzog, ein Verhältnis mit einer Mitarbeiterin hatte und dass er zusammen mit dem Chefprogrammierer an der Umstellung auf ein neues EDV-System arbeitete. Die Überspielung von Daten auf das neue System stand kurz bevor.

Percs Augen wurden immer größer, er konnte nicht fassen, was er hier in Händen hielt. Die über dreißigjährigen auf diesem Fall lagernden Nebel begannen sich zu lichten.

Die sechs Programmierer zu befragen, falls sie noch lebten, konnte er sich sparen. Frank Forster, der Sicherheitschef, war verstorben. Hans Keppel, der den Koffer übernehmen sollte, lebte sicher nicht mehr, und Ingenieur Walter Schwarz war bei einem dubiosen Verkehrsunfall ums Leben gekommen. Dann blieb nur mehr der Chefprogrammierer Johann Goff über, der am besagten Tag die Computeranlage für Testzwecke reserviert hatte.

Perc griff zum Telefon und rief Dr. Walter Braun, den Personalchef, noch einmal an. „Lieber Herr Dr. Braun. Ich brauche noch eine Auskunft. Es gibt sicher ein genaues Dossier beziehungsweise eine Personalakte vom damaligen Chefprogrammierer Johann Goff." „Ja, natürlich gibt es so etwas, aber so leicht kriegen Sie die Unterlagen nicht. Ich habe da eine Bedingung."

„Lieber Herr Dr. Braun, wissen Sie, ich kann Gedanken lesen und ich weiß auch, wie ich Ihnen eine große Freude bereiten könnte." „Na, schießen Sie los, sie grandioser Kieberer." „Herr Dr. Braun, Sie geben mir sofort die Akte und ich verspreche Ihnen, dass ich nicht zum Heurigen mit Ihnen und Frau

Dr. Christa Grabner mitkommen werde." „Das ist ein Wort, denn Sie wären ein massiver Konkurrent geworden, den ich wahrlich nicht brauchen kann. Vielleicht geht doch etwas bei der Christa!" „Na dann, Weidmannsheil", meinte Perc verächtlich.

Am nächsten Tag hatte er das Dossier. Perc begann fieberhaft zu lesen. Johann Goff war als erstklassiger Mitarbeiter beschrieben und für höhere Aufgaben im Unternehmen vorgesehen. Seine Beschreibungen stellten ihn als grandiosen Analytiker und perfekten und loyalen Mitarbeiter dar. Er wurde als zielstrebig, allerdings in der Zusammenarbeit mit den Kollegen als sehr „eigenwillig" und wenig kooperativ beschrieben.

Er war ein sogenanntes Alphatier. Die Firmenleitung machte ihm nach dem Tod von Ingenieur Walter Schwarz ein erstklassiges Angebot. Er sollte die komplette EDV und die Finanzabteilungen des Unternehmens übernehmen. Zum Jahresende 1968 verließ er jedoch die Firma auf eigenen Wunsch. Er gab damals an, nach Amerika zu gehen.

Einige Fragen waren allerdings noch ziemlich offen. Johann Goff war ja noch sehr jung gewesen damals, hätte er nicht noch vor seinem Abgang aus der Firma seinen Militärdienst antreten müssen? Percs weitere Recherchen ergaben, dass Johann Goff keinen Militärdienst geleistet hatte, da er angeblich an einer Lungenerkrankung laborierte. Er wurde als untauglich eingestuft. Die Nachforschungen durch Perc beim Betriebsarzt der Firma ergaben aber letztlich, dass Johann Goff kerngesund gewesen war, einen völlig durchtrainierten Körper gehabt hatte und sein Herz größer gewesen war als normal. Er musste also Beziehungen gehabt haben, um keinen Militärdienst leisten zu müssen.

Percs Kopf begann zu schmerzen, es wurde ihm beinahe schwindelig und er musste sich ein Glas Wasser einschenken. War das der lange gesuchte Mann, der ihm fünfunddreißig Jahre lange, oft schlaflose Nächte bereitet hatte? Jetzt musste er dieses seiner Ansicht nach furchtbare Schwein „nur" noch überführen und zu fassen bekommen. Perc fackelte nicht lange. Das Jagdfieber hatte ihn endlich wieder gepackt. Er musste in die Nähe dieses Menschen und sein Vertrauen gewinnen. Das war das Wichtigste, begann er seine Überlegungen.

Johann Goff musste ja so um die fünfundfünfzig Jahre alt sein. Am selben Abend noch rief Perc Paul an und schilderte ihm alles ganz genau. „Hugo, ich glaube, du hast einen Treffer gelandet. Ich werde umgehend Christa informieren und dann sehen wir weiter. Du machst auf jeden Fall vorher gar nichts. Hast du verstanden?" „Ja, sicher, ich bin ja nicht lebensmüde." In Gedanken war allerdings bereits sein Plan gereift.

Am selben Tag rief ihn Paul nochmals an. „Du, Hugo, ich habe noch Folgendes über Johann Goff erfahren. Mittlerweile nennt er sich John Goff, lebt seit Jahren in Salzburg und ist Geschäftsführer einer Agentur. Im Handelsregister ist seine Firma eingetragen. Laut Auskunft der Finanzbehörden verfügt er über ein geregeltes Einkommen in Millionenhöhe. Hauptsächlich aus Vermietungen, Verpachtungen und aus diversen Geschäftsvermittlungen im Bereich Technik, Computersoftwareerstellung und durch die Einnahmen aus einem Hotel am Arlberg. Die Bilanzen werden jedes Jahr pünktlich durch eine Steuerberatungsgesellschaft eingereicht und wiederholte Steuerprüfungen haben keine Unregelmäßigkeiten erkennen lassen. Die Steuern werden anstandslos gezahlt.

Das heißt, aufgrund dieser Auskunft würde er nicht in das Profil eines Killers passen. Aber nun kommt es. Im Raum Salzburg ist ebenfalls ein Mann auf unerklärliche Art und Weise verschwunden. Diverse Einvernahmen, nachdem Verschwinden des Mannes eines Nachbarn von John Goff liefen allerdings ins Leere, da er ein todsichere Alibi vorweisen konnte.

„Das sind ja sensationelle Nachrichten, Paul, was täte ich nur ohne dich?" „Hör mir einmal zu, Hugo. Dieser Mensch ist meiner Meinung nach eine wandelnde Bestie. Ich befehle dir hiermit nochmals, unternimm bitte nichts alleine." „Paul, es ist mir klar, dass er so ohne Weiteres nicht überführt werden kann. Es ist ja vieles auch schon Jahrzehnte her. Aber eines musst du mir schon gestatten, ich werde versuchen sein Vertrauen zu gewinnen, und wenn ich absolut sicher bin, dass John Goff ein Mörder ist, werde ich euch natürlich benötigen und sofort informieren. Ich informiere dich ständig über meine nächsten Schritte." „Das wird auch verdammt gut sein", hörte er noch Paul mit seiner erhobenen Stimme.

Paul suchte nach dem Gespräch seine Chefin Frau Dr. Grabner auf und schilderte ihr alles. „Wir müssen Hugo absichern. Ich halte diesen John Goff für sehr gefährlich. Wer weiß, was er in den letzten Jahrzehnten noch für Verbrechen begangen hat. Denn wenn Hugo alles alleine unternehmen will, ist er in höchster Gefahr. Wir werden die Kripo in der Stadt informieren, dass sie ein Auge auf Hugo werfen soll. Am liebsten wäre mir, wenn er Tag und Nacht überwacht werden könnte. Das wird wahrscheinlich nicht möglich sein, aber eine Teilüberwachung ist sicher ein Thema. Bei Gefahr in Verzug werden auch wir aktiv werden. Wichtig ist, dass sich Hugo mehrmals täglich meldet und uns über seine nächsten Schritte auf dem Laufenden hält."

Nach einer Woche und Recherchen über eine Wohnmöglichkeit bestieg Perc den Zug nach Salzburg und fuhr mit dem Bus in die fünf Kilometer lange Allee im Süden der Stadt, die bis an den Rand des großen Berges führte. Die kleine Pension hatte er sich genau ausgesucht, sie lag etwa drei Kilometer Luftlinie vom Wohnhaus des John Goff entfernt. Die Inhaberin der Pension, eine kleine, schwerhörige, siebzigjährige Frau, war erfreut, dass er für mindestens einen Monat dableiben wollte, und gab ihm daraufhin ihr schönstes Zimmer mit dem Blick ins Gebirge und in das angrenzende Moorgebiet. Auch würde sie gerne, falls er dies wünsche, manchmal für ihn kochen.

„Ich war bei einem berühmten Salzburger Dirigenten Herrschaftsköchin, Sie können mir glauben, dass ich kochen kann." „Das wäre natürlich superb", meinte Perc. Als sie Hugo sein Zimmer zeigte, war er zufrieden. „Ich würde aber gerne einiges im Raum verändern, ich hoffe, das macht Ihnen nichts aus." „Selbstverständlich ist mir das recht. Nur wenn Sie wieder ausziehen, müssen Sie das Zimmer wieder in den ursprünglichen

Zustand versetzen." „Selbstverständlich, Frau Steinberg." Dann ging Hugo zu seinem Koffer und übergab der Zimmerwirtin eine Wiener Bonbonniere. Frau Steinberg war begeistert. „Meine Lieblingsbonbons, jene mit Schnaps gefüllten, die sind mir ja die liebsten. Haben Sie das gewusst, Herr Perc?" „Selbstverständlich, Frau Steinberg. Mein geschultes Auge hat sofort erkannt, dass Sie eine Süße sind." „Sie sind mir aber ein Schlingel, Herr Perc. Ich freue mich so, wollen Sie nicht auch gleich ein Bonbon mit mir zusammen essen?" „Na ja, kommen Sie, setzen wir uns auf den Balkon, da können wir uns ja ein bisschen unterhalten."

Nachdem Frau Steinberg wieder entschwunden war, begann Hugo das Zimmer nach seinen Vorstellungen umzustellen. Das Bett kam an die Nordseite mit Blick ins Moor und der Fernseher nach rechts.

Der Tisch und der Sessel mit dem kleinen Sekretär passten ihm vorzüglich. Dann räumte Perc präzise seinen Kasten ein. Es musste alles sofort auffindbar und griffbereit sein. Seinen Revolver legte er unter das Kopfpolster. Das Pfefferspray war in der Manteltasche deponiert.

Dann rief er Paul an und gab ihm die genaue Anschrift der Pension durch. In den nächsten Tagen würde er sich die Gegend und die Gegebenheiten ansehen. „Sei vorsichtig und mach keine Fehler", bläute ihm Paul noch ein. Dann beendete er das Gespräch.

Am nächsten Tag bereits erkundete Perc die Gegend. Das Moorgebiet war nicht mehr in einem Zustand wie vor hundert Jahren. Die Ränder des weitläufigen Gebietes waren schon mit einer Unzahl von eigenartigen Häusern und Wohnblöcken verbaut. „Gibt es hier keinen Umweltschutz?", sinnierte Perc.

Doch im Zentrum des Moores war noch alles vorhanden, was einem Moor seinen berechtigten Namen gab. Kleine Pfade, Birkenwäldchen, Moorseen, Tümpel und Torfstiche wurden hier noch teilweise bewirtschaftet.

Dann begann es jedoch zwei Wochen lang zu regnen und die Landschaft und die Situation veränderten sich total. Perc beschloss einen weiteren Spaziergang am Abend durch das Moor, um in die Nähe des Hauses von John Goff zu gelangen. Er wollte auch die Situation rund um das Haus unter die Lupe nehmen. Dieser Abend schien ihm der geeignete Zeitpunkt zu sein. Es würde sich niemand im Moor aufhalten. Er stieg in seine neuen Gummistiefel und zog den langen Plastikmantel an. Dann machte er sich auf den Weg. Als er nur mehr ungefähr dreihundert Meter vom Haus des John Goff entfernt war, ging er ein paar Schritte vom Weg zur Seite, dabei blieb er aus Unachtsamkeit in einem Moorloch stecken. Er bemühte sich verzweifelt seine Stiefel aus dem Moor zu ziehen, als er das Gebell eines Hundes hörte. Plötzlich stand ein vor Wut bellender schwarzer Köter vor ihm. So lernte er überraschenderweise John Goff kennen. Nach diesem Vorfall und dem Besuch bei John Goff machte er einen weiteren entscheidenden Fehler. Er unterrichtete Paul Sax nicht davon, sondern er wollte ihn erst später informieren. Perc war sich nicht sicher, ob Goff der gesuchte Mörder war.

Nach vierzehn Tagen

Es war gegen Abend und Perc brachte John eine Flasche Weißwein aus der Südbahngegend als Geschenk mit. Nachdem beide
die Flasche leer gemacht hatten, war Perc bereits etwas benebelt.
Er erzählte John nochmals einiges über die schöne Gegend um
Baden und Mödling. John stutzte wieder und ließ sich aber nichts
anmerken. Er fragte Perc auch nicht näher aus. Er erfuhr allerdings,
dass Perc in Baden gerne seine Freizeit in einem Billardsalon verbrachte. John erzählte Perc daraufhin, dass er sich einen eigenen
Snookertisch in England bestellt hatte. Perc war begeistert und
sie vereinbarten für das nächste Wochenende, einige Frames
Snooker zu spielen.

John hatte sich also vor einiger Zeit in einem leerstehenden
Zimmer auf dem Dachboden einen originalen Snookertisch
aufstellen lassen. Dieser Tisch war zwar sehr schwer, aber
durch den Einbau einer Eisentraverse konnte das Gewicht ab-
gefangen werden. John war seither begeisterter Snookerspieler
und konnte sooft üben, wie es ihm passte. Einige Freunde
teilten mit ihm sein Interesse für diesen Sport. Da er ehrgeizig
war bis zum Exzess, wollte er seine Partner im Snookerclub
ähnlich schlagen wie beim Tennis. Mit Tennisspielen war es
allerdings schwieriger geworden, da seine Schulter und seine
Knie Probleme bereiteten.

Endlich brach Perc auf, John stützte ihn und begleitete ihn
zum Ausgang. An der Haustür sagte John zu Perc: „Außerdem
habe ich eine Überraschung beim nächsten Besuch für Sie, Hugo."
„Ich bin schon sehr neugierig", lallte Hugo Perc, „es ist sehr ab-
wechslungsreich und interessant mit Ihnen zu parlieren. Ich werde
den Weg durch das Moor nehmen", sagte er.

„Passen Sie auf, Hugo, es sind gefährliche Krähen im Moor, aber wenigstens hat es zu regnen aufgehört und es ist alles trocken", lachte John und sah Perc nach, als er leicht torkelnd die Abkürzung über das Moor nahm. Ted verfolgte argwöhnisch, ob er auch tatsächlich das Haus verlassen hatte. „Dies war dein vorletzter Besuch bei mir im Haus", murmelte John vor sich hin, „du Aasgeier, du elendiger", und schloss die Haustüre.

John fuhr mit dem Lift in den Keller und öffnete das Garagentor. Er pfiff seinen Hund Ted. Er wartete, bis dieser wieder in die Garage sauste, dann schloss er das Garagentor und fuhr mit dem Lift und Ted in den zweiten Stock des Hauses.

Er öffnete eines seiner Refugien. Einen einhundertachtzig Quadratmeter großen Dachboden. Diesen vor einhundertfünfzig Jahren gebauten Dachstuhl hatte er vor einigen Jahren komplett von völlig falsch verputztem Kalkmörtel gereinigt. Darunter hatte sich ein aus handgehackten Hölzern gezimmerter, fantastischer Dachstuhl entpuppt, der das Dach ohne Stützen und Steher völlig frei halten konnte.

Hier hatte er seine Bibliothek und seinen ganzen Stolz, eine Sammlung alter Geigen, Bratschen und Celli untergebracht. Ebenfalls konnte er seine Sammlung von wunderbaren Singvogelautomaten in einem Teil des Dachbodens situieren.

Der Erfinder, Konstrukteur und Modelleur der Singvogelautomaten hatte sich zum Studium des Gesangs der Vögel in die Wälder begeben und den Melodien und Tönen gelauscht, die die Vögel von sich gaben.

Diese hatte er penibel aufgezeichnet. In ein feinst gearbeitetes Walzwerk wurden die Löcher für die Töne eingestanzt und mit dem eingebauten kleinen, filigranen Blasebalg entstanden die Melodien, die der kleine Vogel vor sich hinpfiff. Die verschiedenen Gehäusemodelle wurden aus der Schmuckstadt Pforzheim bezogen und die Kunden konnten wählen zwischen silber, vergoldet oder bronzevergoldet.

Das letzte Modell, das er bei einer Auktion erworben hatte, war 1923 hergestellt worden. Der Vogelkäfig besaß einen blattvergoldeten Sockel und das Käfiggitter war vergoldet. John war von seinem neuesten Besitz begeistert und er zog das Werk auf. Dann legte er den kleinen Hebel um und der Vogel begann sich zu bewegen. Der kleine schwarze Vogel konnte sein Köpfchen drehen und den Schnabel auf und zu machen. Dabei bewegte er sein Schwänzchen und begann zu singen. John schloss die Augen und genoss den Gesang des Vogels. Der wunderbare Gesang des herrlich gearbeiteten Tierchens erklang wie der Gesang der Vögel in der freien Natur.

John war jedes Mal begeistert und verspürte ein Glücksgefühl, das durch die Faszination, die von diesen kleinen Wunderwerken ausging, ausgelöst wurde. Der Klang der Melodien fesselte ihn immer wieder so, dass er Zeit und Probleme vergessen konnte. Seine düsteren Gedanken und Rachegefühle verschwanden für eine kurze Zeit. Der Zwischenfall mit Hugo Perc musste allerdings erledigt werden und sein Plan nahm Gestalt an.

Da er selbst leider nicht Geige spielte, gewann er immer wieder Gefühle der Zufriedenheit und inneren Sammlung durch den Klang der Geigen und von Konzerten, die er aus seiner Sammlung aus der Wienzeit hier untergebracht hatte. Hierher zog er sich zurück und nur Ted durfte ihm Gesellschaft leisten. Dieser hatte sich mit der Zeit mit den Gewohnheiten und Schrullen seines Herrn abgefunden und schlummerte vor ihm auf dem Teppich dahin und träumte. Dann zuckte eine Pfote oder er knurrte leise und winselte im Traum leise vor sich hin.

Hier würde er Hugo Perc am Wochenende seinen ältesten Erwerb, eine wunderbare Leonardo-Geige, zeigen. Aus Erzählungen hatte er erfahren, dass Perc Geige spielen konnte. Zum Abschied würde er ihm hier das letzte passende Geschenk überreichen.

Durch den Tod seiner Mutter und die Sache mit Arthur Pichler hatte John die Einladung für Hugo Perc ja um vierzehn Tage verschieben müssen.

Am nächsten Tag rief er Hugo Perc an. „Na, wie war Ihr Nachhauseweg, Hugo?" „John, Sie werden es nicht glauben, aber ich habe wieder nach Hause gefunden. Es war ja eine herrliche wolkenlose Nacht, der Mond hat mir den Weg beleuchtet und der wunderbare Südbahnwein meine Schritte beflügelt." „Das ist toll", meinte John. „Da bin ich aber sehr froh! Ich möchte Ihnen nur sagen, dass ich mich sehr freuen würde, wenn Sie uns am Samstag besuchen würden. Um circa 19 Uhr am Abend wäre es uns recht. Ich habe eine wunderbare Überraschung für Sie vorbereitet, Sie werden staunen." „Ich habe an diesem Abend nichts vor und komme sehr gerne", antwortete Perc. „Okay, bis Samstag also!"

Paul Sax hatte schon mehrmals versucht Hugo Perc zu erreichen. Er machte sich Sorgen, da er wusste, dass Hugo sehr eigensinnig sein konnte. Endlich hatte er ihn am Hörer. „Hugo, was ist los mit dir? Wir haben doch vereinbart, dass ich dich jederzeit erreichen kann und du mir immer genau die Schritte deiner Ermittlungen mitteilst." „Es tut mir leid, Paul, aber es hat sich sehr viel seit unserem letzten Telefonat ereignet. Ich bin einfach nicht dazu gekommen." „Ich warne dich noch einmal, Hugo, John Goff ist sehr gefährlich, wenn er tatsächlich jener Mann ist, den du im Visier hast." „Aber es häufen sich die Erkenntnisse über ihn." „Nun leg los, was hast du mir zu berichten?"

„Nun, Paul, es ist mir gelungen, einen Besuch bei ihm zu arrangieren. Er schöpft nicht den geringsten Verdacht, denn er will mir sein Haus und seine diversen Sammlungen zeigen. Aufgrund seines Verhaltens und seiner Liebenswürdigkeit bin ich nun doch nicht mehr so sicher, ob er der Verbrecher ist, den wir in ihm vermuten. Nun, zum Ablauf meines Besuches. Ich bin Samstag um 19 Uhr bei ihm eingeladen. Ich habe erfahren, dass auch seine Haushilfe anwesend ist. Ich kann mir daher nicht vorstellen, dass dabei etwas passieren sollte. Aber man weiß ja nie, was in diesem Menschen vorgeht."

„Nun hör zu, Hugo", sagte Paul, „du gehst keinesfalls unbewaffnet zu ihm. Du hast dein Schulterhalfter ja noch immer. Das Handy musst du immer auf Empfang gestellt halten, sodass wir die Gespräche mithören können. Außerdem werden wir dich mit einem Miniaufnahmegerät verkabeln, das er nicht finden kann. Wichtig ist, dass du nach Möglichkeit, zum Beispiel wenn du auf die Toilette gehst, mit mir in Verbindung trittst. Wir haben hier in der Polizeidirektion diverse Vorbereitungen getroffen, die deine Sicherheit garantieren sollten. Wir haben einen Hubschrauber stationiert und das MEK kann dir in kürzester Zeit helfen. Wir können ihn verhaften oder im extremsten Fall unschädlich machen.

Wir werden das Gebiet am Samstag weiträumig im Auge behalten, sollte Goff eventuell Helfer engagiert haben oder Vorbereitungen treffen, die wir uns nicht erklären können, sind wir sofort im Bilde. Den Einsatz wird Peppo Stein, der Kommandant der Cobraeinheit, leiten. Ich werde ihn so weit wie möglich unterstützen. Ich bin also immer am Geschehen beteiligt. Ich werde bereits am Freitag nach Salzburg kommen und dann werden wir noch weitere Einzelheiten besprechen. Hugo, pass auf dich auf, denn ich habe ein nicht allzu gutes Gefühl."

Der Abend des Besuchs bei John Goff ist angebrochen

Um 18 Uhr 30 wird Hugo Perc noch von Paul Sax angerufen, der in der Einsatzzentrale des MEK bereits unruhig auf einen Anruf von Hugo gewartet hatte. „Wo bist du, Hugo? Noch einmal, ich erwarte genaueste Angaben über deine von uns beiden geplanten Schritte." „Paul, sei nicht nervös. Ich bin bewaffnet und habe das Handy immer eingeschaltet. Ich bin bald unterwegs zu John Goff. Um genau 19 Uhr bin ich, wie gesagt, bei ihm eingeladen und ich habe mir den Weg so eingeteilt, dass es sich ausgeht. Ich habe noch zehn Minuten zu gehen, dann werde ich durch den Moorwald kommen und um Punkt 19 Uhr auf den Weg zum Haus von Goff gelangen. Ich werde dich dann noch im Waldgebiet anrufen, da ihr ja nicht sehen könnt was ich tue!" „Das wird gut sein", meinte Paul. „Goff ist ein brutaler Hund. Wir sind alle ziemlich nervös, außer Peppo Stein, der ist Gott sei Dank ein kalter und nervenstarker Typ. Hugo, alles Gute", dann beendete er das Gespräch. „Und noch etwas: Ich bin nicht zufrieden mit deinem Alleingang." Dann steigen er und Steiner in den wartenden Hubschrauber.

6. Kapitel

Die Planung des Mordes

John Goff hatte sich genügend Zeit genommen, um seine Vorbereitungen zu treffen.

Für 19 Uhr hatte er den Termin mit Hugo Perc vereinbart. John fuhr um 18 Uhr in den Keller. Aus dem Kühlfach eines zweiten Kühlschranks nahm er die Paste mit dem vorbereiteten Gift. Dann fuhr er in sein Arbeitszimmer. Er zog sich Latexhandschuhe an und nahm einen Geigenbogen aus dem mit Leder überzogenen Etui. Er bestrich einen Zentimeter am Ende des Griffs des Geigenbogens mit der Paste und legte den Bogen vorsichtig wieder in das Etui. Mit dem Geigenkasten, in dem sich die wertvollste Geige befand, und dem Etui mit dem Geigenbogen betrat er den Lift und fuhr in sein Dachgeschoss.

John ging zu seiner Stereoanlage und schob eine CD von der Geigenvirtuosin Anne Mutiee in den Player. Sie spielte Ludwig van Beethoven für Violine und Orchester in D-Dur op. 61. Er drückte auf Start und goss sich ein Glas Whisky ein.

John setzte sich in seinen mit Wildleder bezogenen Ohrensessel und genoss den Anfang des Konzertes. Er ging den Plan noch einmal genau durch. Sekunden später saß Ted auf seinem Schoß.

John schaltete die Überwachungskamera am Beginn des Waldweges ein. Momentan war noch nichts zu erkennen. Um 18 Uhr 30, es wurde schon dunkel, nahm er eine Bewegung wahr. Ein Schwarm Krähen stieg unvermittelt in den Himmel. Dann sah er auf dem Bildschirm plötzlich Hugo Perc, der am Wege stehen blieb und aus seiner Manteltasche ein Handy hervorholte. Er telefonierte und steckte das Handy wieder in die Manteltasche. Er ging den Waldweg entlang, bis er aus der Reichweite der Kamera war.

John trat ans Fenster und mit seinem Nachtsichtglas sah er Perc, der an die Lichtung seines Besitzes trat. Perc hatte einen kleinen schwarzen Koffer in der Hand und ging vorsichtig, da er ja nicht mehr sehr gut sah, Schritt für Schritt über das weiche Moor. John stellte sein Nachtsichtgerät stärker und erkannte, dass Perc in die Innenseite seines Mantels und in sein Sakko griff. Dann erkannte er im letzten Moment das Schulterholster. Johns Sinne arbeiteten nun wie ein Uhrwerk.

Als Perc circa hundert Meter vom Haus entfernt war, drehte John die beiden je eintausend Watt starken Scheinwerfer an. Die Wiese und die Bäume waren taghell beleuchtet. Er öffnete sein Fenster und rief Perc zu, dass er ihm nun zu seiner Einladung auch noch eine Festbeleuchtung bot.

Perc rief zurück: „Das ist ja perfekt organisiert, John. Nun sehe ich alles ganz genau. Dieser Weg ist ja nicht ungefährlich für einen Halbblinden."

Dreißig Sekunden später stellte Ted seine Ohren auf und hob seinen Kopf. Dann sprang er mit einem Satz auf den Fenstersims, schaute in die bereits angebrochene Nacht und knurrte leise. John wusste, dass Perc unmittelbar vor dem Haus war.

Perc war nun an der Tür und John sah ihn durch seine unsichtbar angebrachte Kamera an der Decke des Hauseingangs auf dem Bildschirm in seinem Arbeitszimmer. Er sah, dass Perc wieder in sein Sakko griff und den Sitz des Holsters nervös prüfte. John öffnete mit einem Knopfdruck die Haustüre. Dann rauschte er mit dem Lift ins Erdgeschoss und begrüßte Perc freundlichst. Er nahm ihm den Mantel ab und hängte diesen, den Hut und den Schal in die Garderobe.

Perc griff in seinen schwarzen Koffer und brachte ein Paar Hausschuhe zum Vorschein. John lachte hellauf. „Hugo, Sie sind ja der perfekte Gast. Das habe ich selten erlebt, dass meine Gäste ihre Hausschuhe mitbringen. Allerdings, die Partner meiner wöchentlichen Snookerrunden tun dies selbstverständlich auch."

Perc blickte etwas pikiert drein. „Aber John, das ist doch selbstverständlich. Ihr Haus ist ja in einem perfekten Zustand, was Ordnung und Sauberkeit betrifft, da ist es doch das Wenigste, wenn man als Gast zur Einladung nicht auch noch den Dreck der Straßen und Wiesen hineinbringt. In Japan ist es doch selbstverständlich, dass man an der Haustüre seine Schuhe auszieht."

Ted strich unsicher um Perc und schnupperte an seinen Hausschuhen. Der Geruch des Inhalts der Schuhe sowie der des Gastes waren ihm nicht angenehm und wieder knurrte er leise.

„Hugo, machen Sie sich nichts aus meinem Hund, er hatte heute einen schlechten Tag. Ein Prankenhieb von Pauli." „Wer ist Pauli?", fragte Perc nervös. „Ach was, das ist nur der alte Kater meiner Frau. Und mehrere Angriffe des Krähenvolkes machen ihm zu schaffen. Beachten Sie ihn am besten überhaupt nicht."

John geleitete Hugo zum Lift und sie fuhren in das Dachgeschoss. Hugo Perc war hier noch nie gewesen und er war eigenartig überrascht, als er den Raum und die Sammlungen von John sah. John beobachtete ihn und stellte nicht nur Überraschung sondern auch einen gewissen Neid in seinen Gesichtszügen fest. Er ließ sich aber nichts anmerken und bot Perc einen Platz an einem Esstisch mit drei Stühlen an.

„Hugo, zur Begrüßung gibt es einen herrlichen Whisky aus Schottland, den ich heuer von einer Reise mit Jane mitgebracht habe. Sie müssen ihn verkosten, Sie kennen sich ja sicher bestens aus damit." Er schenkte ihm das Glas ein und stellte die Karaffe mit den Eiswürfeln auf den Tisch. „Bitte kein Eis", antwortete Perc.

„Ich habe mir vorgestellt, da Sie ja sicher noch nichts gegessen haben, dass wir nun gemeinsam mit meiner treuen Haushilfe Jana, die ein kleines Buffet gerichtet hat, zusammen abendessen. Übrigens lässt sich meine Frau entschuldigen, sie hat heute ihren Theatertag. Dann werde ich Ihnen meine diversen Sammlungen zeigen. Es ist ja alles sehr umfangreich und wir werden dies nicht alles am heutigen Abend schaffen." Perc antwortete darauf: „John, das wäre doch alles nicht notwendig gewesen, aber da ich ja wirklich noch nichts gegessen habe, Sie wissen ja, ich bin Junggeselle seit über vierzig Jahren, nehme ich es mit den Mahlzeiten nicht so genau. Ich habe aber ehrlich gesagt schon gehofft, dass Sie etwas auf die Beine oder besser gesagt auf die Teller stellen würden. Ich werde mich selbstverständlich das nächste Mal, wenn Sie zu mir kommen, revanchieren."

John ging zu seiner Sprechanlage und rief Jana, sie möge nun doch bitte das Buffet bringen.

Minuten später rollte Jana den Servierwagen aus dem Lift. Perc, der von Jana gehört, aber noch nicht gesehen hat, wie sie aussah, wenn sie sich schön gemacht hatte, knickte förmlich ein. Ganz Gentleman alter Schule stand er sofort auf und machte ihr ein Kompliment. Jana lächelte John, ohne dass Perc es bemerkte, verschmitzt zu. Ihr Serbe war ihr sicher lieber als dieser schrullige alte Knacker.

Perc tänzelte um sie herum und half ihr beim Aufstellen der Teller und Gläser. Dann servierte Jana die vorbereiteten Brötchen und setzte sich zu den beiden. John schenkte Perc nun auf dessen Wunsch ein Glas Weißwein ein und achtete darauf, dass auch Jana nicht zu viel trank, da sie etwas anfällig war und ihr Redeschwall dann nicht mehr endete.

Nach einigen belanglosen Geschichten über den Garten, das Wetter und die teuren Preise versuchte Perc das Gespräch auf Urlaube zu lenken, zum Beispiel in den herrlichen Gegenden in Kroatien und am wunderbaren Meer. Wie schön es doch wäre, wenn Österreich diese Gebiete nicht verloren hätte, und er begann plötzlich über Slowenienurlaube zu erzählen. Er kenne das Land sehr gut und Jana bekam plötzlich einen traurigen Blick, in dem Heimweh zu erkennen war. John besänftigte sie und streichelte ihre Hand. Sie spitzte die Ohren und erzählte nun auch von ihrer Heimat. „Auch bei uns ist es doch schön und du kannst ja jederzeit auf Urlaub nach Hause fahren." Als sie seine Hand spürte, beruhigte sie sich zusehends. John rückte seinen Sessel etwas weg von ihr, da sie ihm verdächtig näher gekommen war.

Nach dem zweiten Glas Weißwein begann plötzlich Perc auch zu berichten, dass es ja von Niederösterreich beziehungsweise seiner Heimatstadt Mödling nicht sehr weit nach Slowenien sei und er von dort aus oft Reisen nach Slowenien durchführe.

„Kennen Sie dieses Gebiet Baden, Gumpoldskirchen und die Südbahnstrecke, John?", fragte Perc plötzlich unvermittelt.

John reagierte blitzschnell. „Nicht schlecht, du alter Schnüffler", dachte er. Perc konnte ihn aber so nicht überrumpeln. „Ja, selbstverständlich, Hugo", antwortete er ihm, „ich habe dort doch drei herrliche Berufsjahre verbracht." John sah, dass die Augen von Perc kurz aufblitzten. Dann hatte sich Perc wieder im Griff. Aber er konnte es nicht lassen. „Wo haben Sie denn gewohnt, John?" fragte er. „Ich hatte eine wunderbare Wohnung in Perchtoldsdorf." „Das ist natürlich das Nonplusultra der Wohngegend", meinte Perc. „Damit kann ich nicht aufwarten. Mein Haus ist an einem Weingarten hinter der höheren Technischen Lehranstalt in Mödling. Aber ich bin glücklich damit. Allerdings geht mir die Arbeit mit meinem Garten schön langsam auf den Geist. Gott sei Dank habe ich einige Helfer während meiner Abwesenheit. Von hier aus ist es ja nicht weit nach Baden und nach Gumpoldskirchen. Aber das kennen Sie ja sicher auch alles." „Selbstverständlich, Hugo, da bin ich oft versumpft." John hatte den Eindruck, dass Perc momentan zufrieden war.

Zu Jana sagte er: „Ich möchte nun Hugo gerne meine Sammlungen zeigen. Er scheint ja schon sehr ungeduldig zu sein. Du kannst, nachdem du mit allem fertig bist, gerne nach Hause gehen. Wir sehen uns dann am Montag wieder."

Perc war sichtlich nicht zufrieden, dass Jana sie verließ, und er verstieg sich zu dem Angebot, ob sie doch nicht bei der nächsten Einladung, die er für John geben wollte, ebenfalls mitkommen würde. Er wäre zwar ein schlechter Koch, aber seine Zimmerfrau würde ihm etwas Besonderes zubereiten. Sie war ja in ihrer Jugend eine Herrschaftsköchin bei einem berühmten Dirigenten gewesen. Auch ein Nationalgericht aus ihrer Heimat Slowenien dürfe sie sich wünschen.

Jana lächelte ihn verführerisch an und sagte: „Aber sehr gerne, Hugo. Wenn mich John mitnimmt?" Dann hauchte sie John einen Kuss auf die Wange, sah ihn fragend an, und als sie seine zustimmende Miene sah, gab sie auch Perc einen Kuss auf die Wange. Perc verdrehte vor Begeisterung seine kalten Jägeraugen. „Du falsche Schlange", dachte John, aber dann räumte Jana alles blitzartig ab und verschwand. Eine halbe Stunde später hörte John, dass sie mit dem Wagen wegfuhr.

Perc hatte der Wein ausgezeichnet geschmeckt. „Es ist Weißwein aus der Südbahngegend, aus Soos", sagte John. „Ich liebe manchmal die süßen, schweren Weine und auch Ihnen hat er hoffentlich gemundet."

Es war bereits 21 Uhr, als Perc wieder auf die Toilette musste. John schaltete die Abhöranlage ein und hörte, dass Perc mit einem gewissen Paul telefonierte. Perc sagte noch: „Es ist alles in Ordnung, du brauchst dir noch keine Gedanken zu machen. Mein Verdacht ist zwar größer, aber ich bin noch keinesfalls sicher." Dann beendete er das Gespräch.

Als er wieder im Zimmer erschien, meinte John: „Nun sollten wir aber wieder etwas anderes zu uns nehmen", und er schenkte Perc den gewohnten Whisky ein. Perc war gut drauf und John begann nun seine Sammlung alter Singvogelkäfige vorzustellen. Aber Perc wollte mehr über Jana wissen und wurde schon langsam lästig mit seiner Fragerei.

„Hugo, bei Jana müssen Sie vorsichtig sein. Sie hat zwei erwachsene Söhne, die beide immer mit einem Bein im Gefängnis stehen. Es sind zwei Taugenichtse. Sie leben vom Einbrechen, Betrügen und Rauben. Nur weiß das Jana leider nicht und ich kann ihr das nicht sagen. Ich habe die beiden Gauner schon mehrmals von meiner Eingangstür verjagt und ihnen angedroht eine Grube im Moor nach ihnen zu benennen. Das dürften sie verstanden haben, denn ich habe die beiden seither nie mehr gesehen. Jana liebt aber ihre für sie immer noch kleinen Buben über alles und hat keine Ahnung. Sie glaubt ihnen ihre Lügen, und jedes Mal, wenn die beiden wieder mit einem tollen Wagen auftauchen, erzählen sie ihr, dass ihre Geschäfte gut laufen, und sie ist stolz auf die beiden Gauner. Dann gibt sie ihnen ihr hart verdientes Gespartes, denn die Knaben sind ja immer momentan in einer finanziellen Klemme und sie würden ihr selbstverständlich nach Abschluss ihrer Geschäfte alles wieder zurückgeben. Aber von den beiden hat sie noch nie etwas bekommen." „Woher wissen Sie denn das alles, John?", fragte Perc. „Ja, wissen Sie, Hugo, einer meiner Hausgehilfen, übrigens ein Serbe, hat gute Kontakte als V-Mann bei der Polizei. Abteilung Raub und neuerdings auch Schlepperunwesen." „Das ist ja interessant", sagte Perc.

„Das glaube ich Ihnen gerne", rutschte es John heraus. „Wieso glauben Sie das?", antwortete Perc, doch John hatte sich schon wieder gefangen und sagte: „Ja, nachdem Sie sich so für Jana interessieren, muss ich Ihnen schon auch etwas über ihren Hintergrund sagen." Das ist schön von Ihnen, danke", meinte Perc zweideutig.

Momentan war das Thema Jana abgeschlossen und John begann seinen Plan umzusetzen, bevor noch Überraschungen auftauchten. Die kleine Beule im Sakko des Mr. Perc konnte ja nur ein geübter Beobachter erkannt haben. Aber der wahrscheinliche Einsatz einer Waffe war bei Gott nicht unwichtig für den weiteren Verlauf des Abends.

Perc begann nun Interesse an den kleinen Singvogelautomaten zu finden. Da er ja selbst ein genauer Mensch und Tüftler war, wollte er bis ins Detail die Funktionsweise kennenlernen. Nach einer knappen Stunde hatten sie das Thema abgehandelt und John füllte das Glas von Perc immer wieder mit dem herrlichen Whisky.

„John", sagte Perc, „dieser Raum ist einfach einmalig. Der alte Dachstuhl fasziniert mich. Vor allem, wie Sie dies renoviert haben und mit welcher Liebe Sie das alte Haus in Schuss halten." „Aber Hugo, dies ist alles mein Hobby, so wie Sie wahrscheinlich auch ein interessantes Hobby haben. Leider haben Sie mir davon noch nie etwas erzählt." „Das werde ich schon bei nächster Gelegenheit bei mir nachholen", sagte Perc.

Die Sammlung mit den Geigen war einige Stufen höher untergebracht und Perc stolperte die Stiege hinauf. John fing ihn im letzten Moment ab und Perc sagte: „Na ja, der Südbahnwein und der Whisky haben es in sich. Ich bin trotzdem schon sehr gespannt auf Ihre Schätze."

„Hugo, ich mache uns jetzt einen starken Espresso, denn das, was Sie jetzt sehen werden, ist wirklich einmalig." Dann ging er zur Espressomaschine und legte die Tabs ein. Er ließ den Kaffee herunter, stellte die Tassen auf ein Tablett und stieg die Stufen in den Raum zu seiner Sammlung hinauf. Perc hatte es sich inzwischen in Johns Ohrensessel bequem gemacht. Ted beäugte ihn misstrauisch, da Perc diesen Lieblingsplatz vor ihm und John wieder besetzt hatte, und knurrte. Dies war sicher das letzte Mal. Nächstes Mal würde er schneller sein. John sagte: „Es ist schön, Hugo, dass Sie sich bei mir wohlfühlen, obwohl Sie auf dem Lieblingsplatz von Ted sitzen. Er muss es einfach akzeptieren."

Mittlerweile war es 22 Uhr 30 geworden und John begann mit seiner Einführung über Geigenbau. Der Espresso hatte sie beide wieder aufgerichtet und Perc folgte interessiert den Ausführungen von John. Nach einiger Zeit fiel John auf, dass Perc etwas unruhig wurde, und Perc sagte ihm, er müsse zur Toilette.

John zeigte ihm den Weg über die Wendeltreppe in den ersten Stock des Hauses. Dann ging er zu seinem Computer und sah über die Kamera, dass Perc wieder telefonierte. Er hörte noch Perc sagen: „Paul, es ist alles in Ordnung, John zeigt mir nun seine Geigensammlung und dann werde ich wieder aufbrechen. Ich glaube, du brauchst dir keine Sorgen machen." Kurze Pause. Dann sagte Perc: „Nein, mach dir keine Sorgen, ich passe schon auf mich auf."

Nach ein paar Minuten kam Perc die Treppe wieder herauf. Er setzte sich schwer in den Ohrensessel. „Geht es Ihnen nicht gut, Hugo?", fragte John.

„Nein, nein, es ist alles okay. Ich habe nur meine Blutdrucktabletten nicht genommen und sie auch zu Hause liegen gelassen. Aber wegen einmal Aussetzen wird es schon nicht so schlimm sein. Das ist sicher kein großes Problem." „Wenn Sie wieder aufnahmebereit sind, werde ich Ihnen nun die erste Geige zeigen." Er erzählte Perc, dass dieses Instrument ursprünglich im Instrumentenmuseum in einer Abteilung in der Hofburg in Wien ausgestellt gewesen war und auf seine Anfrage habe er die Nachricht erhalten, dass das Museum das Instrument gegen ein Angebot abgeben würde. „Ich bin daraufhin sofort nach Wien gefahren, habe mit dem Direktor einen Preis verhandelt, die Geige erstanden und gleich mit nach Hause genommen. Es ist eine Stainer-Geige aus dem Jahr 1640 und sie ist noch heute in erstklassigem Zustand. Einer meiner Freunde und einige Kollegen, die Mitglieder der Wiener Philharmoniker sind, leihen sich verschiedene Geigen jeden Sommer aus, um damit bei Konzerten zu spielen. Auch in den Wintermonaten, für Serenaden und Kammerkonzerte und zu den Mozartwochen, verleihe ich manchmal Instrumente an erstklassige Geiger, um sie bespielen zu lassen.

Denn alles, was man nicht benutzt, verkommt und rostet ein, finden Sie nicht auch Hugo?", fragte er mehrdeutig. „Sie haben recht, John", meinte Perc.

John hatte den Eindruck, dass Perc immer unruhiger wurde. Er ließ sich jedoch nichts anmerken. Mittlerweile war es bereits 23 Uhr 30 geworden und John wollte Perc noch drei weitere Geigen zeigen. Er überlegte sich jedoch eine andere Strategie, denn Perc war jetzt schon sehr unruhig und er musste handeln. „Hugo, ich glaube, es ist ja doch schon sehr spät, aber ich möchte Ihnen unbedingt meinen größten Schatz zeigen. Sie sagten mir doch, dass Sie seit Jahren Geige spielen." Perc nickte erfreut. „Ich bin kein allzu großer Geigenvirtuose, aber ich liebe diese Instrumente und bin schon sehr neugierig darauf."

Dann holte John aus einem verborgenen Safe hinter der Holzvertäfelung den schön gearbeiteten Geigenkasten und öffnete ihn. Hugos Augen wurden immer größer, als er den Zettel in der Geige lesen konnte. „John, das ist ja eine Leonardo-Geige. Die ist ja unbezahlbar." „So ist es, Hugo." „Wie kommen denn Sie zu einem solchen Prachtstück?" „Ja, es ist halt immer wieder ein Zufall, wie so vieles im Leben. Meine Tante Paula und mein Onkel Siegi erzählten mir vor ein paar Jahren, dass sie aus der Hinterlassenschaft ihres verstorbenen Vaters zwei alte Geigen im Schrank gefunden hätten. Sie wussten, dass ich mich sehr für alte Instrumente interessiere, und fragten mich nun, da sie nicht wussten, was sie damit anfangen sollten, ob ich nicht die eine Geige ansehen möchte. Sie würden demnächst ihren Haushalt auflösen. Ich war natürlich sofort interessiert und besuchte die beiden in ihrem Häuschen. Als ich kam, war der Kaffeetisch schon gedeckt und die Geige lag daneben. Erwartungsvoll sahen mich die beiden an.

Da sie mir schon vorher erzählt hatten, welcher Name auf den Geigenzetteln im Inneren der Geige stand, wusste ich bereits, dass, wenn es sich wirklich um eine Original-Geige dieses Geigenbauers handelte, sie einen Familienschatz in ihren Händen hielten. Entscheidend war nur, dass es sich nicht um eine Fälschung handeln könnte. Ich fotografierte das Instrument von allen Seiten. Dann sagte ich den beiden, dass wir eine Geigen-Expertise anfertigen lassen müssten. Sollte sie wirklich echt sein, könnten sie sich einen gemütlichen Lebensabend in ihrer neuen, geplanten Umgebung problemlos leisten. Ich erzählte ihnen ferner, dass ich erfahren hätte, dass es in London ein Institut gab, das alte Geigen auf ihre Echtheit überprüfen könnte. Ich sah den zustimmenden Blick der beiden alten Herrschaften und rief sofort bei diesem Institut an. Es war eine Frau mit einer sehr tiefen und angenehmen Stimme am Apparat. Ich stellte mich vor und erklärte ihr mein Anliegen. ‚Mr. Goff, übrigens auch ich habe einen Namen und heiße Linda Stevens. Wenn Sie eine Expertise erhalten wollen, müssen Sie mir schon die Geige zusenden. Alleine anhand eines Fotos können wir keine Expertise anfertigen.‘

Ich fragte sie, ob es ihr recht wäre, wenn ich persönlich mit der Geige nach London kommen würde, da ich das Instrument keinesfalls aus der Hand geben wollte. ‚Das ist doch selbstverständlich‘, meinte sie und ich sagte ihr, dass ich sie in ein paar Minuten wieder anrufen würde. Sie war einverstanden. Paula und Siegi waren sofort begeistert und mein Onkel wollte unbedingt mit mir nach London fliegen.

‚Ich habe so viel Zeit, ich bin ja in Rente und war schon lange nicht mehr in London‘, meinte er. Mittlerweile hatte ich übers Internet den Namen Linda Stevens und den des Instituts eingegeben. Es handelte sich bei der angenehmen Stimme um Mrs. Prof. Linda Stevens, fünfundvierzig Jahre alt, ledig, eine zwanzigjährige Tochter und Expertin für alte Saiteninstrumente. Foto von ihr war keines dabei.

Das war ja ein Haupttreffer, den ich hier gelandet hatte. Ich checkte die Flugzeiten und rief sofort wieder bei ihr an. Ihre Stimme elektrisierte mich von Neuem und ich machte mit Mrs. Linda Stevens einen Termin für die nächste Woche aus. Den Flug nach London buchte ich sofort für Siegi und mich. ‚Die Geige nehmen wir im Handgepäck mit‘, sagte ich ihm. Siegi war begeistert, aber einen Luftsprung konnte der ehemalige Skisprung-meister nicht mehr machen, dafür hatte er in seinem Leben zu viel Extremsport betrieben.

‚Wenn die Geige echt ist, könnt ihr ein Vermögen damit er-halten.' Paula umarmte mich und sagte: ‚Die Hälfte davon nach Abzug der Spesen gehört dir, John. Aber warten wir erstmal ab!'

Gesagt, getan. Eine Woche später landeten wir in Heathrow pünkt-lich und fuhren mit dem Taxi in die Innenstadt zu Mrs. Prof. Linda Stevens.

Das Institut entpuppte sich als moderner mehrstöckiger Glas-palast in unmittelbarer Nähe des Scotland-Yard-Refugiums. Wir meldeten uns mit unserem kleinen Geigenkoffer um Punkt 9 Uhr beim Portier an. Er verlangte, dass wir mit der Geige durch einen Ganzkörperscanner müssten. Er entdeckte nichts Verdächtiges und wir durften auf einer Ledergarnitur Platz nehmen.

Es dauerte einige Minuten, als sich ein Traum vor meinen Augen auftat. Eine vollkommene Lady erschien auf der Treppe. Sie hatte schwarzes, langes Haar. Die Figur wie handgemacht und das Business-Kostüm war in einer Schlichtheit, die alleine schon ein Aufreger war und manch einem Männchen den Verstand rauben konnte.

Dann begann dieses Wesen von einem anderen Stern mit seiner tiefen, rauchigen Stimme zuerst Siegi und dann mich zu be-grüßen. ‚Mister Goff, es freut mich sehr, dass Sie so schnell nach London kommen konnten. Denn ich bin ja eigentlich schon auf dem Weg in den Urlaub. Gehen wir doch zuerst in mein Büro, um den Papierkram zu erledigen.'

Ich beobachtete Siegi und staunte, wie der achtzigjährige Onkel Mrs. Stevens mit großen, ungläubigen Augen ansah.

Ich erzählte nun über den Fund bei meiner Tante und meinem Onkel. Ich hatte den Eindruck, dass mich auch Mrs. Linda Stevens manchmal sehr interessiert begutachtete. ‚Fahren Sie nur fort, John, es wird ja immer spannender!'

Nachdem ich geendet hatte, führte Linda uns in ein Labor, in dem einige Personen anwesend waren. Sie stellte uns Mr. Peter Stone vor, der laut ihren Ausführungen Spezialist für Hölzer, für Lasuren und Lacke war. Er hatte schon eine Unzahl von Fälschungen erkannt. Er schob die Geige in einen Scanner und nach zehn Minuten prüfte er das Ergebnis. ‚Mr. Goff, eines ist klar, die Geige stammt aus dem Jahrhundert, in dem der angebliche Hersteller gelebt hat. Die Zusammensetzung der Lasur muss ich noch klären.'

Wir gingen in ein zweites Labor und mit einem mikroskopisch feinen, runden Bohrer entnahm Mr. Stone an der Unterseite der Geige eine winzige Lackprobe. ‚Mr. Goff, ich kann anhand der Struktur der Lasur erkennen, welcher Geigenbauer es war und welche Lasur er verwendet hat. Wir haben dies alles dokumentiert.' In einem eigenartigen Mikroskop untersuchte er nun die Lackschicht und begann sie in einer Flüssigkeit aufzulösen. Dann zentrifugierte er die Flüssigkeit und untersuchte die ausgefallenen Teilchen einzeln wieder im Mikroskop. Er gab die Details der Zusammensetzung in den Computer ein. Das Ergebnis kam prompt. Stone wiegte seinen Kopf hin und her und sagte schlussendlich: ‚Mr. Goff, diese Lasur ist mit einem Material verfeinert worden, das ich in Untersuchungen von Geigen des Geigenbauers Leonardo aus seinen späteren Bauzeiten vorfinden konnte. Diese Zusammensetzung weist eindeutig auf diesen Geigenbaumeister hin und ich kann mit hundertprozentiger Sicherheit die Echtheit der Geige garantieren. Auch weist die wunderbare Schnecke auf den Hersteller hin, denn nur er konnte diese fantastisch gearbeiteten Schnecken herstellen.

Wir hatten unlängst ein Cello des derzeit bekanntesten Virtuosen, Henry Curazano, hier, um seine Echtheit zu prüfen. Die Lasur dieses Cellos ist ident mit der Ihrer mitgebrachten Geige. Mr. Goff, Sie haben einen Schatz in Händen, den Sie in so einem kümmerlichen Geigenkasten nicht nach Hause transportieren dürfen. Ich gratuliere Ihnen aufs Herzlichste.'

Dann entfuhr es meinem Onkel: ‚Mr. Stone, was ist denn diese Geige Ihrer Ansicht nach wert?' Stone wiegte wieder seinen Kopf hin und her. ‚Nun, eigentlich ist dieses Instrument einzigartig und der Preis ist nicht so wichtig. Aber ich kann Ihnen sagen, dass Sie für diese Geige in dem derzeitigen Zustand wahrscheinlich an die eineinhalb Millionen Pfund erzielen können.' Mein Onkel und ich sanken in die Stühle. Wir beide waren fassungslos.

Mittlerweile füllte sich der Raum mit anderen Mitarbeitern, die im Nebenzimmer mitgehört hatten. Mrs. Linda Stevens' Gesicht strahlte vor Begeisterung. ,Wir könnten die Geige auch für Sie versteigern oder verkaufen, da wir einige Interessenten für so wertvolle Stücke in der Kartei haben. Über die Vermittlungsprovision würden wir uns sicher einigen.' ,Das wäre natürlich der Hammer und das tun wir auch', sagte freudestrahlend Onkel Siegi sofort, ohne zu überlegen.

,Wenn Sie sich so schnell entscheiden konnten', meinte Mrs. Stevens, ,schlage ich vor, dass wir die Unterlagen, Expertisen und Verkaufs- beziehungsweise Versteigerungsbestimmungen gleich fertig machen und eine Untergrenze im Falle einer Versteigerung festlegen.' Siegi und ich waren sprachlos. ,Mrs. Stevens, ich bin einverstanden, machen wir gleich Nägel mit Köpfen. Das Einverständnis meiner Frau soll sie uns faxen. Wir rufen sie sofort an.'

Dann sagte Siegi noch: ,Jetzt muss ich mich hinsetzen', und dann nahm er die beiden Experten bei der Hand und sagte: ,Mrs. Stevens und Mr. Stone, wir würden uns freuen, wenn wir Sie heute Abend in das beste Restaurant von ganz London einladen dürften. Hätten Sie Zeit?' Mrs. Stevens warf mir einen vielsagenden Blick zu, und als sie meine aufmunternde Kopfbewegung sah, sagte sie zu.

Als wir das Abendessen beendet hatten, wurde Onkel Siegi müde. ,Ich muss euch jetzt verlassen. Wir sehen uns dann beim Frühstück wieder, nicht war, John?' ,Ja, aber natürlich, ich lasse den Millionär doch nicht alleine nach Hause fliegen', und dann küsste ich ihn auf beide Wangen. Mrs. Stevens meinte noch: ,Mr. Goff, ich habe für morgen früh um 9 Uhr einen Termin mit unserer Geschäftsleitung vereinbart und erst am nächsten Tag um 14 Uhr Ihren Rückflug gebucht. Ich werde Sie morgen, Ihr Einverständnis vorausgesetzt, nach der Besprechung auf eine Sightseeingtour durch London am Tag und in der Nacht führen. Geht das so in Ordnung?' ‚Selbstverständlich, Frau Prof. Stevens, ich bin begeistert.'

Nun, Hugo, das Ende der interessanten Geschichte ist schnell erzählt. Tante Paula und Onkel Siegi, haben mir die Hälfte des Geldes aus dem Erlös der Geige vermacht und ihr Haus geschenkt. Sie hatten ja keine Kinder oder nahestehende Verwandte außer mir. Dafür musste ich ihnen allerdings im Rahmen eines Vertrages, den wir drei gemeinsam aufsetzten, einen Platz in einem wunderbaren Seniorenheim mit allem Komfort besorgen. Wir haben vereinbart, dass alle Ausgaben für ihren Unterhalt und für ihre Versorgung bis ans Lebensende von mir bezahlt werden. Letztes Jahr sind die beiden Herrschaften jedoch dann leider kurz nacheinander verstorben. Es wurde bei beiden Herzversagen festgestellt."

John bemerkte, dass Perc noch um eine Spur blasser geworden war. „Ich muss leider nochmals Ihre Toilette aufsuchen. Ich glaube nämlich, dass ich mir irgendwie heute beim Mittagessen, das mir meine Hauswirtin gekocht hat, den Magen verdorben habe." „Das tut mir wirklich leid, dass sie nicht ganz auf dem Damm sind." „Ich bin gleich wieder da", sagte Perc. „Lassen Sie sich nur Zeit, Hugo."

Mittlerweile war es bereits 24 Uhr geworden. Über die Abhöranlage hörte John das Gespräch mit dem gewissen Paul mit. Perc erklärte ihm, dass ihm nun doch einige Bedenken gekommen wären. „Aber noch bin ich mir absolut nicht sicher und ich muss noch mehr erfahren."

John trat in der Zwischenzeit an seinen Computer. Mit einem Knopfdruck legte er das Mobilnetz über den circa fünfhundert Meter entfernten Funkmast lahm. Das Gebiet im Umkreis von drei Kilometern war von der Außenwelt nicht mehr zu erreichen. Mit einem zweiten Knopf unterband er auch das Festnetz von seinem Haus aus.

Seine private Kommunikation war nur über eine gutgetarnte Funkmastanlage hinter seinem Gartenhaus, die am Gipfel einer zwanzig Meter hohen Fichte befestigt war, möglich.

Hier funkte er seit Jahren mit allen möglichen Funkfreunden. Sein Cousin hatte ihn bereits vor langer Zeit in die Welt der Funkamateure eingeführt, ihm die Amateurprüfung abgenommen und ihm alles Wichtige erklärt. Er war ihm bei der Installation der Anlage mit Rat und Tat zur Seite gestanden. Als sein Cousin vor einigen Jahren verstarb, vermachte er ihm auch seine Funkanlage und sein kleines Haus am See vierzig Kilometer außerhalb der Stadt.

Als Perc wieder im Raum erschien, war seine erste Frage: „Ja, was passierte mit der zweiten Geige?" „Nun, vor lauter Aufregung über das Geschehene gaben mir die beiden die zweite Geige. ‚Mach damit, was du willst, John, du wirst schon das Richtige tun.' Nun liegt dieses Stück vor Ihnen, Hugo, und ich bin hundertprozentig sicher, dass die Geige auch echt ist, und wenn nicht, würde ich sie auch nicht hergeben. Die Geige ist, falls sie wirklich echt ist, eine Art Lebensversicherung beziehungsweise eine Erinnerung an meine lieben Verwandten."

Dann traten sie beide zu dem Geigenkasten. „Sie haben mir doch erzählt, lieber Hugo, dass Sie gerne Geige spielen. Bitte spielen Sie mir doch auf diesem wunderbaren Instrument etwas vor. Sie würden mir eine sehr große Freude bereiten." Perc durchschaute das heimtückische Spiel nicht, im Gegenteil, er war sehr erfreut über die Bitte zu spielen. Er konnte nicht ablehnen und wollte auch nicht, außerdem hatte er noch nie auf einem derartig schönen Instrument gespielt. Sein Magen rumorte zwar fürchterlich, aber er unterdrückte mit letzter Kraft die beginnenden Blähungen.

„Gut, ich kann etwas auswendig, es ist die Toselli-Serenade, die Sie sicher kennen werden, John!"

„Ich freue mich wahnsinnig, Hugo", dann drückte er ihm die Geige in die Hand und sagte: „Sie ist bereits gestimmt", und dann sah er Perc mit seinem treuen Blick in die Augen und fügte hinzu: „Hugo, ich vertraue Ihnen meinen größten Schatz an." Perc stellte sich in Positur und begann die Geige an seinen Hals zu legen. Dann öffnete John die Lederschachtel mit dem Geigenbogen. „Hier ist der dazu passende Geigenbogen, Hugo."

Perc war begeistert und nahm selbstverständlich den Bogen an der richtigen Stelle. Als er probeweise die Saiten anstrich, ließ sich John in den Ohrensessel fallen, schloss die Augen und nahm Ted auf den Schoß.

Am Beginn der Serenade war das Spiel von Perc noch etwas unrund, dann aber wurde er immer besser. John applaudierte anerkennend. Als Perc den ersten Teil wiederholte, fiel John auf, dass Perc etwas aus dem Takt geraten war. Perc entschuldigte sich sofort. „Ich bin heute nicht so in Form wie sonst", meinte er, „außerdem habe ich ja schon seit vier Wochen nichts mehr geübt." Plötzlich sah er John mit großen Augen an. „Was ist nur mit mir los? Mir verschwimmen die Augen, hast du das Licht abgedreht, John? Es wird so dunkel." Dann riss er abrupt den Kopf zu Johns Ohrensessel und lallte bereits: „Du elendiges Dreckschwein, was hast du gemacht?" John stand auf. „Aber Hugo, was soll denn sein? Dir rinnt ja Schaum aus dem Maul. Spiel doch weiter so schön, bemühe dich doch etwas mehr. Du bist doch sonst so genau und penibel, nun verpatzt du dieses schöne Stück." John sah, wie Perc mit dem Tode rang, dann sagte er zu ihm: „Das Dreckschwein bis du. Du hast dein ganzes Leben lang damit verbracht mich zu jagen und heute bist du mir stümperhaft in die Falle gegangen." Perc verließen bereits die Kräfte und John stützte ihn ab. Dann nahm er dem bereits willenlosen Mann die Geige und den Geigenbogen ab. „Wir wollen doch nicht, dass das wertvolle Stück Schaden nimmt, nicht wahr, Hugo?" Perc schüttelte ein Krampf und mit letzter Kraft entriss er John den Geigenbogen und schlug ihn ihm mit dem Griff über das linke Auge.

Dann quoll ihm immer mehr Schaum aus dem Mund und er verdrehte die Augen. John zog blitzschnell eine Folie unter dem Ohrensessel hervor und legte sie unter den strauchelnden Mann auf den Fußboden. Dann ließ er den sterbend zusammenbrechenden Hugo Perc auf die Plastikfolie fallen. Ted sah mit großen Augen dem Geschehen zu und dann begann er mit seinem Schwanz zu wedeln. Das Ganze war für ihn ein Spiel.

Perc fiel punktgenau auf die Folie und blitzartig hatte ihn John darin eingewickelt. Mit Klebebändern verschnürte er das Paket.

Paul Sax versucht
Hugo Perc zu erreichen

Nach dem Telefonat mit Hugo war Paul etwas beruhigter, was sollte noch passieren? Er überdachte das Gehörte. Dann sprang er plötzlich auf und schrie: „Ich muss Hugo am Telefon erreichen! Er soll unbedingt das Haus verlassen!" Er wählte die Nummer, aber er brachte keine Verbindung zustande. Dann hörte er den zuständigen Beamten rufen, das gesamte Netz sei in diesem Gebiet ausgefallen. Paul stöhnte auf. „Warum habe ich Hugo gehen lassen? Das ist doch eine perfekt inszenierte Falle!" Dann brüllte er los: „Kommen Sie, Steiner, wir fliegen sofort los! Die Rotorblätter des Hubschraubers begannen sich zu drehen und die Turbinen heulten auf. Es ging um Minuten. Das Leben von Hugo Perc hing an einem seidenen Faden. „Hugo hat mir beim letzten Telefongespräch gesagt, das Goff ihm seine größte Überraschung zeigen will. Das ist Hugos Todesurteil!" Per Funk gab Steiner den Einsatzbefehl. Die Beamten des Einsatzkommandos verließen ihre am Rande des Moors geparkten Fahrzeuge und bewegten sich auf das Grundstück zu. Dann erreichten sie das Haus. Steiner und Paul kreisten bereits über dem Haus. „Steiner, befehlen Sie den Einsatz der Blendgranaten und stürmen Sie das Haus. Wir müssen Hugo Perc sofort aus diesem Haus herausholen. Er ist in Lebensgefahr!" Vom Hubschrauber aus sahen sie die explodierenden Blendgranaten und die in das Haus eindringenden Männer. Dann befahl Paul dem Piloten über das Umfeld des Hauses zu kreisen. „Schalten Sie die Suchscheinwerfer und die Wärmebildkamera ein. Da Goff unsere Aktion sieht, wird er flüchten. Vielleicht können wir ihn abfangen."

Als der Pilot des Hubschraubers über einem Holzgebäude die Suchscheinwerfer und die Wärmebildkamera einschalten wollte, kam über Funk die Nachricht, das Haus sei leer. „Drehen Sie ab", befahl Paul, „ich will in das Haus." Der Hubschrauber drehte ab. Steiner brüllte Paul an. „Das ist nicht gut! Meine Männer hätten ihn bestimmt entdeckt. Vielleicht hat sich Goff doch irgendwo in der Umgebung verborgen. Wir hätten ihn sehen müssen. Aber ohne den Einsatz der Wärmebildkamera und des Nachtsichtgeräts sind wir ja halb blind."

Paul war verzweifelt. „Ich muss zurück ins Haus, ich muss Hugo finden! Er hat mir vertraut und auch mir immer geholfen."

Während John Percs Leiche mit den Klebebändern verschnürte, ging plötzlich alles rasend schnell. Er hörte das Geräusch und das Wummern der Rotorblätter eines sich nähernden Hubschraubers.

Er blickte auf die Kamera, die in den Garten gerichtet war. Eine Kette von schwarzen Gestalten, mit Gewehren bewaffnet, schlich auf das Haus zu.

Jetzt musste sich sein ausgetüftelter Fluchtplan, den er sich tausendmal überlegt hatte, bewähren. In wenigen Sekunden schleppte er den schweren Toten in den Fahrstuhl. Ted sprang dazu und John rauschte in den Keller. Hier legte er den Toten auf eine Rollbahre und öffnete die in der Wand unsichtbar angebrachte Betontüre. Dahinter befand sich ein einhundert Meter langer Gang, den er vor vielen Jahren, als Entwässerungsrohr geplant, bauen ließ. Durch die neu gebaute Straßenkanalisation war jedoch dieser Graben nicht mehr notwendig. Dieser Gang führte an den Rand des Grundstücks. Hier hatte sich John ja eine kleine Holzhütte gebaut, in der er Gartenwerkzeuge lagerte. Er schob die Bahre bis ans Ende des Ganges und musste Ted mehrmals daran hindern, vor Freude laut zu bellen. Dann erreichte er die Türe, die in den Schuppen mündete und hinter einem Werkzeugkasten verborgen war. John wuchtete den Toten hinter den Schuppen und warf ihn in das bereits vorbereitete Grab. Den Leichnam deckte er mit einer Folie ab, um ihn für die Wärmebildkamera unsichtbar zu machen. John schüttete das Grab in Windeseile zu. Dann schichtete er Torfballen darauf und schob den beladenen Heuwagen darüber. Diese Methode sollte sich vielleicht bewähren.

Aus sicherer Entfernung wollte er nun das Geschehen vor und in seinem Haus beobachten. Plötzlich hörte er den Hubschrauber, der Kreise um sein Anwesen drehte. Der Hubschrauber änderte plötzlich die Richtung und steuerte direkt auf den Schuppen zu. Die Suchscheinwerfer leuchteten die Umgebung ab. John kroch unter den Heuwagen und Ted war im Schuppen eingesperrt. Der Besatzung schien nichts aufzufallen, denn der Hubschrauber drehte plötzlich unvermittelt ab. Das war knapp gewesen und wäre beinahe ins Auge gegangen.

Dann hörte er das Knallen von Blendgranaten und die Eingangstüre zu seinem Haus wurde aufgesprengt. Nun war es höchste Zeit, abzuhauen.

Der Wagen war aufgetankt und alles für die Flucht war vorbereitet. Pässe mit falschen Namen, Autonummern, Waffen, ein Koffer mit Geld und Goldmünzen, Überlebenspakete und Reservereifen. Er hatte an alles gedacht.

Dann sprang Ted auf den Rücksitz des in der Hütte geparkten Wagens und John fuhr aus dem Schuppen. Er verschloss die Tür zum Werkzeugkasten und die Schuppentüre mit dem starken Vorhängeschloss, dann wartete er das Geräusch des sich entfernenden Hubschraubers ab und fuhr, ohne das Licht einzuschalten, über den Treppelweg zur Hauptstraße. Es begegnete ihm kein Mensch, bis er über die Behelfseinfahrt die Autobahn erreichte. Als er den Wagen beschleunigte, musste er sich kurz über das linke Auge streichen. Er hatte ein Gefühl, als würde sich ein kleiner Schatten darüber legen. Er achtete jedoch nicht weiter darauf und fuhr weiter. Er war wie ein Dämon in der Nacht verschwunden. Er hatte sie wieder einmal alle überlistet.

7. Kapitel

Die Flucht

John fuhr die ganze Nacht durch und am Morgen machte er bei einem Rasthaus in Sterzing halt. Ted und er mussten dringend austreten und John besorgte sich einen Café Latte und ein ausgiebiges Frühstück. Als er die Rechnung zahlen wollte, fiel ihm auf, dass er einige Buchstaben nicht erkennen konnte. Er wischte sich über die Augen. Dann bemerkte er plötzlich, dass beim Lesen ein Buchstabe eines Wortes nicht mehr vorhanden war, statt des Buchstabens war ein schwarzer Punkt da, der immer größer wurde. Mit dem rechten Auge sah er ganz normal. John führte dies auf seine lange Nachtfahrt zurück. Als er jedoch eine Zeitung zu lesen begann, wurden es plötzlich mehrere Punkte und ein ganzes Wort verschwand. Er deckte sein linkes Auge ab und nun konnte er wieder mit dem rechten Auge normal sehen. Als er das rechte Auge abdeckte, waren die Punkte wieder vorhanden. Außerdem begann die linke Seite des Kopfes zu schmerzen. John überlegte und kam zu dem Schluss, dass das etwas mit dem Schlag von Perc zu tun haben könnte. Er würde sofort in der nächsten größeren Stadt einen Augenarzt oder eine Klinik aufsuchen.

John rief seinen alten Kumpel Giovanni in Mailand an, erklärt ihm kurz, was mit seinem linken Auge passiert sei. Giovanni gab ihm die Adresse einer privaten Augenklinik und meldete ihn dort bereits unter dem Namen „Dottore Robert Braun" an. Er fuhr in die Klinik und wurde bereits erwartet.

Die Untersuchung wurde sofort durchgeführt und der untersuchende Arzt stellte fest, dass eine Ablösung der Netzhaut an mehreren Stellen eingetreten war. Eine Operation musste sofort stattfinden. John übergab Ted an seinen Freund, der ihm versprach auf den Hund besonders aufzupassen und sich um ihn zu kümmern.

Am Nachmittag lag John bereits im Operationsraum. Der Operateur sagte ihm allerdings, dass es wahrscheinlich keine Möglichkeit gab sein Augenlicht zu retten. Als er nach zwei Stunden im Krankenzimmer erwachte, bemerkte er sofort, dass sein linkes Auge komplett verklebt war. Er betätigte den Alarmknopf und Minuten später war der Operateur an seinem Bett. „Senior Robert Braun, wir müssen Ihnen leider eine unerfreuliche Nachricht sagen. Die Netzhautablösung, die bereits begonnen hatte, konnten wir nicht verhindern. Sie sind leider auf dem linken Auge blind. Wir haben alles erdenklich Mögliche unternommen. Sie können mir glauben, dass es in so einem Falle noch keine Heilungsmöglichkeiten gibt. Augenärzte und Spezialisten in der ganzen Welt an den wichtigsten Universitäten arbeiten an Netzhauttransplantationen. Aber es ist noch kein Durchbruch bei den Forschungsarbeiten gelungen. In ein paar Jahren könnte eine Transplantation möglich werden." John nahm die Nachricht mit einem tiefen Seufzer zur Kenntnis, dann schlief er sofort ein. Das ihm verabreichte starke Schlafmittel entfaltete seine Wirkung.

Am nächsten Morgen stand der behandelnde Arzt wieder an seinem Bett. „Senior Dr. Braun, wie geht es Ihnen?" „Na ja, wie soll es einem Einäugigen denn schon gehen? Aber mein rechtes Auge ist Gott sei Dank in Ordnung."

„Senior Braun, wir werden noch einen kleinen Eingriff machen. Sie werden ja ein künstliches Auge bekommen. Das wird aber erst später möglich sein. Wir werden uns bei Ihrem Freund telefonisch melden, wann wir wieder einen Operationstermin frei haben. Bleiben Sie noch zwei Tage bei uns, dann können Sie unsere Klinik wieder verlassen. Vielen Dank für die sofortige Bezahlung unserer Kostenaufstellung."

Nach drei Tagen konnte John die Klinik wieder verlassen und nach einem neuerlichen Eingriff wurde ihm ein Glasauge eingesetzt. Er erledigte alles und holte Ted, der sich wie ein vor Freude wahnsinnig gewordener Hund aufführte, wieder von Giovanni ab. Dann stellte er seinen Wagen in die Garage von Giovanni und ersuchte ihn, das gute Stück „privat" zu verkaufen. Sämtliche Daten des Wagens waren verändert, kein Mensch konnte den vorherigen Halter eruieren. „Den Erlös kannst du behalten, Giovanni."

8. Kapitel

Paul Sax jagt John Goff

Nach dem Fiasko des sinnlosen Einsatzes des MEK zog sich Paul völlig verbittert in sein Büro zurück. Er hatte alles falsch gemacht und gab sich alleine die Schuld an dem Desaster.

MEK-Kommandant Werner Steiner betrat ohne anzuklopfen den Raum. Der sonst so überlegte Mann brüllte Paul zornbebend an. „Für so eine Aktion haben Sie also jahrelang studiert, Paul? Ich bin entsetzt." Paul sah den Beamten verzweifelt an. „Ich weiß, Werner, ich war an allem schuld. Ich hätte Hugo erstens niemals alleine zu diesem Monster gehen lassen dürfen und zweitens war es selbstverständlich ein Fehler, nicht in der Umgebung nach John Goff zu suchen. Aber wahrscheinlich war Hugo ja bereits ohnehin tot." Dann trat Steiner auf Paul zu und sagte: „Sollten Sie noch jemals in meinen Arbeitsbereich eingreifen, werde ich Sie an Ort und Stelle festnehmen, Sie widerlicher, eingebildeter akademischer Arsch." Dann knallte er die Bürotüre zu.

Paul griff zum Telefonhörer und rief seine Vorgesetzte Christa Grabner in Wien an. Sie ließ ihn nicht zu Wort kommen. „Paul, ich bin über alles informiert und will von dir gar nichts hören. Werner Steiner ist ein super Beamter und im ersten Augenblick hat ihn das Ganze genau so getroffen wie dich." Plötzlich verstummte sie, als sie Pauls schluchzen hörte und seine Verzweiflung spüren konnte.

„Christa, Hugo war ja wie ein Vater zu mir. Ich habe so viel von ihm gelernt und Gutes erfahren. Ich wäre ohne ihn nie so weit gekommen." „Das stimmt natürlich, Paul, aber auch du bist nur durch deinen Ehrgeiz, deine Tüchtigkeit und vor allem wegen deiner Zielstrebigkeit und deines Charakters ein verantwortungsvoller Mensch geworden. Paul, du musst jetzt überlegt handeln und deine alte Kraft wieder mobilisieren. Paul, wir müssen diesen John Goff finden und zur Verantwortung ziehen. Ich bin felsenfest davon überzeugt, dass du ihn stellen wirst.

Ich erwarte dich Montag im Präsidium und wir werden dann die Strategie ausarbeiten. Auch muss ich mich um die finanziellen Mittel des neuerlichen Einsatzes kümmern."

Ein paar Tage später erteilt Christa Grabner Paul Sax den Auftrag, die Ermittlungen offiziell und umgehend aufzunehmen. Er ließ alle anstehenden Fälle liegen und fuhr umgehend nach Salzburg. Für den Nachmittag hatte er zwei Termine im Haus von John Goff vereinbart. Um 14 Uhr mit Jane Goff und um 16 Uhr mit Johns Tochter Lara.

Um 13 Uhr 30 betrat Paul mit zwei ihm zugeteilten Beamten das Haus von John Goff. „Ihr beiden haltet euch bitte im Nebenraum auf und dokumentiert alles, was die beiden Damen so erzählen."

Pünktlich um 14 Uhr fuhr Jane Goff vor das Haus. Eine blonde, vollschlanke und langbeinige Lady stieg aus ihrem Alfa Romeo und kam auf ihn zu. Paul war nicht schlecht überrascht. Dann gab sie ihm ihre warme und angenehme Hand. „Kommen Sie bitte ins Haus."

Es waren noch immer alle Rollläden unten und der leichte Geruch von Blendgranaten lag noch in den Räumen. Jane öffnete die Terrassentür und sie setzten sich auf die im Schatten liegende Garnitur. „Darf ich Ihnen etwas anbieten, Paul?" „Danke vielmals, im Moment nicht, wir wollen ja etwas arbeiten und Licht ins Dunkel bringen."

Dann legte Paul los. Er begann mit den ungelösten Mordfällen von vor mehr als fünfunddreißig Jahren und beschrieb die Verdachtsmomente, die auf John Goff lasteten. Je länger Paul redete, umso blasser und verzweifelter wurde Jane Goff. Paul fiel es zuerst in seinem Redeschwall nicht auf, aber dann stockte er, sah sie an und ergriff ihre Hand.

„Geht es Ihnen nicht gut, Jane?" Plötzlich sprang Jane auf und schrie Paul verzweifelt an. „Dieses Märchen, das Sie mir hier erzählen, kann doch nicht Ihr ernst sein! Ich kenne meinen Mann seit beinahe fünfzehn Jahren. Aber diese Behauptungen sind ja unfassbar! Ich werde mich nicht mehr weiter mit Ihnen unterhalten, und wenn Sie etwas wissen wollen, werde ich nichts ohne meine Anwälte sagen."

„Jane, ich verstehe Sie aber trotzdem nicht. Alles deutet darauf hin, dass Sie mit einem Monster verheiratet sind. Sollten sich die Fakten verdichten, werde ich Sie eben in Untersuchungshaft nehmen müssen. Sie werden ab sofort die Stadt ohne meine Erlaubnis nicht mehr verlassen." Paul griff zum Telefon und gab die nötigen Anweisungen durch. „Jane, Sie können jetzt gehen. Das Haus wird wieder versiegelt. Geben Sie mir alle Schlüssel, Pläne, Dokumente und Unterlagen des Hauses." Sie sprang wütend und verletzt auf. So hatte er keine Chance auch nur den Funken eines Anhaltspunktes zu erhalten.

Als Jane aufstand, wollte er ihr die Hand geben, sie nahm sie aber nicht an. „Paul, Sie verrennen sich total in Ihre Vorstellungen. Ich hasse sie!"

Paul ging trotzdem mit ihr bis zur Haustür und wartete, bis sie mit ihrem roten Alfa wegfuhr. Die beiden Kriminalbeamten hatten alles mitgehört und dokumentiert und setzten sich zu Paul.

Franz Karner und Heinz Ebner waren zwei erfahrene Kollegen, die ihm Christa zur Seite gestellt hatte. Beide waren so um die fünfzig Jahre alt und in vielen Bereichen der Kriminalarbeit ausgebildet. Außerdem waren sie voll motiviert.

„Mittlerweile fangen wir nochmals an, das ganze Haus auf den Kopf zu stellen. Solange, bis wir etwas finden. Es gibt keinen Winkel und keine Ritze, die wir auslassen. Wir müssen in seinem Haus, das ja sein Ein und Alles war, Anhaltspunkte für seinen Aufenthaltsort finden. Es ist nicht möglich, dass wir hier keine Indizien finden. Wir arbeiten uns vom Dachboden beginnend bis zum Keller durch. Wir haben dazu eine Woche lang Zeit und wir werden auch noch diverse Professionisten anfordern, die die Wände und Decken genauestens untersuchen müssen. Auch besteht die Gefahr, dass er uns eine Überraschung zurückgelassen hat. Also Augen und Ohren offen und äußerste Vorsicht.

Zwei Zimmer habe ich für euch in meiner Pension reserviert. Die Vermieterin ist so um die fünfunddreißig Jahre alt und ledig.

Ihr werdet sie ja bald sehen." „Na ja, Paul, ob die Dame wirklich so ist, wie du sie schilderst, werden wir ja sehen." Da lachte Paul bereits wieder.

„Ich werde allerdings hier im Haus schlafen." „Okay, Paul, auch wir werden hier bei dir schlafen. Eine fünfunddreißigjährige ledige Frau können wir uns beide nicht auch noch leisten." „Zu eurer Beruhigung, sie ist mindestens fünfundsiebzig Jahre alt. Hier ist natürlich auch alles vorhanden, was wir brauchen.

Die Berichte der Spurensicherung, die das Haus ja bereits untersucht hat, gehen wir als Erstes durch. John Goffs Büro wird unsere Zentrale. Nun, wir haben noch eine halbe Stunde Zeit, bis Lara Goff kommt. Wir machen es wie vorher, ihr hört das Gespräch von nebenan und wir checken dann seine Sammlungen im Dachboden als Erstes."

Pünktlich um 16 Uhr läutete es an der Haustür.

Vom Dachfenster aus sah Paul den dunkelblauen Nissan Van von Lara Lindt. Er ging zu Fuß ins Erdgeschoss und öffnete die Haustüre. Eine dunkelhaarige, dreißigjährige, langhaarige, schlanke Frau stand vor ihm.

„Ich bin Paul Sax", und er sah ihr ins Gesicht. Als er ihr die Hand geben wollte, hörte er plötzlich ein böses Knurren.

Paul zuckte momentan zurück und sah, dass sich auf dem Arm von Lara Lindt ein kleines Etwas von einem angeblichen Hund befand. „Sie brauchen sich nicht zu ängstigen, Paul, dies ist eine Chihuahua-Hündin und sie ist im Prinzip sehr freundlich. Aber sie verteidigt natürlich ihren Besitz. Sie heißt Chili und man muss sie erst einige Zeit kennen, dann ist sie lammfromm." Dann lacht Lara, „ich muss Sie jetzt am Arm anfassen, Paul, und beruhigende Worte finden. Dann erst wird sie Sie akzeptieren."

Nach dem Ende der Berührung hörte das Knurren unvermittelt auf und der lange buschige Schwanz begann zu wedeln. Aber Chili war trotzdem noch immer misstrauisch und eine tiefe Freundschaft war noch nicht entstanden. Paul musste schmunzeln. „Wissen Sie, Lara, ich liebe ja Hunde, hatte aber leider noch keine Zeit für einen so aufwändigen Gefährten. Der ist ja arbeitsintensiver als ein kleines Kind. Vielleicht wenn ich einmal in Pension bin oder eine Frau mit so einem Tier kennenlerne, wer weiß!"

„Na, bis zu Ihrer Pensionierung haben Sie ja noch einige Jährchen hin und Damen mit Hunden gibt es zur Genüge." „Das schon, aber die Richtige zu finden ist nicht so einfach." Er übersah ihren prüfenden Blick. „Kommen Sie, Lara", und als sie den Hund vom Arm nahm, sauste das kleine Etwas blitzartig in die Küche zum Vorratsschrank und wedelte aufgeregt mit seinem circa dreißig Zentimeter langen Schwanz. „Ah", sagte Lara, „in diesem Vorratsschrank sind Teds Leckerlis." Paul öffnete den Schrank und das Säckchen mit dem Hundefutter, zog ein Stück heraus und hielt es dem Hund hin. Das Tier schaute ihn irritiert an und dann nahm es von Pauls Hand ganz zart eine Kostprobe. Jetzt war das Eis gebrochen.

Lara folgte nun Paul zur Sitzgarnitur. „Ich war erst unlängst bei meinem Vater und bin sehr schockiert, was anscheinend alles vorgefallen ist."

Dann begann Paul zu berichten. Nach einer Viertelstunde sah er plötzlich, wie die junge Frau in sich zusammensank und zu weinen begann. „Paul, bitte hören Sie auf, ich kann das alles nicht fassen. Das ist ja eine furchtbare Sache. Das kann ja niemals mein Vater sein, von dem sie hier berichten. Ich glaube, ich bin in einem anderen Film." Lara ging zur Hausbar und ohne zu fragen schenkte sie Paul und sich einen Likör ein. Ein Getränk, das sie immer mit ihrem Vater getrunken hatte.

Plötzlich sah er eine Veränderung, die in der jungen Frau vor sich ging. Ihre Gesichtszüge wurden konzentriert und angespannt. Dann legte sie plötzlich los. „Paul, wenn Ihre bisherigen Ermittlungen tatsächlich stimmen, und eigentlich zweifle ich jetzt nicht einmal mehr daran, werde ich Ihnen selbstverständlich helfen meinen Vater zu finden. Wir müssen ihn finden und er muss auch seine Verantwortung übernehmen.

Mein Vater hat mir damals, nach dem ungeklärten Tod meiner Mutter, sein Vermögen übereignet. Für seine Frau hat er eine Stiftung eingerichtet. Was er noch an anderweitigem Vermögen besitzt oder besaß, weiß nur sein bester Freund und Anwalt Lui Stix. Ich kann ihn jederzeit Tag oder Nacht anrufen."

„Okay, das können wir sofort erledigen." Paul erhielt sofort einen Termin für den nächsten Tag in der Kanzlei des Anwalts.

„Nun, Paul, mir geht es nach dem Likör schon wieder etwas besser", und Paul bemerkte natürlich die positive und konzentrierte Veränderung der Frau.

„Lara", begann nun Paul: „Niemand kennt Ihren Vater so gut wie Sie. Von seiner Frau habe ich keine Unterstützung zu erwarten. Sie liebt ihn noch immer grenzenlos und glaubt mir nichts. Erzählen Sie mir bitte alles über ihn", und dann begann sie zu sprechen.

„Mein Vater hat mit fünfundzwanzig Jahren geheiratet. Ein Jahr später bereits kam ich. Als ich zu denken begann, habe ich bald festgestellt, dass er meine Mutter nicht liebte. Sie hat sich im Laufe ihres Lebens, sie war einmal eine sehr schöne Frau, zu einer Säuferin und Kettenraucherin verändert. Ich sah, dass sich mein Vater noch mehr von ihr zurückzog. Er dehnte seine geschäftlichen Reisen und Aktivitäten immer mehr aus und war sehr oft eine ganze Woche oder sogar manchmal monatelang weg. Doch wenn er anwesend war, hatte ich ihn ganz für mich. Alles, was es an Spielen zu lernen gab, lernte ich von ihm. Meine Tiere, unsere Hunde und unsere herrlichen Reisen und Ausflüge waren seine und meine Erfindungen. Dann jedoch war er plötzlich wieder verschwunden.

Als ich fünfzehn oder sechzehn Jahre alt war, reiste ich mit ihm um die halbe Welt. Mit einundzwanzig Jahren lernte ich meinen Mann kennen und durch die Geburt meiner beiden Kinder wurde mein Lebensinhalt natürlich ein anderer. Es ist mir damals nicht aufgefallen, ob er einsam war und sich in Arbeit und Reisen flüchtete.

Doch seine beiden Enkelsöhne liebten ihn so abgöttisch wie er die beiden Buben. Er war immer ein Fixpunkt für viele ihrer Aktivitäten. Wie gesagt, wenn er hier war. Ich habe trotzdem nie bemerkt, dass er zwei Leben führte. Aber wenn ich nun genau überlege, war doch manches im Nachhinein gesehen eigenartig.

Dann kam die Scheidung meiner Eltern, die für mich sehr verständlich war. Er sagte mir einmal: ‚Lara, ich habe nur gewartet, bis du erwachsen warst. Ich hoffe, du kannst mich verstehen.' Nun habe ich meinen Mann vor zwei Jahren durch einen Verkehrsunfall verloren, aber dank der Unterstützung meines Vaters hatte ich wenigstens finanziell keine Probleme. Ich habe nie genau gewusst, was er eigentlich verdient. Aber es war sicher nicht wenig."

Dann unterbrach sie Paul plötzlich. „Lara, ich habe überhaupt keinen Anhaltspunkt, wo er sich nun aufhalten könnte. Wir haben sein geschäftliches Umfeld bereits abgesteckt. Er hat für ein bekanntes Unternehmen jahrzehntelang freiberuflich als Computerexperte gearbeitet. Diese Tätigkeit erforderte maximal vier Monate, auf das Jahr verteilt, Arbeitszeit im Jahr. Diese Firma war nur als Alibi für seine umfangreichen anderweitigen Geschäfte vorgeschoben. Die Verschleierung seiner gewaltigen Einkünfte aus Stiftungen und Anlagen können wir derzeit noch nicht abschätzen."

Lara unterbrach nun ebenfalls Paul. „Paul, ich werde selbstverständlich alles unternehmen, um Ihnen zu helfen. Wenn unsere Anhaltspunkte und Nachforschungen erfolgreich sind, werden Sie ihn finden."

Paul beobachtete sie unauffällig. Ihre spontane Bereitschaft ihm zu helfen machte ihn doch etwas nachdenklich. Er hatte das unbestimmte Gefühl, dass die Frau mehr wusste, als sie preisgab. Immerhin war sie ja seine Tochter und sollte sie seine Gene mitbekommen haben, würde er vorsichtig sein müssen.

„Lara, wenn Sie mir helfen ihren Vater zu finden, werde ich alles unternehmen, um ihn einer gerechten Strafe zuzuführen. Ich bin überzeugt er wird als Erstes versuchen mit Ihnen Kontakt aufzunehmen. Haben Sie einen Verdacht, wo er sein könnte?" Er bedauerte sofort seine simple Frage, aber die Frau verunsicherte ihn. Ihre warmen, schönen braunen Augen weckten in ihm Erinnerungen. Die Überraschung in ihrem Gesicht über seine Frage war ihr kurz anzusehen. War er wirklich so dumm zu glauben, dass sie ihren Vater verraten würde? Dann antwortete sie etwas zu schnell: „Paul, ich habe keine Ahnung, wo er sein könnte.

Lassen Sie mir etwas Zeit, ich werde eine Liste mit Überlegungen und Vermutungen anlegen. Ich setze mich sofort hin und werde auch unsere alten Fotos sichten, vielleicht finde ich einen Anhaltspunkt." Sie wirkte nun auf Paul eine Spur zu ehrlich.

Paul hatte sich wieder im Griff, als er zu ihr sagte: „Lara, ich danke Ihnen für Ihre Kooperationsbereitschaft, das ist nämlich nicht selbstverständlich. Und ich melde mich bei Ihnen, denn im Haus Ihres Vaters kann ich Sie vorerst nicht empfangen. Es ist ja offiziell versiegelt." Dann sah er sie wieder an, diese schönen braunen Augen, und sie drückte ihm verdammt lange die Hand. Schließlich nahm Lara den Hund auf und zu Pauls Überraschung wedelte dieser wieder mit dem Schwanz. Paul begleitete sie bis zur Tür, und als sie in ihren Wagen stieg, drehte sie sich noch einmal und winkte ihm einen Augenblick zu. Das Herz des kühlen Rechners und Denkers schlug eine Spur schneller.

Die beiden Kollegen hatten im Nebenzimmer alles gehört und betraten nun den Raum. „Das ist ja nicht schlecht gelaufen. Frau Lindt macht auch auf uns beide einen kooperativen Eindruck." „Hoffentlich täuschen wir uns nicht", meinte Paul. „Wenn sie ihrem Vater nachkommt, dann Gnade uns dreien der Herrgott." „Paul, wir machen uns noch auf einen Rundgang durch das Moor." „Ich gehe erst später bei Einbruch der Dunkelheit. Ich kann dann meine Gedanken besser ordnen."

Paul ging in das Obergeschoss mit den diversen Sammlungen John Goffs. Er begann den ersten Raum und seinen Inhalt zu erkunden. Nach einer Stunde hatte er sich einen Überblick verschafft. Hier würden sie noch einige Tage verbringen müssen. Er stieg in den Fahrstuhl und fuhr ins Erdgeschoss, betrat die Küche und öffnete den Eisschrank, der fast leer war. Also wollte Goff nicht lange vorsorgen. Einzig ein Fach war vollgeräumt mit Hundefutter. Dann fiel es ihm wie Schuppen von den Augen. Im Leben John Goffs hatte es immer eine bestimmte Hunderasse gegeben. Schwarze ungarische Hirtenhunde. Dies hatte ja auch seinerzeit Hugo bei seinen Ermittlungen festgehalten. Ein schwarzes Haarbüschel eines Hundes war im Wagen der Frau

Dr. Hingsamer vor fünfunddreißig Jahren gefunden worden. Dies war ja schlussendlich auch das Tatfahrzeug gewesen, wie sich später herausgestellt hatte. Über seinen Hund konnte sich John Goff verraten. Ihn konnte er nicht ständig verstecken, er war ja immer in seiner Nähe. Paul las nochmals den Bericht der Spurenermittler, sie hatten im ganzen Haus ja die gleichen Hundehaare festgestellt. Seltsamerweise auch ein Bündel Haare in einem alten Bauernkasten im Keller des Hauses.

Paul benutzte nochmals den Fahrstuhl und fuhr in den Keller. Die automatische Beleuchtung schaltete sich ein. Es war alles penibel aufgeräumt. An den Wänden hingen Werkzeugkästen. Alle Arten der verschiedensten Maschinen, Fräsen und Spezialwerkzeuge waren fein säuberlich geordnet. Dann sah er den bemalten zweitürigen Bauernschrank, beachtete ihn aber vorerst nicht. Er nahm einen auf einer Werkbank liegenden, zum Verlegen von Granitsteinen verwendbaren Gummihammer mit Kunststoffauflage und begann systematisch die Kellerwände abzuklopfen. Alle Wände, bis auf die Wand hinter dem Kasten, hatte er innerhalb einer halben Stunde ohne Erfolg bearbeitet. Sie waren dicht und keine Spur einer Öffnung dahinter war zu entdecken. Paul wollte bereits seine Arbeit beenden, da fiel ihm vor dem Kasten auf dem Boden liegend ein kleiner Knochen auf. Er hob ihn auf und stellte fest, das musste ein Spielknochen von Johns Hund Ted sein. Plötzlich standen die beiden Beamten wieder im Raum und mussten dröhnend lachen. „Die Kollegen der Spurensicherung haben mehrere solcher Knochen im Haus verteilt gefunden und diesen haben wir dir als Köder ausgelegt, Paul, damit auch du endlich etwas findest." „Ihr seid wahrlich zwei gewaltige Armleuchter", konterte nun Paul. „Das kostet euch einen gespritzten Weißen."

Doch dann entdeckte er plötzlich an der Schranktüre Kratzspuren von Hundepfoten. Er öffnete den Schrank. Auf dem Boden lag ein Bündel schwarzer Hundehaare. Ein komplettes Sortiment an Schrauben, Muttern und Nägeln war in kleinen Kästchen akribisch geordnet an der Rückwand des Kastens befestigt.

Dann überlegte Paul eine Sekunde: „Diese Akribie ist auch deine Achillesferse, John Goff."

Paul rief seine beiden Kollegen, die sich die verschiedenen Werkzeuge und Maschinen vorgenommen hatten, heran. In kürzester Zeit hatten sie die kleinen Kästchen mit den Schrauben von der Rückwand des Kastens abgenommen. Die Kästchen waren mit einem Klickverschluss an der Rückwandbefestigt. Als alle Kästchen abgenommen waren, konnte man in der Rückwand einen Streifen in Form einer Türe erkennen. Die Kästchen waren so angebracht, dass man vor der Abnahme keine Unregelmäßigkeiten und verräterischen Ritze erkennen konnte. Paul klopfte leicht gegen die Rückwand und sie klang hohl. Dann sprang die Holztüre auf und dahinter wurde eine Eisentür in der Kellerwand sichtbar. Die Männer sahen sich an, und als Paul die Türe ohne Probleme öffnen konnte, wurde ein dahinter liegender Gang sichtbar.

Der Kriminalbeamte Franz Karner trat in den Gang und durch die automatische Beleuchtung wurde alles hell ausgestrahlt.

Paul hielt seinen Kollegen am Arm zurück. „Franz, wir haben heute schon sehr viel erreicht und es ist genug. Wir sind ein schönes Stück weitergekommen. Morgen um 9 Uhr geht es wieder los. Heute seid ihr mir noch einen Gespritzten schuldig. Ich kenne einen kleinen Heurigen ganz in der Nähe."

9. Kapitel

Die weitere Flucht des John Goff

Am Flughafen in Mailand wartete ein bereits aufgetankter Falcon-Jet. Johns Freund Giovanni fuhr ihn und den Hund Ted direkt bis zur Flugzeugtüre. Dann verabschiedeten sich die beiden Freunde und küssten sich nach alter Gewohnheit auf beide Wangen. John nahm seine beiden Pilotenkoffer und Ted sprang über die kleine Treppe in den Jet, den er schon von früher kannte. Er wusste sofort seinen vorbereiteten Platz und knurrte zufrieden, als er John in der Türe sah. John gab den beiden ehemaligen Kampfpiloten die Hand. „Hello, Boys, wie geht es euch? Ihr wisst ja das Ziel." „Okay, Boss, in zwei Stunden werden wir es schaffen. Einige kleine Seitenstepps müssen wir allerdings einlegen. Wettermäßig und wir wollen uns ja unsichtbar machen, es soll uns ja niemand finden." Wenige Minuten später erhielten sie die Freigabe und der Jet stieg steil in die Nacht. Als sie die Höhe Ancona erreichten, zogen sie steil nach unten. Der Jet jagte nun im Tiefflug über das Mittelmeer.

John legte sich neben Ted und im nächsten Moment war er eingeschlafen. Nach einer Stunde wurde John hellwach. Der Jet war auf Dienstgipfelhöhe, befand sich aber bereits wieder im Sinkflug. Punkt 24 Uhr setzten die beiden Piloten den Jet butterweich auf die Rollbahn. Während sie auf ihren privaten Stellplatz rollten, gab John den beiden Piloten die Hand und überreichte ihnen je ein Kuvert. Als der Jet zum Stillstand gekommen war, stieg John sofort mit den beiden Koffern und Ted aus. Er ging auf einen bereits wartenden Wagen zu. Die Tür des Wagens ging auf und Johns Freund Christos Papadopulos rannte auf ihn zu. Sie fielen sich in die Arme. „Kalispera, John, es ist so schön, dich wiederzusehen. Ich habe alles für dich vorbereitet, so wie du es mir mitgeteilt hast." Sie verluden alles in den Wagen und Christos kurvte unbehelligt von irgendwelchen Formalitäten aus dem Flughafenareal. Er fuhr eine Viertelstunde bis zum Hafen. Als John aus dem Wagen stieg, roch er die herrliche Luft des Meeres und den Duft des Hafens. Er blieb stehen und atmete tief ein. „Hier wird mich keine Sau finden", überlegte er. Im Hafen war es absolut ruhig, nur der Schlag der Wellen an die Schiffsrümpfe war zu hören.

Etwas abseits lag an seinem Stammplatz das große, etwas verfallen wirkende Fischerboot von Papadopulos. Doch der Außeneindruck täuschte. John hatte ihm im letzten Jahr einen neuen Volvo-Diesel-Motor einbauen lassen. Die PS-Zahl war ausreichend, um so manches Polizeiboot abzuhängen. Das türkische Festland war ja nicht weit und die Geschäfte des Papadopulos waren gewaltig angestiegen. John ging auf das Deck und warf einen Blick auf die in Umrissen erkennbare Stadtmauer. Der Geruch von Teer, Benzin und Fischen verursachte bei ihm Momente des Glücks. Ted lag zusammengerollt am Bug, er war schon wieder eingeschlafen.

John schaute in die Runde des Hafens, plötzlich stockte er. Am Ende des Piers, im militärischen Teil des Hafens, erkannte er plötzlich eines der modernsten Horchboote unter deutscher Flagge. „Was machen die hier?", fragte er Christos. „Nun, die NATO will ja Griechenland militärisch aufrüsten. Ein Boot liegt bereits zwischen Zypern und der Türkei und sie wollen den Nahen Osten und die Krisengebiete total abhören. Ganz vertrauen sie auch den Türken nicht. Die amerikanische Fregatte von Kapitän Jefferson liegt außerdem auch vor der Südostküste. Wir haben gute Kontakte zu den Herren Offizieren und diversen Mannschaftsgraden. Außerdem liegt auch noch die Korvette ‚Karamanlis' im Militärhafen. Du brauchst also keine Bedenken zu haben, John. Wir haben die Burschen im Griff."

Dann startete Christos den Motor und lief aus dem Hafen zwischen den beiden Statuen Elafos und Elafina, die die Hafeneinfahrt wiesen, aufs offene Meer Richtung Südost hinaus. Der bereits sehr hochstehende Mond schaukelte hinter der sich drehenden Radarantenne durch die Bewegungen des Schiffes hin und her. Christos stellte den Autopiloten auf Kurs Ost. John ging zum Bug des Schiffes und kraulte Ted hinter den Ohren. Der träumte bereits. Auch für ihn waren es aufregende Tage.

Nachdem Christos alle notwendigen Handgriffe erledigt hatte, setzte er sich zu John an den kleinen Tisch der Kapitänskajüte. John warf einen Blick auf den Radarschirm. „Was bedeutet der kleine Punkt vor der türkischen Küste?" „Mach dir keine Sorgen, um diese Zeit werden für drei Stunden die Radaroffiziere beider Seiten mit dem nötigen Salär ausgestattet. Außerdem gibt es freundliche Unterhaltung für die Herren Offiziere. In diesem Zeitraum ist das Radar blind. Wir können dann unsere Geschäfte ungestört abwickeln. Diesen kleinen Punkt werden wir in ein-einhalb Stunden treffen und ‚Waren' umladen. Das können auch Flüchtlinge oder Agenten sein, wie du weißt. Außerdem soll ich dich von Achmed Celik grüßen. Er baut ja auf Teufel komm he-raus in den großen türkischen Städten einen Wolkenkratzer nach dem anderen." „Gut, dass du es sagst, Christos", lachte John, „bei-nahe hätte ich es vergessen. Dieser Koffer und sein Inhalt sind für ihn bestimmt. Ich hoffe, es reicht für einige Zeit." Christos fragte nicht nach, was sich in dem Koffer befand. „Grüß Achmed von mir herzlich, es ist ein Geschenk für seine Familie!"

Christos ging zum Funkgerät und rief verschlüsselt die Kennung von Celik. Er schlug einen Übergabetermin für den Koffer vor. Kurze Zeit später meldete sich Celik per Sprechfunk. „John, herz-lichen Dank für dein Geschenk. Ich hoffe, es geht auch deiner Familie und Ted gut. Wir werden uns ja wie vereinbart in einem Monat in Frankfurt treffen. Die Planung für unser neues Ge-schäftsfeld habe ich vorbereitet.

Wir haben nächsten Samstag ein Geburtstagsfest für unsere Tochter Salina. Ich würde mich freuen, wenn du kommen kannst. Du musst auch deine Gitarre mitbringen, außerdem ist Alisha schon heiß auf ein Wiedersehen mit dir." „Achmed, wenn es sich irgendwie machen lässt, werde ich da sein!", antwortete John. „Alisha werde ich allerdings versuchen aus dem Weg zu gehen!

Dass es mir gelingt, bezweifle ich allerdings." Beide Männer mussten lachen.

Christos ging wieder ans Ruder. John blieb am Bug sitzen, während eine leichte Brise das Meer im fahlen Mondlicht bewegte. Sie rauschten circa zwei Meilen vom Ufer entfernt voran und vereinzelt tauchten Lichter der an dieser Stelle dünn besiedelten Insel auf. Dann legte sich John zu Ted und schlief ein.

Nach zwei Stunden wurde er durch das Rasseln der Ankerkette wach. Der Mond stand hoch am Himmel und er hatte die Übergabe der „Waren" total verschlafen. Ted ließ sich durch die Aktivitäten nicht stören und grunzte zufrieden. John betrachtete längere Zeit seinen Hund. „Wenn ich es so überlege, ist Ted das einzige Lebewesen, das mir seine unüberbietbare Treue schenkt. Er versteht mich blind, leider kann er nicht reden. Aber manchmal glaube ich doch, dass er es versucht. Er ist nun fast zehn Jahre alt, wie lange werde ich ihn wohl noch haben?" Dann stand John abrupt auf und ging in das Steuerhaus zu Christos.

„John, wir sind da. Du fährst mit dem Beiboot die letzten zweihundert Meter bis zur aufgelassenen U-Boot-Basis. Du kennst ja die Einfahrt. Dein Boot liegt vertäut in der Basis. Ich habe es im Winter gründlich überholt. Die Elektrowinschen sind erneuert und getestet. Wasser ist aufgefüllt und desinfiziert. Der Dieseltank ist voll, auch der Ankermotor ist erneuert. Die Segel sind in sehr gutem Zustand, wir haben sie ja letztes Jahr ersetzt. Proviant aus Militärbeständen für drei Monate vorhanden. Du bist also für diese Zeit völlig autark. Ja, GPS und Radar sind okay. Ich habe alles in allem inklusive der Reinigung sechzigtausend Euro ausgegeben." John griff in seinen Pilotenkoffer und zog ein Paket mit Banknoten im Wert von siebzigtausend Euro heraus. Er nahm davon zehntausend Euro und wollte sie Christos in seine Lederweste stecken. Doch Christos wehrte ihn ab. „Willst du mich beleidigen? Das kommt überhaupt nicht in Frage. Ich nehme das Geld nicht." „Du musst es nehmen, es ist für die anstehende Operation deiner Frau, Christos. Grüße sie bitte von mir." Dann gab sich Christos endlich geschlagen und die beiden Männer umarmten sich. John sprang mit dem Koffer ins Boot und Christos reichte ihm Ted hinterher. John hörte noch das Hochziehen der Ankerkette und das Anspringen des feinen Klangs des Volvo-Motors. Dann verschwand das Boot hinter der Biegung des Felsvorsprungs.

Es war absolut windstill und John ruderte die zweihundert Meter den Felsen und die Klippen entlang. Er richtete den Lichtkegel seiner Stablampe auf die Felsen und dann entdeckte er die Einfahrt des Felsentors. Er bog darin ein und dahinter erhob sich plötzlich ein regelrechter Felsendom. Das Wasser war hier völlig ruhig und er konnte mit der Stablampe bis auf den Grund leuchten. An der rechten Seite befand sich ein betonierter Steg, in dem mehrere Treppen und Aufgänge eingebaut waren. John legte am Ende des Steges an. Dann hob er seine Taschen und Ted aus dem Boot und ging die letzten Schritte bis zu einer Felswand. Er öffnete einen an der Wand befestigten Schieber und ein mit einer Felsattrappe verkleidetes sechs Meter breites Tor öffnete sich geräuschlos. Er legte hinter der am Ende des Steges befindlichen Türe einen Schalter um und ein Generator begann zu surren. Mehrere Scheinwerfer schalteten sich ein und gaben den Blick auf ein großes, betoniertes, früher als U-Boot-Basis verwendetes Becken frei.

Dann erkannte John plötzlich seinen vom Scheinwerferlicht bestrahlten weißen Traum. Seine weiße Jacht „Lara". Dahinter lag vertäut das Boot von Kapitän Jefferson. Durch die Scheinwerfer wurde auch der Grund des Meeres fantastisch beleuchtet, sodass er dunkelgrün schimmerte. Das Bild war berauschend. John zog sein Beiboot in das Betonbecken und schloss von innen die Türe und das Felsentor.

Es war drei Uhr morgens, als John sein Gepäck und Ted auf die Jacht überstellte. Ted lief zur Kapitänskoje und schlief auf seinem vorbereiteten Platz sofort ein.

Während der Generator surrte, inspizierte John noch sein Schiff. Es war alles so, wie ihm Christos berichtet hatte. Die Jacht war perfekt und jederzeit segelbereit. Er startete kurz den Motor. Es war alles okay. John schaltete den Generator aus, und als die Scheinwerfer erloschen, ging er in seine Kajüte und legte sich zu Ted.

Nach einem todesähnlichen Schlaf wurde er durch die Zunge Teds, der ihm über das Gesicht leckte, aufgeweckt. Laut Johns Uhr war es Mittag.

John hob Ted hoch, schaltete den Generator ein, stieg auf den Steg und ging einige Schritte zu einer zweiten Eisentüre und auf der dahinter liegenden Treppe zwei Stockwerke hoch. Oben angekommen, begann ein schmaler, in den Felsen getriebener Gang. Nach zehn Metern steil bergauf endete der Gang wieder an einer sehr starken, hölzernen Türe. John öffnete das Tor und trat ins Freie.

Ein herrlicher Tag mit wolkenlosem, azurblauem Himmel gab auf der einen Seite einen Blick aufs Meer und auf der anderen Seite eine mit dichtem Buschwerk bewachsene Senke, die vom Meer aus nicht einsehbar war, frei. Ein kaum erkennbarer Weg schlängelte sich zu einem in den Hang gebauten weißen Gebäude mit blauen Balken und einer kleinen Veranda. Ted raste wie ein wahnsinniger laut bellend auf das Haus zu. Er kannte sich hier aus.

Als Erstes prüfte John ein über das Gebäudedach gelegtes Militärtarnnetz. Die Verzurrungen waren straff gespannt. Kein Sturm konnte das Netz beschädigen und das Gebäude war aus der Luft nicht zu erkennen. John betrat die mit einer Anzahl von Tontöpfen, in denen sich blühende Oleandersträucher befanden, verzierte Terrasse. Dann öffnete er die unverschlossene Türe und ging ins Haus. Hier war es angenehm kühl und er ließ sich in die große, mit weißem Leinenstoff überzogene Sitzgarnitur fallen. Ted sah ihn mit seinen großen dunklen Augen an. „Na, alter Knabe, wir haben es wieder einmal geschafft. Hier findet uns keine Sau." Dann setzte sich John ans Funkgerät und setzte eine verschlüsselte Nachricht an Kapitän Jefferson auf seiner Fregatte ab. „Übermorgen, Treffpunkt wie gehabt in der uns vertrauten Taverne in Lindos."

John erledigte noch diverse Computeraufgaben und sendete sie an die Auftraggeber. Aus dem mitgebrachten Seesack versorgte er sich und Ted mit einer ausgiebigen Mahlzeit. Dann begab er sich auf einen mehrstündigen Rundgang über das unbewohnte und einsame Plateau. Als er auf einen Hügel stieg, erkannte er in der Ferne eine große Herde mit Schafen. Er sah durch sein Fernglas, dass die Herde von einem Hund und einem einsamen Schäfer begleitet wurde und in westliche Richtung zog. Er kehrte wieder zu seinem Haus zurück.

Der Nachmittag und der Abend waren der Lektüre über Navigation und den Seekarten des Gebietes gewidmet. Dann bereitete er seinen weiteren Fluchtplan vor. Nur er kannte das Ziel. Die kleinste der Liparischen Inseln. Und er stellte den Wecker auf 5 Uhr 30. Laut seinen Berechnungen ging die Sonne um 5 Uhr 58 auf. Dann schlief er sofort ein.

Pünktlich um 5 Uhr 30 schrillte der Wecker. John und Ted trabten an den Rand des Felsens, der steil ins Meer abfiel. Um Punkt 5 Uhr 58 erschien ein rötlicher Schein im Dunst des Meeres über dem Horizont. Der Streifen wurde breiter und der obere Teil einer orangefarbenen Scheibe war bereits zu erkennen. Dann ging es relativ schnell. Ted jaulte plötzlich und schaute fasziniert auf das Schauspiel. Der Feuerball stieg immer höher in den Himmel und nach einigen Minuten spürte John, dass es etwas wärmer wurde. Er war nachdenklich und die vergangenen Jahre und Monate zogen an ihm vorbei. Er war ein Mann, der alles Böse verdrängen konnte und glaubte, dass alles richtig war, was er machte. „Ich habe noch einiges vor und ich werde mich von niemandem aufhalten lassen. Fürs Erste bin ich unsichtbar und die Idioten und die hausbackenen Kriminalbeamten aus diesem Operettenland werden mich niemals kriegen. Aber ich muss auf alles gefasst sein."

Kapitän Jefferson saß an diesem Morgen bereits in der Kapitänskajüte seiner Fregatte. Er las die verschlüsselte Nachricht des Vortages von John. Vor zwanzig Jahren hatte er John bei einem Computerseminar in San Francisco kennengelernt. John war damals, wie er, ein hochbegabter Computerspezialist gewesen. Sie wurden beide für die Programmierung von Raketenflugkörpern ausgebildet und anschließend auch eingesetzt. Er würde ihn wie vereinbart treffen, da sie beide ihren Absprung aus dem „offiziellen Leben" besprechen würden. Auch seine Jacht war bereits seetüchtig und es war alles an Bord, was er für die lange Reise benötigte.

10. Kapitel

Jagdzeit

Paul Sax saß in seinem für ihn eingerichteten Büro der Polizeidirektion. Er setzte alle Hebel in Bewegung und ließ John Goff
auch über Interpol suchen. Paul arbeitete intensiv am Täterprofil.

Am Nachmittag fuhr er wieder in das Haus von John Goff.
Beide Kollegen warteten bereits auf ihn. „Ich bin absolut sicher,
dass John Goff diesen Gang, den wir uns jetzt genau ansehen
werden, als Fluchtweg benützt hat und dass Hugo Perc nicht
mehr gelebt hat. Doch wo ist die Leiche von Hugo Perc? Ich habe
ihn ja nicht mehr erreicht, und als er mich anrufen wollte, ist die
Verbindung unterbrochen worden. Im Haus konnten wir ja die
Leiche nicht finden. Aber irgendwohin hat sie dieses Monster ja
gebracht. Er kann sie nicht in Luft aufgelöst haben!

Ich habe für 14 Uhr eine Spezialtruppe für Sprengstoffe und
zwei Leichensuchhunde angefordert. Die Kollegen sollen vor
uns den Gang genauestens untersuchen. Es wäre ja möglich,
dass uns John Goff eine kleine Überraschung vorbereitet hat. Ich
will nichts riskieren, es ist schon genug passiert." Nach einigen
Minuten waren auch die Kollegen der Sprengstoffabteilung da
und das Team begab sich in den Keller. Ein zweiter Generator
wurde eingeschaltet und der Gang taghell ausgeleuchtet. Nach
einer Stunde kam die Meldung: „Der Gang ist absolut frei von
Sprengfallen und ihr könnt hereinspazieren. Am Ende des Gangs
steht außerdem eine Rollbahre, dahinter befinden sich eine Holztüre und ein Holzgebäude, wir haben alles gecheckt und ziehen
uns wieder zurück, wir sind ja keine Höhlenforscher!"

Dann traf das Team mit zwei Leichensuchhunden ein. Die
beiden Beamten gingen mit ihren Hunden an der Leine in den
Gang und erreichten die Rollbahre, an der die dunklere der

beiden Hündinnen plötzlich anschlug und auf die sie hinaufspringen wollte. Sie hatte Witterung aufgenommen. Auch der zweite Hund jaulte. Dann öffnete Paul die Holztüre der Hütte. Die beiden Hunde liefen direkt auf die Eingangstüre zu, die Paul sofort öffnete.

Die Hunde liefen unter den Handkarren, der hinter der Hütte stand, und begannen wild zu graben. Die beiden Beamten lenkten sie nun mit diversen Belohnungen und Streicheleinheiten ab. Dann brachten sie die Hunde weg. Zu dritt zogen die Kollegen den Handkarren vom Fundort weg und Paul holte sich einen Spaten aus dem Gebäude. Die Kollegen wollten ihm helfen. Doch er wehrte sie ab. „Ich muss ihn selbst finden, das bin ich Hugo schuldig." Dann begann er zu graben. Es ging relativ leicht, da die Erde noch frisch und nicht verklumpt war.

Nach circa achtzig Zentimetern stieß der Spaten auf eine Plastikhülle, darunter war das verzerrte Gesicht von Hugo Perc zu erkennen. Paul wankte erschüttert zurück und die Kollegen mussten ihn stützen. Dann hoben sie den Leichnam aus seinem Grab und legten ihn vor die Hütte ins Gras. Paul ersuchte seine Kollegen ihn einige Minuten alleine zu lassen. Er nahm auf seine Art Abschied von Hugo Perc und setzte sich neben die Leiche. Nach fünf Minuten hatte er sich wieder im Griff, stand auf und nahm sein Telefon. Er telefonierte mit der Gerichtsmedizin und die diensthabende Chefärztin erklärte ihm, dass sie in einer halben Stunde mit einem Team bei ihm sein konnte. Dann begann sein Gehirn wieder klar zu denken.

„Der entscheidende Fehler war, so wie mir Kommandant Steiner zugeschrien hat, dass ich den Hubschrauber abdrehen ließ, wir nicht unsere Wärmebildkamera eingeschaltet haben, sondern wieder zum Haus zurückgeflogen sind. John Goff war wahrscheinlich noch in der Nähe und ich habe ihn entkommen lassen. Wir hätten ihn wahrscheinlich noch fassen können."

Dann forderte er sofort die Spurensicherung noch einmal an, die in kürzester Zeit zusammen mit der Gerichtsmedizin am Fundort eintraf. Die Beamten fanden an Ort und Stelle frische Reifenspuren, die auf dem schmalen Weg direkt auf die Behelfsauffahrt der Autobahn in Richtung Süden führten. Die Beamten fuhren zur Autobahnpolizei und durchsuchten die Bänder der verschiedenen Kameras auf diesem Autobahnabschnitt. Da zwischen 22 Uhr und 4 Uhr früh wenig Betrieb auf der Autobahn war, fanden sie schließlich den ersten Hinweis.

Ein weißer VW Golf mit italienischem Kennzeichen war um 23 Uhr weit und breit alleine unterwegs. Der Wagen war anschließend auf mehreren Kameras bis in den Raum Kärnten und bis kurz vor Arnoldstein zu verfolgen. Als die Bilder ausgewertet waren, konnte Paul Sax John Goff, aufgrund einer Geschwindigkeitsübertretung, als Fahrer des Wagens genau erkennen.

Rückfragen und Ermittlungen der italienischen Autobahnpolizei ergaben Geschwindigkeitsübertretungen des Wagens im Raum Udine, Venedig und vor der Autobahnabfahrt in Mailand. Teilweise war der Wagen mit mehr als zweihundert Stundenkilometern unterwegs. Der Fahrer war immer John Goff. Nach der Abfahrt Mailand war der Wagen allerdings verschwunden.

Paul gab den Auftrag, dass die Beamten das Haus von John Goff nochmals genau untersuchen müssten. „Wir werden uns jetzt ebenfalls in sein Haus zurückziehen und unsere Erkenntnisse genau auswerten."

Im Arbeitszimmer von John Goff breitete Paul eine Landkarte von Italien und Südeuropa aus. „Wir vermuten nun, dass seine letzte Spur in Mailand endet. Hier wird er bestimmt nicht geblieben sein. Mit der Bahn oder mit dem Bus ist er sicher nicht unterwegs. Mit einem schnellen Wagen wahrscheinlich auch nicht. Er wird sich unsichtbar machen. Nun, es gibt einen Flughafen in Mailand und einen Flughafen in Venedig, auch einige kleine Flughäfen in der Nähe. Deren Startbahnen sind aber sehr kurz. Nach Venedig ist er wahrscheinlich nicht, sonst wäre er ja schon früher abgebogen, also bleibt nur mehr Mailand. Oder er ist doch mit einem anderen Wagen unterwegs Richtung Genua. Der Kerl ist also wie vom Erdboden verschwunden. Das macht die Sache erst interessant. Jetzt ist erst einmal Pause, ich kann heute nicht mehr."

Zwei Tage lang ermittelte das Team weiter. Dann kam von der Gerichtsmedizin der Bescheid, dass Hugo Perc an einem derzeit unbekannten Gift verstorben war. Die Chefärztin rief Paul an und erklärte ihm, dass sie alle ihr bekannten Kapazitäten mit den Proben konfrontieren würde. Wenn sie etwas wisse, würde sie sich sofort bei ihm melden. Aller Wahrscheinlichkeit nach handele es sich um ein Pflanzengift, möglicherweise aus einem Pilz.

Am dritten Tag kam endlich ein Hinweis der Kriminalbeamten aus Mailand. Ein zweihundert PS starker VW Golf, wie in John Goff besaß, wurde bei einer Geschwindigkeitsübertretung angehalten. Der Fahrer verstrickte sich in Widersprüche. Er habe den Wagen vor zwei Tagen auf einem Gebrauchtwagenmarkt erworben und ihn ausprobiert. Nach „intensiver" Befragung erhielten die Beamten die Adresse des Gebrauchtwagenhändlers, der ohnehin aus „privaten Gründen" mit den Carabinieris zusammenarbeiten wollte, da er einigen Dreck am Stecken hatte. Er gab zu, den Wagen von einem gewissen Peppo Caruso in Kommission erhalten zu haben. „Paul, mehr ist momentan nicht aus dem Händler und Ganoven herauszuholen", informierte ihn Commissario Manzini. „Wir werden als Nächstes den Wagen untersuchen. Ich rufe dich sobald wie möglich an."

Dann ging alles sehr schnell. Der Wagen wurde untersucht und es wurden wieder schwarze Tierhaare entdeckt. Die Probe ging sofort per Express an Paul Sax. Die Untersuchung ergab tatsächlich, dass es Teds Haare waren. John Goff war also als Halter des Wagens überführt.

Am selben Tag schlug auch Kommissar Zufall zu. In einer Augenklinik hörte eine Kriminalbeamtin, die sich einer regelmäßigen Untersuchung unterziehen musste, auf dem Gang das Gespräch des Chefarztes mit einem Operateur. Sie bekam mit, wie er ihm sagte: „Hätten wir nur mehrere solcher Patienten wie diesen Österreicher, der alles sofort bar beglichen hat."

Als der Chefarzt an ihr Krankenbett trat, fragt sie ihn neugierig, wer denn dieser hübsche Österreicher gewesen sei, der alles sofort bar bezahlt hätte. „Ich habe ihn zwar schon einmal gesehen, aber mir fällt sein Name nicht mehr ein." „Na ja, weil Sie es sind, Signora, er heißt Dr. Robert Braun. Giovanni Caruso hat ihn zu uns in die Klinik gebracht. Mehr weiß ich auch nicht, außer dass wir ihm ein Auge entfernen mussten. Es läuft ja alles über Caruso. Bisher hatten wir ja nur seine privaten Capos zur Behandlung hier und Caruso lässt sich bekanntlich viel Zeit mit Zahlungen und es bedarf guten Zuredens. Aber was soll es, mit ihm darf man es sich nicht verscherzen."

Die Kriminalbeamtin bedankte sich beim Chefarzt und sagte: „Jetzt fällt es mir wieder ein, wo ich Ihren Patienten schon gesehen habe." „Ich will es gar nicht wissen", murmelte der Chefarzt und eilte davon.

Als die Beamtin wieder im Krankenzimmer war, griff sie sofort zum Telefon und verlangte Capitano Manzini. „Hallo, Ricardo, wir sollten Caruso in die Mangel nehmen, er hat einen gewissen Dr. Robert Braun in die Klinik bringen lassen. Wir suchen doch einen Österreicher. Ich habe das Gefühl, dass mit diesem Individuum etwas nicht stimmt." „Du mit deinem weiblichen intuitiven Gespür", antwortete Manzini. „Aber eines ist sicher, sehr oft hast du auch recht, bella bionda! Wie lange bist du noch in der Klinik?" „Ich kann am Nachmittag nach Hause gehen, mit meinen Augen ist alles in Ordnung. Ich sehe wie eine Adlerin."

„Du gehst nicht nach Hause, sondern wir bitten Senior Caruso auf unsere Art ins Polizeipräsidium. Du leitest die Aktion. Ist das klar? Und vorher kommst du noch zu mir. Wir werden alles festlegen."

Um Punkt 15 Uhr fuhren zwei Streifenwagen mit je drei Carabinieri und zwei dunkle Vans in einer Seitenstraße vor der Villa Carusos vor.

Dann ging alles blitzschnell. Ein Angestellter eines Paketdienstes läutete an der Haustüre. Nach einem kurzen Blick in die Kamera ließ ihn die Security ein. Während der Bote eintrat, schob er eine Magnetkarte in den Türöffner. Die Tür war offen und Sekunden später war das Einsatzkommando im Haus. Giovanni Caruso spielte gerade mit einem seiner Gangster Billard.

Es blieb ihm keine Zeit, sondern nur mehr der Mund offen, als ihm die vermummten Beamten die Hand- und Fußfesseln anlegten. Ehe er kapierte, was passierte, befand er sich im Arrestwagen. Dann begann er zu toben.

„Ihr Ärsche, das werdet ihr bereuen!" Im nächsten Moment traf ihn ein harter Schlag in die Seite und er musste sich übergeben. „Halt dein Maul, du Missgeburt, sonst fahren wir nicht ins Präsidium, sondern machen einen kleinen Umweg", drohte ihm der Kriminalbeamte. „Du kannst dich sicher noch erinnern, Giovanni. Du hast damals wunderbar gesungen. Beinahe wie Caruso, aber weinerlicher." Im nächsten Moment war Caruso ruhig wie ein Lamm. Im Präsidium erwartete ihn bereits Commissario Manzini. „Ja, hallo, Giovanni, du hast dich ja angekotzt. Das ist aber ärgerlich. Entschuldige vielmals, aber wir müssen manchmal am lebenden Objekt trainieren. Wir fahren dich in fünf Minuten in einem neutralen Mercedes ganz standesgemäß und wie du es gewohnt bist zurück in deine Villa. Vorher nur einige klitzekleine Auskünfte, die du mir sicher bereitwilligst geben wirst.

Wer war der Typ, den du in die Augenklinik von deinem Augenklempner verfrachtet hast?" Caruso schaute den Commissario hasserfüllt an. „Du kannst mich in den Arsch ficken, Ricardo, du aufgeblasener Bulle." Eine halbe Stunde später wachte Caruso in einer Zelle im Keller des Präsidiums wieder auf. Der Commissario saß vor ihm auf einem Holzstuhl. Als Caruso wieder sprechen wollte, schlug ihm der Commissario mit der flachen Hand frontal auf die Nase. Ein kleines Krachen war zu hören, als der Knochen brach. „Bist du wahnsinnig, Ricardo?", lallte plötzlich Caruso. „Was ist dir denn so wichtig an dem Österreicher?" „Das geht dich einen Scheißdreck an, mach dein Maul auf, du Hurensohn. Du weißt, wo wir dich sonst entsorgen, ich habe dich schon lange im Visier und es fehlt nicht mehr viel." Caruso war blass geworden und musste sich ein weiteres Mal übergeben. „Dein Gespeie wirst du als Erstes wieder auffressen. Los, fang an, du Schwein." „Ich rede ja schon", antwortete Caruso. „Wer ist dieser Mann?" „Ich kenne ihn von früher. Er hat einem meiner Söhne einen Volontärsplatz in einem Computerunternehmen verschafft.

Ich habe ihn schon länger nicht mehr gesehen. Plötzlich rief er mich vor einigen Tagen spät in der Nacht an, er habe eine Augenverletzung. Daraufhin habe ich ihn in die Klinik gebracht. Das ist alles, was ich weiß." „Wo ist er danach hin?" „Ich habe keine Ahnung." Eine Zehntelsekunde später krachte der Kieferknochen des Gangsters. Er verdrehte die Augen und konnte nicht mehr sprechen. Der Commissario legte ihm einen Zettel hin. „Schreib es auf oder sollen wir dich einer Spezialbehandlung unterziehen?" Nun hatte der Gangster endlich begriffen. Der Commissario meinte es ernst. Caruso begann zu schluchzen und dann zu schreiben. „Name des Mannes zuerst." *Dr. Robert Braun.* „Wo ist er hingefahren?" Caruso sah den Commissario verzweifelt an, als dieser sein Taschenmesser auf den Tisch legte, schrieb er weiter.

Ich habe ihn und den Hund zum Flughafen gebracht. Sie sind in einen zweistrahligen Falcon-Jet gestiegen. Den Wagen habe ich zum Gebrauchtwagenhändler in Kommission gegeben.

Der Commissario stand abrupt auf und verließ den Raum. „Bringt das Schwein in die Krankenabteilung, er hat sich bei der Festnahme selbst verletzt. Dann in Untersuchungshaft und sollte er weiter Schwierigkeiten bereiten, erhält er eine Anklage wegen diverser Vergehen gegen die Staatsgewalt. Wenn er in Zukunft kooperativ ist, werde ich davon absehen." Dann packte den Commissario das Jagdfieber und er fuhr selbst zum Flughafen.

Manzini ging in die Flughafenleitstelle. Laut Auskunft des diensthabenden Beamten war der Jet mit Ziel Brindisi gestartet. „Wir haben ihn bis Höhe Ancona verfolgen können. Mehr wissen wir nicht." Dann setzte sich der Beamte ans Telefon und rief die Fluglotsen in Brindisi an. „Wir haben den Jet nicht erfasst. Es gab auch keine Flugbewegungen um diese Zeit. Einzige Chance ist die militärische Radarflugüberwachung, die unter anderem bis weit nach Süd-, Ost- und Mitteleuropa blicken kann." Ein Anruf bei den Kollegen des Militärs brachte dann den gewünschten Erfolg. „Wir können und müssen hoch und tieffliegende Maschinen orten", berichtete der diensthabende Offizier an Commissario Manzini. „Der Jet wurde ab diesem Zeitpunkt auf den Radarschirmen eines NATO-Horchschiffes festgestellt und musste sich legitimieren. Die Piloten entschuldigten sich damit, dass ein Passagier gesundheitliche Schwierigkeiten hätte. Sie mussten die Höhe abrupt verlassen, da der Druckausgleich angeblich ausfiel. Das Problem konnte behoben werden und sie waren wieder auf Kurs Rhodos." Der Flughafen bestätigte die Landung der Maschine um 0 Uhr 10.

Commissario Manzini berichtete sofort an Paul Sax und die Beamten brachen daraufhin in einen Freudentaumel aus. „Ein Wahnsinn, Ricardo, was ihr geleistet habt, wir sind alle perplex. Ricardo, für diese Arbeit bin ich dir ewig dankbar." Dann konterte Manzini: „Paul, das ist ja selbstverständlich, ich habe doch nur meine Pflicht getan."

Paul Sax antwortete: „Ricardo, ich weiß, dass du und deine Frau begeisterte Skifahrer seid. Ich bin Anfang Dezember am Arlberg zum Skiopening. Ich will euch beide für diese Woche persönlich einladen." „Das ist ja toll, da kommen wir selbstverständlich. Graziella wird bereits jetzt mit dem Turnen für das Skifahren beginnen. Nur noch eine kleine, klitzekleine Information. Paul, du musst mit dem Chef der Polizei in Rhodos, Kapitän Angelos Karakis, Kontakt aufnehmen. Grüße ihn von mir. Wir haben ja schon sehr oft auf der Insel unseren Urlaub verbracht. Es waren wunderschöne Abende mit seiner Familie. Vielleicht wissen die dort schon mehr." Paul lud das ganze Team zum Heurigen ein.

Ein Tag später ein Anruf aus Mailand.

Paul hob den Hörer ab und wurde blass. Graziella Manzini war schluchzend am Telefon. „Paul, du hast doch noch gestern mit Ricardo telefoniert und er hat mir erzählt, dass du uns eingeladen hast. Er ist am Abend noch mit unserem Schäferhund eine kleine Runde spaziert. Als er wieder vor dem Haus war, hörte ich nur mehr ein Krachen, das Aufheulen eines Motors, und als ich aus dem Haus gelaufen bin, lag Ricardo zerschmettert auf der Straße. Ich habe nur mehr einen hellen Kastenwagen gesehen, der in der Ferne verschwand. Ich konnte vor Aufregung und Schmerz nichts mehr erkennen." Dann konnte sie vor Schluchzen eine Weile nicht weiterreden. Als sie sich wieder gefangen hatte, fuhr sie fort: „Wie oft habe ich ihm gesagt: ‚Ricardo, du hast noch zwei Jahre bis zu deiner Pension. Lass dich nicht mehr auf große Fälle ein. Du hast immer wieder Warnungen erhalten und sie jedes Mal weggeschoben.' Aber er hat mir immer wieder gesagt: ‚Diese Mafiaschweine bringe ich noch hinter Gitter.' Nun habe ich keinen Mann mehr. In zwei Jahren hätten wir unsere Pensionszeit auf Rhodos verbringen wollen. Alles war vergebens, denn heute haben sie schon wieder dieses Schwein Giovanni Caruso freigelassen. Alles ist unterwandert!"

Paul war fassungslos und versuchte Graziella zu trösten, aber es half nichts. „Du kommst auf jeden Fall im Dezember zu uns. Ich hole dich selbst in Mailand ab und bringe dich auch wieder zurück." „Ja, Paul, wir werden schon sehen." Dann legte sie weinend auf.

Paul hatte wieder einen Freund verloren. „Wenn das so weitergeht", überlegte er seufzend. „Aber das ist eben unser Job. Es muss immer weitergehen und ich darf jetzt nicht den Kopf verlieren."

Er rief sofort Christa Grabner im Präsidium an und gab ihr einen lückenlosen Bericht. Sie hörte sich alles an und dann sagte sie: „Paul, im Grunde genommen läuft ja alles, bis auf den fürchterlichen Tod von Manzini, fantastisch und ich kann euch nur gratulieren. Vor allen Dingen du mit deinen italienischen Sprachkenntnissen darfst jetzt nicht lockerlassen und du wirst John Goff finden. Da bin ich mir absolut sicher." „Wenn du meinst, Christa, was soll ich denn als Nächstes tun?" „Du wirst Manzinis Frau noch einmal anrufen und dich nach dem Begräbnistermin ihres Mannes erkundigen, und dann fliegst du selbstverständlich zu ihr. Paul, was kann ich noch für euch tun?" „Christa, ich brauche eine Telefonverbindung zum italienischen Innenminister, der sich ja als berüchtigter Mafiajäger einen Namen machen konnte. So kann es nicht weitergehen, dass diese ehrenwerten Herren unsere besten Beamten liquidieren und wir Freiwild sind. Er muss ein Exempel statuieren. Ich habe ihn schon bei mehreren Kongressen und einem privaten Treffen kennengelernt. Bitte organisiere ein

Gespräch so schnell als möglich." Eine Stunde später hatte er den Innenminister am Apparat.

Nachdem ihm Paul alles geschildert hatte, schnaubte Dr. Moricon wütend auf. „Nun ist diese Gruppe in Milano zu weit gegangen. Paul, ich versprechen Ihnen, wir werden ein Exempel statuieren." Am nächsten Tag rief Paul wieder Christa im Präsidium an. „Christa, nun muss es losgehen. Wir lassen John Goff nicht mehr von dieser Insel. Wir brauchen die obersten Polizeibehörden in Athen. Ich muss einen bis ins letzte Detail geplanten Einsatz organisieren. Das wird nicht einfach werden. Aber wir müssen dieses Monster fassen."

Am Abend sah Paul im TV die Nachrichten. Eine Meldung riss ihn vom Sitz. Eine Aktion der italienischen Polizei hatte in Mailand zur Verhaftung eines hohen Polizeibeamten und eines führenden Mafiabosses geführt. Der Capo dieser Organisation, Giovanni Caruso, war bei der Aktion gestellt worden und hatte Selbstmord begangen. Paul sah die Bilder und war entsetzt über diese endlose Kette von Gewalt. „Aber deswegen haben ja Hugo und ich diesen Beruf gewählt. Irgendjemand muss das Böse auf-klären und irgendwie beenden. Wahrscheinlich wird das alles aber niemals enden."

Kurze Zeit darauf der Anruf von Christa. „Paul, unsere Innen-ministerin hat mit dem griechischen Kollegen vereinbart, dass du morgen nach Athen fliegen wirst. Der Kriminalbeamte Angelos Karakis, der auch sehr gut Deutsch spricht, wird dich vom Flug-hafen Athen abholen und um 14 Uhr hast du einen Termin beim griechischen Innenminister, den ich zusätzlich informiert habe. Die Kollegen in Athen sind ja ebenfalls heiß auf eine solche Aktion."

Punkt 13 Uhr landete der Jet in Athen, und als Paul aus dem Flieger stieg, bekam er aufgrund der schlechten Luft und der großen Hitze selbst kaum Luft zum Atmen. Ein Polizeiwagen, indem bereits der Kriminalbeamte Karakis saß, brachte sie beide ins Innenministerium.

In einem mit einer Anzahl von Fernsehmonitoren ausgestatteten Raum wurden sie von einem Polizeigeneral und einigen Beamten erwartungsvoll empfangen. Der General ging auf Paul zu und begann mit den Worten: „Mein Name ist Georgios Dimitrios. Lieber Herr Dr. Sax, Sie sind mir als international bekannter Profiler bestens bekannt. Ihr Buch habe ich mit großem Interesse gelesen. Wir sind selbstverständlich bereit, für unsere Freunde in Österreich eine Aktion zu starten. Die freundschaftlichen Beziehungen zu Ihren Kollegen haben uns stets große Freude bereitet. Ich erinnere mich gerne an die bestens organisierten Treffen mit Ihren Kollegen und die wunderbaren Opernaufführungen in Wien und Salzburg."

Paul sah den kleinen Mann mit den breiten Schultern etwas skeptisch an. Mit kleinen Männern hatte er schon manchmal Probleme gehabt, aber er meisterte die Situation brillant. Er stieg von dem kleinen Podest herunter, auf dem der General stand, und nun waren beide Männer auf Augenhöhe. Der General lachte laut auf. „Ich habe keine Probleme mit großen Männern, Dr. Sax. Auch meine Frau ist um einiges größer als ich. Kommen Sie ruhig wieder zu mir hoch und setzen wir uns zu den Kollegen." Dann begann er auf Englisch. „Dr. Sax, wir werden Sie und die österreichischen Kollegen nach besten Gesichtspunkten unterstützen. Eine Aktion auf dieser Insel passt uns außerdem sehr gut ins Konzept." Dann trat der kleine Mann an die Tafel. Es war mucksmäuschenstill im Raum, als er begann. „Die Insel haben wir schon länger im Visier und auch seit einem Jahr diverse Informanten im Einsatz. Der auf der Insel kommandierende Polizeibeamte wird über keine unserer Aktionen informiert."

Dann fuhr der General fort: „Zwischen dem türkischen Festland und der Insel beobachten wir ständig Aktivitäten, die auf einen regen Austausch von Rauschgift, Waffen, Waren und Menschen basieren. Die Menschen werden zum Beispiel illegal auf die Insel gebracht, mit gefälschten Papieren versorgt und in die EU weitergeschleust. Es kommt auf diese Art und Weise viel Ungeziefer zu uns und in die Europäische Union. Das Ganze dürfte sich zu einem Millionengeschäft entwickeln. Die Polizei der Insel weiß offiziell nichts davon und ist auch daran, wie wir seit Kurzem wissen, beteiligt. Die Capos der Aktionen sitzen in Bodrum, Istanbul, Mailand, Hamburg und Frankfurt. Eine zweite Linie geht über den Balkan und Wien. Eine Aktion gegen ihren Mr. John Goff alias Dr. Robert Braun kommt uns gerade recht. Sämtliche der hier anwesenden Personen unterliegen der strengsten Verschwiegenheitspflicht."

Dann stellte er Paul Leutnant Stefanos, Kommandant der Spezialeinsatzkompanie, ferner Kapitän Niarchos, Befehlshaber der griechischen Korvette „Karamanlis", und den befehlshabenden Offizier einer Black-Hawk-Hubschrauberstaffel, Leutnant Manolis, vor.

„Nun zum Plan! Dr. Sax, bitte unterbrechen Sie mich, wenn Ihnen Vorschläge oder Änderungen wichtig erscheinen. Danke! Wir wissen bis jetzt, dass einer der Drahtzieher, ein gewisser Kapitän Christos Papadopulos, mit seinem Schiff ständig Botenfahrten zwischen dem türkischen Festland und der Insel durchführt. Aber er ist nicht alleine. Eine ganze Anzahl von Booten und Schleusern ist unterwegs und sie werden von ihm geleitet. Wie unser Informant unlängst beobachtete, ist Papadopulos spät in der Nacht zum Flughafen gefahren, der aber bereits geschlossen war. Er hörte die Landung eines Jets und kurz darauf kam Papadopulos mit einem Mann und einem Hund aus einem Seitentor des Flughafenareals. Sie stiegen in sein Auto und fuhren zum Hafen. Er brachte die beiden auf sein Schiff und fuhr Richtung Ost aus dem Hafen. Durch die örtliche Radarstation konnten wir das Schiff bis circa vierzig Meilen östlich der Insel orten. Dann verschwand es vom Schirm. Nachdem dort ein felsiger Abschnitt der Insel beginnt, konnte es das Radar nicht mehr erfassen. Wir wissen mittlerweile, die Polizei der Insel wusste das allerdings schon immer, dass es in diesem Abschnitt aus dem Zweiten Weltkrieg eine aufgelassene U-Boot-Station im Berg und verschiedene Bunker und Befestigungsanlagen in den nachfolgenden Felsenhöhlen gibt. Nach einer Stunde wurde das Boot plötzlich wieder sichtbar, als es Richtung Hafen steuerte. An Bord waren nur mehr Christos Papadopulos. Was sagen Sie, Dr. Sax?" „Herr General, ich bin begeistert. Ich hätte mir keinen besseren General vorstellen können!", dann mussten beide wieder lachen. Die Sympathie zwischen ihnen hatte sich gefestigt.

„Nun weiter, in diesem Abschnitt haben wir ja bereits verdeckt gesucht. Wahrscheinlich ist John Goff dort irgendwo untergetaucht und meint, dass er seine Spur völlig verwischt hat. Aber wir haben ihn natürlich noch nicht. Er ist ja, wie Sie mir in Ihrem Dossier mitgeteilt haben, ein außergewöhnlich gerissener Hund. Neben Ihnen sitzt Kapitän Stefan Niarchos, Kommandant der Korvette ‚Karamanlis‘. Kapitän, Sie haben das Wort.“

Kapitän Niarchos hätte in einem Agentenfilm auftreten können. Seine blütenweiße Uniform war makellos. Das Gesicht schlank und dunkel gebräunt. Einige Fältchen um die Augen. Schwarze, gewellte Haare wie ein Pirat. Ein Bild von einem Mann. „Nun, Dr. Sax“, beginnt er und schmunzelt. „Als Erstes werde ich Sie auf mein kleines Spielzeug mitnehmen müssen. Sind Sie seetauglich?“ „Na ja, außer auf dem Neusiedlersee habe ich keine Erfahrung mit hohen Wellen. Ah ja, da fällt es mir wieder ein“, sagte er ebenfalls schmunzelnd. „Einige Segeltörns an der Küste Kroatiens mit den üblichen Bora-Stürmen habe ich erlitten, und ehe ich es vergesse, der Skipper dieses Schiffes, Gery Bartos, hat mich zur Überstellung einer Jacht in die Südsee über den Atlantik mitgenommen. Seither habe ich nie mehr ein Schiff bestiegen und Ihr Seelenverkäufer kann mich daher auch nicht reizen.“

Der Kapitän sah Paul ungläubig an. „Na, Sie sind mir aber ein gewaltiger Tiefstapler. Nun, um auf meinen ‚Seelenverkäufer‘ zu kommen. Einige Punkte mit militärischer Prägnanz sage ich Ihnen jetzt im Vertrauen! Der Seelenverkäufer hat eine Verdrängung von 1.500 Tonnen, erreicht eine Geschwindigkeit von 26 Knoten. Ist ausgestattet mit mehreren Fliegerabwehrraketen, Maschinengewehren und so weiter, und so weiter. Ferner können wir uns für feindliches Radar fast unsichtbar machen. Wir haben einen Hubschrauber am Heck und sind mit allen möglichen Waffen ausgestattet. Das Schiff ist 90 Meter lang und 13,2 Meter breit. Wir haben ein 77-Millimeter-Geschütz, 2 RAM, 4 Flugkörper und zwei Dieselmotoren mit je 10.000 PS. Außerdem derzeit fünfzehn ausgebildete Marineinfanteristen, die jederzeit einsatzbereit sind.“

„Hören Sie auf, Herr Kapitän, ich kapituliere und schwenke mein weißes Taschentuch. Dieses Schiff muss ich kennenlernen."

„Lieber Herr Dr. Sax", und beinahe wäre der Kommandant dieses Kriegsschiffes rot angelaufen, „dies ist kein Schiff, sondern ein kleiner Zerstörer mit der Bezeichnung ‚Korvette'. Dies kostet Sie eine Flasche Champagner! Dann können wir über einen dauerhaften Frieden reden!"

Der General ergriff nun mit leicht erhöhter Stimmlage wieder das Wort: „Sind die beiden Schiffsexperten nun fertig?" Dann wurde es abrupt still und der General erklärte mit trauriger Miene: „Eines muss ich Ihnen schon sagen, meine Herren, wir machen um 13 Uhr weiter im Programm und nun lade ich sie zum Mittagessen ein."

Um 13 Uhr 30 erreichte das Team eine Meldung aus Rhodos. *Heute Nacht zwei Boote gestellt. Das türkische Schnellboot ist entkommen, aber das Schiff von Kapitän Papadopulos haben wir beschlagnahmt. Derzeit untersuchen wir die Ladung. Kapitän Papadopulos ist verhaftet.* „Nun, was sagen Sie, meine Herren?", fragte der General, „scheinbar macht sich der Herr Polizeikommandant wichtig. Er will sich mit dieser Aktion beliebt machen. Aber nun haben wir diesen Papadopulos."

Dann fackelte der General nicht lange. „Ich habe für 18 Uhr eine Militärmaschine startklar. Wir brechen sofort nach Rhodos auf." Das Team löste sich blitzartig auf und jeder traf seine Vorkehrungen und erteilte die nötigen Befehle. Pünktlich um 18 Uhr hob die Hercules-Militärmaschine in Athen ab und landete um 19 Uhr 30 in Rhodos. Um 20 Uhr 30 waren alle Beteiligten im militärischen Teil des Hafens auf der Korvette „Karamanlis" im Kommandoraum versammelt.

Minuten später fuhr ein Polizeiboot vor. Noch an Bord dieses Schiffes legte Polizeikommandant Kronos Kapitän Papadopulos Handschellen an. „Warum tust du mir das an, Angelos?" „Es tut mir leid, Christos, ich habe den Befehl. Ich kann dir nicht helfen."

„Du elendiges Schwein, du bist genauso an der Sache beteiligt." „Beherrsche dich, Christos, es wird schon nicht so schlimm werden." Christos bebte vor Wut. Dann schob der Hafenkommandant Papadopulos in den Kommandoraum. Der General gab sofort die Anweisung: „Kommandant Angelos Kronos, bitte warten Sie vor der Tür. Wir werden Sie später rufen."

Als dieser vor die Tür trat, fassten im nächsten Moment vier Hände den völlig überraschten Polizeikommandanten und rangen ihn zu Boden. Minuten später war er im Arrestraum der Korvette angekettet.

Im Kommandoraum der Korvette schrie inzwischen Papadopulos: „Ich bin griechischer Staatsbürger und Kapitän, ich bin ein freier Mann, ich lasse mich nicht in Handschellen vorführen!" Plötzlich trat der General auf ihn zu und strahlte ihm blitzschnell mit einem Laserpointer ins rechte Auge. Papadopulos brüllte auf: „Nein, bitte nicht, ich bin schon friedlich! Ich habe Frau und Kinder, Herr General." Der General schaltete freundlich lächelnd den Pointer wieder aus. „Du hast dein und das Leben deiner gesamten Familie in der Hand, Christos, du wirst sie alle wieder unbeschädigt in die Arme nehmen können." „Jawohl, Herr General, ich bin kooperativ und friedlich wie ein Lamm." „Sehr brav, Christos", antwortete der General. „So wollen wir nun mit der Befragung beginnen." „Wenn ich Ihnen alles sage, bin ich sowieso ein toter Mann." „Niemand wird etwas erfahren. Wenn du alles sagst, werden wir einen Kollegen von uns opfern, nicht dich. Du bist auch weiter für uns wichtig. Als Erstes wollen wir alle Übergabetermine für die nächsten Wochen, alle Namen der beteiligten Schiffe und deren Halter. Auch deine türkischen Freunde wollen wir kennenlernen. Die Namen der Auftraggeber und Empfänger der ‚Waren'." Papadopulos stöhnte auf. „Ich bin ein toter Mann." „Es muss nicht sein, Christos, wie gesagt, wenn du alles brav berichtest, werde ich dir auch eine andere Identität verschaffen. Offiziell bist du dann allerdings tot. Es wird dir und deiner Familie nichts passieren, mein Wort darauf vor allen Anwesenden. Aber vorher noch eine zweite Frage: Wohin hast du deinen Fahrgast, einen gewissen Dr. Robert Braun, zu so später Stunde mit dem Schiff gefahren? Christos, wir sind alle voller Erwartung und meine Männer werden genau mitschreiben, was du so plauderst."

Nach einer Stunde war die „Befragung" vorbei. Christos zwitscherte wie eine Nachtigall. Sie hatten alles, was sie wissen wollten. „Wir werden Kapitän Papadopulos auf dem Schiff arrestieren und wenn wir ihn nicht mehr brauchen unbemerkt vom Schiff bringen. Wir werden ihn dann vorerst an einem unbekannten Ort in Verwahrung nehmen. Ich werde mein Versprechen einhalten und er wird eine neue Identität erhalten. Wir werden ihn ja auch noch später benötigen. Offiziell hat er bei der Vernehmung Selbstmord begangen.

Nun zu unserem Kollegen, diese Befragung werde ich morgen durchführen und dazu noch einen internen Ausschuss anfordern. Kapitän Kronos weiß sicher noch wesentlich mehr als Papadopulos. Seine Laufbahn bei der Polizei ist hiermit beendet. Einige Jahre auf unserer eleganten Gefangeneninsel sind ihm sicher.

Was Sie betrifft, Herr Dr. Sax: Da erst nächste Woche eine Übergabe weiterer Waren stattfinden soll, werden wir uns nun als Erstes dem Problem Ihres Herrn John Goff alias Dr. Robert Braun widmen. Allerdings ist es jetzt schon 22 Uhr und ich habe einen unwahrscheinlichen Hunger. Sie sicher auch, meine Herren. Es war ein sehr interessanter Tag. Der Kommandant der Fregatte ‚Karamanlis' erlaubt sich, uns alle in die Offiziersmesse zu einem verspäteten Abendessen einzuladen. Sein Küchenchef ist ein exzellenter Vertreter seines Faches. Er wird uns auf eine kulinarische Reise mit den hellenischen Bewohnern unseres Meers, die er köstlich verarbeiten wird, mitnehmen. Die weiteren Überlegungen in der Sache John Goff werden wird morgen 9 Uhr 30 in der Offiziersmesse anstellen.'

Dann nahm der General Paul Sax noch zur Seite. „Herr Dr. Sax, ich habe ja schon gestern mit Frau Dr. Christa Grabner in Wien telefoniert. Wir kennen uns schon viele Jahre. Meine Frau ist auch Österreicherin und die beiden Frauen haben zusammen das Lyzeum in Wien besucht. Sie hat mir Ausschnitte Ihrer Jagd nach John Goff geschildert. Dass Sie ihn hier aufspüren konnten, ist eine Meisterleistung. Doch wir müssen absolut vorsichtig sein. Der Kerl kennt alle Tricks und hat viele technische Möglichkeiten. Wir beide werden, bevor die anderen Kollegen morgen an der Besprechung teilnehmen, eine Strategie ausarbeiten. Es wird niemand aus dieser Runde über unser Gespräch etwas erfahren. Um 8 Uhr können wir uns in der Offiziersmesse treffen. Also dann, bis später beim Abendessen." Es wurde noch ein langer Abend, bis die letzten Gäste in ihren Hängematten einschliefen.

Am nächsten Morgen punkt 8 Uhr war Paul in der Offiziersmesse. Der General war bereits anwesend. „Also, das Abendessen war ein Traum, Herr General, Sie haben nicht zu viel versprochen." „Das freut mich, Dr. Sax. Nun zu unserem Problem. Wir müssen gegen diesen John Goff so einfach wie möglich und ohne dass er nur den geringsten Verdacht schöpft vorgehen. Dabei spielt natürlich Kapitän Papadopulos eine Rolle. Den Kapitän der Hafenkommandantur brauchen wir natürlich auch noch. Er wird uns noch in allen Belangen wertvolle Hinweise geben müssen, denn nur so kann er seinen Kopf retten und mit einer glimpflicheren Strafe davonkommen. Für Kapitän Papadopulos ist die bedingungslose Mitarbeit ein Tor zu seiner Zukunft und er wird es sicher nicht verspielen wollen."

Dann begann der General: „Paul, wir könnten uns eigentlich duzen." „Ich bin einverstanden, Georgios", antwortete Paul und gab ihm seine Hand. „Nun, Paul, wir kennen den Aufenthaltsort des John Goff ungefähr." Dann gab er dem vor der Tür wartenden Ordonnanzoffizier den Auftrag Kapitän Papadopulos vorzuführen. Papadopulos war fix und fertig, als er eintrat, und war kreidebleich. In der Nacht hatte er keinen Schlaf finden können. Er wusste, dass er nun John Goff verraten musste. „Nun, Christos, wie war deine Nacht auf diesem Kahn? Hast du halbwegs gut geschlafen?" Papadopulos sah den General missmutig an. „Du weißt, wir kennen den ungefähren Aufenthaltsort von John Goff. Aber nicht genau. Komm und schreib alles auf." Dann schrieb Papadopulos die genauen Koordinaten auf. „Hier befindet sich auch der U-Boot-Bunker aus dem Zweiten Weltkrieg. Goff hat hier seine Jacht versteckt. Meistens wird er sich in seinem Haus, das er vom Bunker aus über einen Gang erreichen kann, aufhalten." Dann zeichnete Papadopulos einen genauen Plan der Anlage und den Weg zum Haus von Goff. „Gibt es noch andere

Wege aus dem Bunker?", wollte Paul wissen. „Nein dieser Gang ist der einzig mögliche Ausgang. Er hält sich meines Wissens nach natürlich hauptsächlich in seinem Haus auf. Er wird einige Testfahrten mit seinem Schiff durchführen. Denn er wird sich voraussichtlich zu einem mir nicht bekannten Termin absetzen. Seine weiteren Pläne kann ich Ihnen nicht sagen. Übrigens, im U-Boot-Bunker befindet sich noch eine zweite Jacht." „Wem gehört das Schiff, Christos?" „Ich weiß nur, dass sie einem amerikanischen Fregatten-Kapitän gehört." „Das ist ja hochinteressant. Christos, was du alles weißt. Den Kapitän dieser Fregatte werden wir uns noch genauer ansehen! Ich glaube, dass deine Zukunft nun doch wieder rosiger wird, Christos", meinte der General freundlich.

Nun warf Paul ein: „Ich habe das Gefühl, dass John Goff Kapitän Papadopulos blind vertraut. Das müssen wir uns zunutze machen. So kommen wir am ehesten an ihn heran. Denn wenn wir mit einer ganzen Armee angreifen, wird er uns wahrscheinlich durch die Lappen gehen." Papadopulos brach in Tränen aus. „Ich habe ihn verraten!", rief er schluchzend.

„Wann ist dein nächster Besuch bei John Goff geplant, Christos?", fragte nun der General irgendwie mitfühlend. „Am Freitag bringe ich ihm Proviant und diversen Nachschub, einen zweiten Solargenerator für das Schiff. Ich habe ihm auch versprochen eine neue Angelrute mitzunehmen."

„Das wird unser Thema", sprachen Paul und der General fast gleichzeitig. „Du hast uns sehr geholfen, Christos, aber wir werden dich noch bis längstens Sonntag auf dem Schiff behalten. Dann sehen wir weiter." „Aber nicht in dieser Zelle, Herr General, ich bin ein Grieche und war immer ein freier Mann. Ich brauche die Meeresluft." „Das lässt sich regeln Christos!" Dann befahl der General einer Ordonnanz, Kapitän Papadopulos in einer vergitterten Kabine auf Deck unterzubringen. „Hier kannst du wenigstens das Fenster öffnen. Wir holen dich wieder, wenn wir dich brauchen."

Paul Sax beugte sich zum General. „Nun, Georgios, ich bin gespannt auf deinen Plan, wie wir weiter vorgehen sollen. Dieser sogenannte ‚Nachschubtransport' für John Goff ist für uns ein

Glücksfall. Er vertraut ja Papadopulos blind." Der General begann nun zu planen. „Wir sollten in seinem Boot mindestens vier Mann des Einsatzkommandos positionieren. Die entweder unbemerkt in den U-Boot-Bunker gelangen oder vom Schiff aus den Zugriff durchführen. Die Korvette wird drei Meilen vor Ort positioniert. Wir werden in der Nacht drei Kampftaucher unbemerkt von der Korvette heranbringen. Sie müssen versuchen in die U-Boot-Station einzudringen, auf die Jacht John Goffs gelangen und den Motor lahmlegen. Nachher sollten sie sich auf die Jacht des Korvettenkapitäns zurückziehen und bei Bedarf in die Aktion eingreifen."

Dann sagte Paul zum General: „Georgios, alles recht und gut, aber dieser John Goff hat vermutlich überall Sicherungen eingebaut, sodass niemand unbemerkt in die Station eindringen kann, und die Jachten sind sicher versperrt. Er hat wahrscheinlich überall Überwachungskameras installiert. Was machen wir dann?" „Paul, du hast recht, so geht es nicht!" „Vier Mann auf dem Schiff von Kapitän Papadopulos sind genug. John Goff wird von diesem Empfangskomitee völlig überrascht sein. Die Männer müssen den Angriff blitzartig durchführen. Aber Goff muss am Leben bleiben, wir wollen ihn ja vor Gericht bringen und seiner Strafe zuführen."

„Gut, Paul, damit bin ich mit dem ersten Punkt der Aktion einverstanden." „Nun aber weiter. Was ist, wenn sich Goff in die Station retten kann? Er wird sicher versuchen über den unterirdischen Gang in sein Haus zu gelangen, denn der Fluchtweg über das Meer ist ihm versperrt. Auch die Felsen sind nicht zu besteigen. Auf der Ebene hinter den Felsen und Goffs Haus ist Weideland und er hat hier einen guten Überblick. Er wird versuchen über diese Ebene zu entkommen."

„Ich kann mir folgendes Szenario vorstellen", und dabei lächelte der General listig, „bitte lache nicht, Paul, wenn es so passieren könnte. Wie gesagt, eine riesige Ebene, auf der immer wieder Schafe weiden. Goff sieht also als Erstes diese Schafherde und vermutet nichts dahinter. Ich könnte mir vorstellen, einige Männer unserer Elitekompanie mit Schaffellen zu verkleiden und in die

Herde zu integrieren. Der Hirte und sein Hund werden die Herde in die Nähe des Hauses treiben und dann schlagen wir zu."

„Simple is perfect, das wird er niemals vermuten", lächelte Paul anerkennend. „Wir werden die Korvette ‚Karamanlis' wie gesagt drei Meilen entfernt stationieren. Sie ist mit herkömmlichem Radar nicht zu orten. Der Hubschrauber der Korvette ist in Alarmbereitschaft und kann in wenigen Minuten an Ort und Stelle sein, falls es Goff doch gelingen sollte zu flüchten, schneiden wir ihm den Weg aus der Luft ab."

„Nun Georgios, alles schön und gut, dieser Plan ist nicht schlecht, aber bitte, was spiele ich für ein Instrument in deinem Konzert?" Da grinste der General nochmals hinterlistig und verschmitzt. „Natürlich, lieber Dr. Sax, ich lasse dich nicht alleine in dieser weißen Schafherde. Du kannst dir allerdings aussuchen, ob dir nicht ein schwarzes Fell besser steht. Wir werden beide unmittelbar am Geschehen teilnehmen und John Goff gemeinsam festnehmen. Was sagst du nun, Paul?" „Die Idee ist nicht schlecht, ich war noch niemals als Schaf verkleidet und so könnte es gehen. Ich bin dabei, aber nicht in einem schwarzen, stinkenden Schafsfell." „Das lässt sich machen", lachte der General. „Ich bin schon sehr neugierig, ob wir zwei nicht irrtümlich von brünftigen Böcken bestiegen werden."

„Nun brauche ich aber eine Pause, bevor wir die Kommandanten in den Plan einweihen und alles festlegen", ersuchte Paul den General. „Okay, um 9 Uhr 30 sehen wir uns wie vereinbart in der Offiziersmesse."

Dann trat der General noch auf Paul zu und sah im in die Augen. „Was hast du, Paul, oder gibt es etwas, was dir noch Sorgen oder Angst macht?" „Georgios, hätte ich keine Angst vor diesem Einsatz, würde ich ihn wahrscheinlich nicht überleben. Aber ich verspreche dir, Georgios, ich werde diesen Einsatz kühl und exakt bewältigen." Der General nickte kurz, dann gab er Paul seine Hand und der kleine Mann drückte ihm einen Kuss auf die Stirn. „Freitagnachmittag 15 Uhr begeben wir uns mit den Elitesoldaten zum Hirten der Schafherde und seinem Hund. Wir werden mit ihm alles genau durchgehen und uns mit seiner Schafherde vertraut machen. Er wird noch eine entsprechende Sicherstellung verlangen, sollten Schafe bei der Aktion getötet werden. Vorher sind noch diverse Einzelheiten wie die Verkleidungen abzuklären. Die schweigenden Lämmer werden uns sicher nicht verraten. Am Abend dieses Tages, wenn wir dieses Monster haben, werde ich eine riesige Siegesfeier ausrufen. Ich bin Gott sei Dank bedingungsloser Optimist." „Ich auch", antwortete Paul nach längerem Zögern.

Paul hatte nun eine halbe Stunde Zeit, um nochmals alles zu überdenken. Er schenkte sich ein Glas Whisky ein und legte sich in die Hängematte. Er begann zu überlegen, es half alles nichts. Er war es Hugo Perc schuldig, „koste es auch mein Leben." Dann plötzlich dachte er an Lara Goff. Was würde sie sagen und fühlen, würde er ihren Vater töten müssen? Eine eigenartige Traurigkeit überfiel ihn. „Glück sieht anders aus", dachte er. „Aber was soll die Tristesse? Ich bin beinahe am Ziel." Das zweite Glas Whisky tat seine Wirkung.

Die Besprechung mit den Kommandanten verlief ruhig und sachlich. Der Einsatz wurde penibel festgelegt und abgestimmt. Es waren keine Feiglinge, sondern Könner am Werk!

11. Kapitel

Der letzte Segeltörn mit Ted

Den Wecker hatte sich John für 5 Uhr früh gestellt. Heute wollte er die Jacht nach einem Jahr erstmals wieder selbst steuern und sich mit ihr vertraut machen. Es war noch dunkel, als er über den Rand des Felsens auf die noch gewaltig leuchtenden Sterne blickte. Eine Stille umfing ihn, die einfach unbeschreiblich war. Ted sah nur kurz mit einem halb geöffneten Auge auf John. Dann rollte er sich auf den Rücken und döste weiter. John ging ins Haus und frühstückte wie immer sehr spartanisch.

Laut seiner Berechnung ging die Sonne um 5 Uhr 58 auf. Er wollte den Sonnenaufgang vom Schiff aus genießen. Als er mit dem Frühstück fertig war, pfiff er Ted, der ihm mit einem gewaltigen Satz in die Arme sprang. Das morgendliche Herumgebalge musste einfach anschließend sein. Plötzlich ließ Ted von ihm ab und holte von seinem Platz die alte, zerzauste Stoffkatze. Doch John trat aus dem Haus und pfiff dem Hund, der ihm sofort folgte. Er ging den Gang zum Bunker hinunter, und als die Scheinwerfer erstrahlten, stand er wieder begeistert vor seiner schlanken, weißen Jacht. John hob Ted über die Reling, löste die Leinen und startete den Motor. Dann öffnete er das Felsentor. Das Boot glitt ins offene Meer. Am Horizont war bereits ein heller, sich immer schneller ausbreitender Schimmer zu erkennen. Eine leichte Brise kräuselte die Wellen. Mit Zunahme der Helligkeit verstärkte sich auch der Wind. Ted hatte sich bereits auf seinen Platz gelegt. Um Punkt 5 Uhr 58 wurde der Schimmer immer rötlicher und dann kam die Oberkante einer orangefarbenen Scheibe über das Meer. John legte seine Hand um Ted und genoss das Schauspiel. Als die Sonnenscheibe über dem Horizont stand, frischte der Wind weiter auf und John schaltete den Motor aus. Mit den elektrischen Winschen setzte er die Segel. Mit einem Schlag fing sich der Wind in den Segeln und die Jacht nahm Fahrt auf. John führte einige Manöver durch, um wieder sein Gefühl für die Jacht zu bekommen. Dann legte er sie voll in den Wind. Es war ein unbeschreiblicher Genuss und John jauchzte vor Begeisterung.

Nach einer Stunde hatte er sein Ziel, eine kleine Bucht, erreicht. Als er in die Bucht einfuhr, war es wieder absolut windstill. Er ließ den Anker abwärts gleiten und befestigte das Schiff daran. Alles auf dem Schiff funktionierte so, wie es Christos versprochen hatte. John packte sein Angelequipment aus, warf einen Köder ins Meer und stellte die Angel in die Halterung. Dann ließ er die Badeleiter herunter und sprang mit einem gewaltigen Satz ins Meer. Sekunden später landete Ted neben ihm im Wasser. Er war auch ein begeisterter Schwimmer.

Das tiefblaue, kristallklare Wasser erlaubte einen Blick in eine Tiefe von über zwanzig Metern. Es war einfach sensationell. Nach einigen Runden mit Ted hob er den Hund wieder an Bord und kletterte die Leiter hoch. Im selben Augenblick, als er sich gerade abzutrocknen begann, erreichte ihn der Sprechfunk von Christos Papadopulos.

„Hallo, John, bin um 10 Uhr bei dir. Habe alles mit, was du brauchst, auch einiges, was du nicht unbedingt benötigst." Dann knackste es im Hörer und John bestätigte kurz. „Habe verstanden."

Er setzte sich zur Angelrute und überlegte kurz. „Christos bringt alles, was ich brauche, und einiges, was ich nicht unbedingt benötige? Spinnt Christos?", überlegte John. Dann straffte sich plötzlich die Angelschnur und er hatte einen Fisch an der Angel. Er vergaß daraufhin die Worte von Christos.

Kapitän Christos Papadopulos hatte nicht den Funken einer Chance weiter zu sprechen, als ihm der Einsatzkommandant das Mikrofon aus der Hand schlug und das Gerät sofort abschaltete. Dann fesselte er den Kapitän und beförderte ihn unter Deck. „Du spielst mit deinem Leben, Christos. Wenn etwas schiefgeht, bist du ein toter Mann." Christos war kreidebleich geworden und musste sich übergeben. Nach einiger Zeit holte der Einsatzkommandant Papadopulos wieder an Deck. „Du wirst keine weiteren Dummheiten machen und das Schiff so steuern, dass nichts auffällt."

Währenddessen wendete John seine Jacht und fuhr aus der Bucht. Dann setzte er wieder die Segel und fuhr zurück. „Ich werde auch pünktlich sein", überlegte er kurz. Punkt 10 Uhr war er vor der Felseneinfahrt. Er nahm sein Fernglas und sah im selben Augenblick das eine Meile entfernte Schiff von Kapitän Papadopulos.

„Christos ist wieder einmal überpünktlich", überlegte er kurz. Dann legte er sein Schiff an die Boje vor der Einfahrt und schwamm mit Ted an den Steg. Er hatte noch vor, am Abend einen kleinen Törn zu starten, da er sich mit Kapitän Jefferson, dem Befehlshaber der Korvette „Johnson", treffen wollte. Sie hatten viel zu bereden!

John Goff nahm nochmals sein Fernglas und beobachtete, wie Papadopulos in die Felseneinfahrt einfuhr. Es war alles ruhig. Bis auf das Brummen der beiden Volvo-Motoren.

Doch dann nahm John noch einmal das Fernglas und erschrak. Hinter Papadopulos erkannte er eine schwarze Gestalt. Das Schiff war nur mehr einhundert Meter von ihm entfernt und plötzlich schrillten seine inneren Alarmglocken. Dann fiel ihm noch auf, dass Papadopulos einen kleinen Schwenk zur Mitte der Einfahrt machte und im nächsten Moment wieder auf den Steg zufuhr. Er sah noch, wie Papadopulos zur Seite gerissen wurde und die schwarze Gestalt das Steuer übernahm.

John Goff fackelte nicht lange. Er riss Ted, der bereits wedelnd das Schiff begrüßen wollte, hoch und rannte zur Eingangstür in den Bunker. Als er die Tür erreichte, sah er kurz zurück und konnte vier schwarz getarnte Männer sehen, die auf den Steg sprangen und ihre Maschinenpistolen hochrissen. Dann hörte er die harten Befehle des Kommandierenden, aber da hatte er die Eisentüre bereits erreicht, riss sie auf und schob von innen die eisernen Sicherungsstangen vor. Hier konnte niemand mehr herein. Eine Geschossgarbe hagelte völlig sinnlos auf die Eisentüre. Nun war John alles klar, diese Burschen überlegten nicht lange. Es war so weit. Sie waren ihm auf der Spur. Er rannte den Gang hoch und lief mit Ted auf der Schulter zu seinem Haus. Dann wurde ihm plötzlich klar: „Das war es also, was Christos meinte, als er mit mir per Funk sprach. ‚Es ist etwas dabei, was du nicht unbedingt brauchst'." Die Warnung hatte er zu spät verstanden. Dieser blöde Fisch, den er sofort wieder ins Meer geworfen hatte, hatte ihn total abgelenkt.

John Goff jagte mit Ted den Gang hoch und zu seinem Haus. Als er vor dem Haus stand, wurde er plötzlich durch das Blöken von Schafen irritiert und sah, dass eine Herde Schafe unmittelbar an seinem Grundstück weidete. Er hatte die Tiere schon mehrere Tage beobachtet und ihnen keine Beachtung geschenkt. Sie waren noch nie so nahe an seinem Haus gewesen. „Diese Tiere werden meine Chance", überlegte er kurz und stürzte ins Haus. Er legte noch wichtige Unterlagen und den Computer in seinen fix und fertig gepackten Pilotenkoffer und steckte Ted in den Seesack. Dann nahm er einen Funkschalter in die Hand und jagte aus dem Haus zu seiner unter einem Tarnnetz versteckten Enduromaschine. John befestigte den Seesack mit Ted am Gepäckträger des Motorrades. Dann drückte er den Funktaster und im nächsten Moment flogen das Haus und der Eingang in die U-Boot-Station in die Luft.

Durch den Explosionsknall verstört sprang Ted aus dem noch nicht ganz verschlossenen Seesack. John versuchte ihn noch einzufangen, aber der Hund lief vor Angst auf die Herde Schafe zu und reagierte weder auf Johns Pfiff noch auf sein Rufen. John rannte ebenfalls zur Herde und war plötzlich mitten unter den Schafen.

Dann ging alles sehr schnell. John sah, dass Ted von einem Schaf hochgerissen wurde und erkannte im letzten Moment, dass es sich um einen Menschen in einem Schafsfell handelte. Sekunden später erkannte er, dass mehrere solcher Gestalten mit Maschinenpistolen aus der Herde auf ihn zugingen. Er brüllte nach Ted und der Hund versuchte sich von dem Menschen loszureißen. John riss seinen Revolver hoch und jagte mehrere Kugeln auf die Gestalten, die immer näher kamen, aber nicht schossen. Dann erkannte er, dass kugelsichere Westen die Männer schützten. In einer Entfernung von circa zehn Metern blieb die Gestalt mit Ted stehen und rief John zu: „Ergeben Sie sich, John Goff, Sie haben keine Chance zu entkommen." Im selben Augenblick hörte er die hämmernden Schläge der Rotorblätter eines Hubschraubers, der über der Felswand auftauchte. Zwei Marines mit schussbereiten MPs hingen an den Kurven. Dann nahm John die Gestalt mit Ted ins Visier. Er war ja ein blendender Schütze, aber sein halb blindes Auge behinderte ihn ein wenig. Am Kopf war der Mann, der Ted festhielt, ungeschützt. Innerhalb von Sekunden jagte er mehrere Schüsse auf ihn. Doch dieser riss Ted auf Kopfhöhe hoch und eine von Johns eigenen Garben zerfetzte den Kopf des Hundes. Der Querschläger prallte in die Schulter des Mannes, der sofort zu Boden ging. John Goff blieb wie angewurzelt stehen, als er erkannte, was mit Ted geschehen war. Er ging in die Knie, warf seine Waffe weg und hob seine Hände hoch. Dann brüllte er laut und mit vor Schmerz sich überschlagender Stimme: „Ich ergebe mich, aber lassen Sie mich zu meinem Hund." Innerhalb von Sekunden war John eingekreist. Eine der Gestalten riss sich das Schaffell herunter und brüllte John an: „Dein Scheiß-Hund ist dir wichtiger als ein Mensch, du Sau", und warf ihm den Hundekörper vor die Füße. John heulte auf wie ein kleines Kind. In Gedanken sah er sich als Zwölfjährigen, der seinen ersten Hund vor dem Tod gerettet hatte, und assoziierte die damaligen brutalen Gauner mit den Männern vor seinen Augen. Er griff blitzartig in seinen Gürtel zu seinem zweiten Revolver und jagte eine weitere Kugel auf die Gestalt. Dann warf er sich weinend auf seinen toten Hund. Im nächsten Augenblick wurde er von den Männern des Einsatzkommandos überwältigt, am Boden fixiert und gefesselt.

General Dimitrios hatte einen Streifschuss abbekommen, der ihn aber nicht daran hinderte auf John Goff zuzugehen. Er zog seinen Revolver und wollte ihm eine Kugel in den Kopf jagen. Aber im nächsten Moment war Paul Sax neben ihm und brüllte: „General, tun Sie das nicht, er muss hinter Gitter gebracht werden, eine Kugel in den Kopf, das wäre eine zu billige Strafe für dieses Schwein." John Goff brüllte auf: „Erschieß mich endlich, du elendige Sau!" Durch einen gezielten Schlag mit dem Revolver des Generals auf sein rechtes Auge verlor John Goff das Bewusstsein. Dann wurde er von den Männern hochgerissen und Paul Sax holte den tobenden General von ihm weg. Innerhalb von Minuten war die Aktion beendet. Paul Sax und zwei Beamte des Einsatzkommandos trugen John Goff zum inzwischen gelandeten Hubschrauber und flogen mit ihm zur Korvette „Karamanlis".

Die weiteren wochenlangen Vernehmungen von John Goff führten zu keinen Ergebnissen. Er schwieg wie ein Grab. Nachdem die vernehmenden Polizeioffiziere nichts aus ihm herausbringen konnten, wurde er durch Paul Sax und zwei Kriminalbeamte nach Wien überstellt.

Kapitän Jefferson wurde ebenfalls verhaftet. Er gestand diverse Straftaten und wurde unehrenhaft aus der Navy entlassen. Einen Monat später erschoss er sich im östlichsten Teil der Insel.

Nach einem halben Jahr der Vorbereitungen der Anklage wurde Johann Goff endlich der Prozess gemacht. Paul Sax hatte alle Fälle, inklusive Hugo Perc und weitere Morde, die nicht aufgeklärt werden konnten und die er in Zusammenhang mit John Goff sah, akribisch aufgelistet und die Beweise für die Täterschaft von John Goff der Anklagevertretung vorgelegt. Dann erging endlich das Urteil.

Johann Goff wurde zu lebenslänglichem Zuchthaus verurteilt. Er nahm das Urteil wortlos zur Kenntnis. Im Gefängnis verbot er sich jeden Besuch. Nur seine Tochter und seine Frau durften jederzeit zu ihm. In einem unbemerkten Augenblick schob er seiner Tochter einen Zettel zu. Das Rezept mit der Zubereitung des Giftes und die Unterlagen für die Lagerung und den Aufenthaltsort seines Vermögens.

Paul Sax startete einige Versuche, um Lara Goff, die Tochter von John, zu treffen. Sie hatte aber nie Zeit und teilte ihm mit, dass sie nichts für ihn empfinde und nichts mehr mit ihm zu tun haben wolle.

Einige Tage später wurde durch eine ärztliche Untersuchung festgestellt, dass John Goffs rechtes Auge seine Sehkraft Großteils verloren hatte. Dies war wahrscheinlich auch auf einen Schlag zurückzuführen. Er wurde in die Augenklinik überstellt.

Während verschiedener Untersuchungstermine in der Klinik klagte er über Herzbeschwerden. Der Polizeibeamte suchte einen Arzt, und als er zurückkehrte, war John Goff verschwunden und nicht mehr auffindbar. Eine landesübergreifende Suche blieb ergebnislos. Nach einem halben Jahr wurde an einer Autobahnraststätte eine völlig unkenntlich gemachte männliche Leiche ohne Hände entdeckt. Im Sakko wurde der Pass von John Goff gefunden. Damit war für die Polizei der Fall Johann Goff erledigt.

Paul Sax ersuchte Christa Grabner, sein Ansuchen um Entlassung aus dem Polizeidienst zu befürworten. Ihre Versuche, seinen Entschluss zu revidieren, scheiterten. Er lernte die Tochter von General Dimitrios kennen und lieben. Sie heirateten und er zog zu ihr auf die herrliche Insel Kreta.

Die Unterlagen zum Fall John Goff nahm er mit in sein neues Haus auf Kreta. Er gab sich mit der Flucht und dem angeblichen Tod von John Goff nicht zufrieden und versuchte neue Erkenntnisse über seine Fluchtroute zu finden. Nach einem Ausflug von Paul Sax in die Berge Kretas mit seinem Schwiegervater General Dimitrios kehrten die beiden Männer nicht zurück. Ihre Körper wurden nie mehr gefunden.

Ende des Romans

Es verging wieder ein Tag über der kleinen, einsamen Insel im Liparischen Meer. In der Ferne war der Kegel eines Vulkans zu erkennen. Ein breiter, gelber Lavastrom ergoss sich in die See.

Am westlichen Horizont versank eine dunkelorangefarbene Kugel unaufhaltsam im Meer. Langsam brach die Nacht über die Insel herein und es wurde spürbar kälter.

Der Klang eines wunderbaren Geigenkonzertes, den die berühmte Geigerin Marie Mutiee ihrer Leonardo-Geige entlockte, kam aus einem kleinen, unscheinbaren Haus und stieg langsam in den Abendhimmel.

Eine große und eine kleine Gestalt saßen am Ende eines Steges. Die größere der beiden Gestalten hielt mit der einen Hand eine Angel in das Meer, mit der anderen Hand strich sie liebevoll über den Kopf eines schon schlafenden, sehr jungen, schwarzen ungarischen Hirtenhundes, der zufrieden vor sich hinträumte.

Die Silhouette einer Frauengestalt wurde in der offenen Tür des kleinen Hauses sichtbar und eine angenehme Stimme rief: „Paps, es ist Zeit." Dann ging sie auf die beiden Gestalten zu und führte die größere der beiden Gestalten an der Hand zum Haus.

Der schwarze, ungarische Hirtenhund wedelte mit dem Schwanz, lief voraus und blieb dann stehen. Schließlich drehte sich die große Gestalt zu der Frau und fragte: „Wo ist Ted?" Sie antwortete: „Paps, Ted steht vor dir!"

Der Autor

wolf k. moor (Pseudonym), Jahrgang 1946, entstammt einer alten Salzburger Familie. Er ist in Salzburg geboren und aufgewachsen und war vierzig Jahre lang selbständiger Geschäftsführer seiner Handelsagentur. Durch seine auch beruflich bedingten Reisen in die ganze Welt und das Zusammentreffen mit Menschen vieler Nationalitäten bringt er ein breites Spektrum von Erfahrungen in seinen neuen, spannungsgeladenen Kriminalroman „TED – Die Morde des Herrn John Goff" ein.

Privat sind für den Autor seine Familie, seine Tiere und der Garten die wichtigsten Lebensinhalte.

Seine Hobbys Billard (Snookern), Kartenspielen und Tischtennis sind nur einige seiner zahlreichen Freizeitbeschäftigungen.

An einem weiteren Buch arbeitet der Autor mit großem Engagement – und seine mit makaberem, schwarzem Humor und Witz gespickten Erzählungen haben oft ein überraschendes Ende. Sein großes Vorbild in diesem Genre ist Roald Dahl.

Der Verlag

Wer aufhört besser zu werden, hat aufgehört gut zu sein!

Basierend auf diesem Motto ist es dem novum Verlag ein Anliegen neue Manuskripte aufzuspüren, zu veröffentlichen und deren Autoren langfristig zu fördern. Mittlerweile gilt der 1997 gegründete und mehrfach prämierte Verlag als Spezialist für Neuautoren in Deutschland, Österreich und der Schweiz.

Für jedes neue Manuskript wird innerhalb weniger Wochen eine kostenfreie, unverbindliche Lektorats-Prüfung erstellt.

Weitere Informationen zum Verlag und seinen Büchern finden Sie im Internet unter:

www.novumverlag.com